盗墓笔记

【一部五十年前发现的千年古卷】【相当好看的盗墓小说】

四川文艺出版社

南派三叔 著

阴山古楼

陆

6

图书在版编目（CIP）数据

盗墓笔记 .6 / 南派三叔著 . — 成都：四川文艺出
版社，2022.4（2025.3重印）
ISBN 978-7-5411-6188-9

Ⅰ.①盗… Ⅱ.①南… Ⅲ.①长篇小说—中国—当代
Ⅳ.① I247.5

中国版本图书馆 CIP 数据核字 (2021) 第 214935 号

DAO MU BIJI .6

盗墓笔记 .6

南派三叔　著

出 品 人　冯　静
特约监制　孟　祎　舒　以　王传先　谢梓麒
责任编辑　范菱薇
责任校对　段　敏

出版发行　四川文艺出版社（成都市锦江区三色路 238 号）
网　　址　www.scwys.com
电　　话　010-82068999（市场部）　　028-86361781（编辑部）

印　　刷　河北鹏润印刷有限公司
成品尺寸　166mm×235mm　　　　开　本　16 开
印　　张　17.5　　　　　　　　　字　数　320 千
版　　次　2022 年 4 月第一版　　印　次　2025 年 3 月第十九次印刷
书　　号　ISBN 978-7-5411-6188-9
定　　价　49.80 元

盗墓笔记 陆

阴山古楼

1

盗墓笔记 陆

盗墓笔记 陆

3

盗墓笔记

陆

阴山古楼

第一章 · 起源

　　为了帮助闷油瓶寻找失去的记忆，我们来到了十万大山的腹地，被称为"广西的西伯利亚"的巴乃。

　　我一直认为这种失去记忆、寻找记忆的情节不太可能会发生在现实中，所以最初感觉有一丝怪异。旁人的过去也许稀松平常，但是闷油瓶背后的故事，应该会有所不同，就像看一本悬疑小说，并且自己参与了进来，我心中很有些忐忑和兴奋。

　　闷油瓶一如既往地沉默寡言，像他这种人心中是否会有常人的纠结我不敢肯定，至少，他表现出来的这种耐心让我佩服。我也有过一些犹豫，帮他寻找过去，相当于把他从目前的平静中拉回现实，不知道到底是好事还是坏事。

　　进山的过程不再赘述，我们按照楚哥给我们的线索，找到了闷油瓶以前住的高脚楼，并且在破败的床下暗格中，发现了一个铁箱。之后发生了一连串的事情，有人竟然想从高脚楼的楼板下把铁箱拽走，好在我们及时发现了，但是那人显然非常熟悉村子的环境，迅速逃入了村中小路，不见踪影。

就在我们觉得莫名其妙，还没反应过来刚才发生了什么时，胖子抱着的古老铁箱子的搭扣竟然断了，箱子摔到地上，一下子翻了开来。

事情发生得非常快，三个人都还没有反应过来，箱子已经在地上了。箱盖大开，一块拳头大小的东西从里面滚了出来，定格在胖子的脚下。

闷油瓶之前说过，他对这箱子有一些模糊的记忆，说箱子里的东西可能十分危险，让我们绝对不要打开，所以箱子刚掉到地上的时候，我下意识地抬手缩腰，做了个防御的动作。

胖子没有时间做更多的反应，也只是缩了一下脖子，我们两个人一下都定在那儿不敢动。

我原本以为会爆炸，当时也没有时间多考虑，一切都是条件反射，咬牙缩着脖子等了几秒，却什么都没发生——没有爆炸，也没有暗器飞过来。

我小心翼翼地睁开眼睛，看向胖子脚下，摔出来的东西好似一块木头，长满了疙瘩，我从来没有见过，但似乎不是什么危险物。胖子渐渐放松下来，走远了几步。我也慢慢放下手，心生疑窦：难道是闷油瓶记错了，还是因为时间太久，以至于过了保质期没了危险性？

我看向闷油瓶，他并没有什么特殊的表情，但是显然也被吓了一跳。

这就好比是一个爆竹哑火，谁也不敢第一时间去看是怎么回事，我们僵了片刻，刚才还信誓旦旦说自己命硬的胖子才凑过去。我也跟过去，看到那东西的形状有点像葫芦，大概有广口杯那么大，表面有一些脓包一样的疙瘩，好像癞蛤蟆的皮，让人觉得很不舒服。仔细看后，我发现，这个癞皮"葫芦"的脓包里夹杂着金属锈迹的光泽，竟然像是铁制的。

胖子想用手去拿，被闷油瓶制止了。闷油瓶从边上折下一片南瓜叶，包住"铁葫芦"拿了起来。

从他拿"葫芦"的姿势来看，确实是铁制的，而且重量不轻。那些铁疙瘩像是被强酸腐蚀过或者铸的时候夹了大量气泡，红色和黄色的脓斑是铁锈的痕迹，这东西就是一个葫芦状的铁砣子，但能看到上面有一些古代的花纹，已经非常模糊了，隐约透露出这是件古物。

胖子看着纳闷道："什么玩意儿？跟炮弹似的，难道是古代的手榴弹？"

我立即摇头："别瞎说，你会把手榴弹埋在床下面？"

明朝的火器已经非常发达，"震天雷"和"国姓瓶"的杀伤力很大，我经手过一些，但都是掏了馅儿的，也就是没火药的（谁也不能交易实心的，那等于交易军火）。这些火器最早都是福建渔民从海里网上来的，然后被古董商用日用品换走，但这铁疙瘩不像海货，所以应该不是火器。更何况把这东西埋在床下，要是赶上天干物燥的时候爆炸了怎么办？闷油瓶绝对不会做那么缺心眼儿的事。

闷油瓶掂了掂，闻了闻，也摇头。我问他刚才危险的感觉是否还在，他没说话，但是神情异样，看着那铁葫芦停顿了一会儿，道："这东西只有一层皮是铁的，真正的东西被包在铁皮里了。"

我愣了一下："何以见得？"

闷油瓶道："重量不对。"

胖子惊讶道："你能掂量出来？"

这不奇怪，一般经手古董的人，这种手艺都是必练的，而且掂量过纯铁或者做过模具的人都会知道，一块铁的重量和普通人的预期是不同的，铅笔盒大小的铁块，力气一般的人用两根手指可夹不起来。

我对胖子道："你们半路出家的基本功不行，像这种手头上的功夫，我们或多或少都要练几下子。"

胖子呸了一声："胖爷我花这么多闲工夫练这个干吗？买台电子

秤才多少钱。"

我做了个鄙夷的表情，接着问闷油瓶："什么东西要被包在铁皮里保存？你有没有什么想法或者印象？"

闷油瓶摇头，胖子就道："以前有一种铁包金，运输的时候金块外面包上铁皮，不显眼，不过这个东西的铁皮看样子是铸上去的，而且重量轻了，里面肯定不是黄金。"

"铁包金"我倒没听说过，我只知道有一种叫铁包金的藏獒，爷爷有过一只，因为水土不服一直养不起来，后来被村里的牛踢死了，胖子说的事不知道是胡吹的还是他真见过。

让我在意的是那上面模糊的花纹，既然有花纹，那么这个东西至少有装饰作用，不会是单纯的铸件。它肯定有实际的用途。

"会不会是什么铁器的部件？"胖子又道，"比如说铁香炉的脚，或者以前车辖辘上的装饰品？"

我心说也有可能。我对铁器的认识不深，铁器易生锈，在古墓中很难保存，所以市面上流传得远不如铜器和瓷器多。铁器的价值一般也不高，所以大部分搞古董的人都不熟悉，我实在一点头绪也没有。

不过既然是古物，还藏在闷油瓶的床下，那么这个东西肯定有点来历，应该和他在这个村子里经历的事有关。

我想起胖子昨天的想法，心里有一个推测，胖子说羊角山附近可能有一个古墓，那么事情的经过也许是这样："闷油瓶当年可能在文锦的考古队里，这'葫芦'可能是他们从那个古墓里带出来的东西。但是出于某种原因，小哥把这'葫芦'藏了起来，否则很难解释其来历。"

胖子皱了皱眉："我推测也是这样，那么当年小哥把东西藏起来，显然是在提防什么，当时的情况恐怕非常复杂。"

有提防，必然有敌对，说明考古队在这里发生的事情，不会像阿贵说得那么单纯。

三人沉默了片刻，我感觉有点舒坦又有点郁闷。开心的是在这里得到的信息比我想象的要多很多，郁闷的是这些信息只能勾勒出"一个事件"的大体样子，没法触到细节。

文锦在这里出现，阿贵在照片上的年纪只有十七八岁的样子，现在阿贵肯定有四十岁出头，那么就是二十多年前的事情了。那时候正好是西沙事件发生前后，那么文锦在这里出现的时间应该是在西沙出事前没多久——他们离开这里之后才去的西沙——我没有看到照片上有其他人，文锦是跟着另外一支队伍还是和西沙考古队来的这里就不得而知了。

闷油瓶在这里被越南人绑了当阿坤，时间应该是五六年前，中间差了十几年，这十几年他在干什么？我感觉很有问题，以他的身手那几个越南人定然不是对手，就算对方有枪，我想他要逃脱总不是问题，何至于被捆着当猪崽？难道他和陈皮阿四的见面是设计好的？这些都是疑问。

"刚才抢咱们东西的人，会不会和这件事情也有关系？"胖子望着那个人消失的方向问。

我想起这茬儿来，就问他们："你们刚才有没有看清楚他的脸？"

"没，那家伙跑得比兔子还快，别说脸了，连屁股都没看清楚，只看到这人蓬头垢面的，体形和你差不多，一溜烟儿就没影了。"

我心说：这人是谁呢？我们到这里来基本上不会引人注目，这是一个单纯尾随我们的小偷，还是局内人？这点让我意外，有点被监视的感觉。如果他不是单纯的偷窃犯，那他必然和这件事情有关联，那么我们现在的处境就有点糟糕，晚上得关门睡觉了。

"等下咱们问问阿贵，那人像疯子一样，指不定他知道什么。"胖子道，"现在怎么办？咱们拿这个铁葫芦也没辙，要不等下找个铁匠看看能不能熔开一部分？"

我道不然，劳动人民的智慧是无穷的，这种东西我知道有一种处理方法，可以使用硫酸一点一点把铁壳子溶薄了。你看这些烂铁疙瘩，估计有人已经这么干过，不过出于某种原因没有成功就停止了。

说不定这么干的人就是闷油瓶。我有一个感觉，他对这东西有危险的印象，可能正是他在溶解铁封时发现的，当时他可能忽然发现了什么危险的迹象，让他印象非常深刻，使得他立即停止了作业。现在他虽然什么都忘记了，但是那印象还留在他的脑海里，让他觉得不安。

当然这完全是一个推测，即使我感觉很有这种可能。

胖子跃跃欲试道："硫酸好办，我去化肥站要一点来。"

我心说，那玩意儿还是不要轻易去动的好。我就对他说悠着点儿，等一下可以带到阿贵那里仔细琢磨琢磨，让闷油瓶仔细看看。

闷油瓶将铁葫芦放回铁箱子里，翻上盖子，胖子立刻抱起来："得，今天算是有收获了，这玩意儿现在我得贴身看着，你们赶快再进去翻翻，那闺女等下就回来了，抓紧时间。"

我想起楚哥和我说的照片还没看，心说那才是正事，就立即起身往窗户走去。

刚站起来还没走两步，闷油瓶忽然发现了什么，一下拉住了我。我看他的眼神，立即感觉有点不对，忙顺着他的视线一看，顿时一愣。我看到高脚楼上方一边的山坡上，站着几个村民，不知道什么时候出现的，正满脸阴霾地看着我们。

第二章 • 古怪的村子

闷油瓶拉住了我，我当时心里咯噔一下，第一个想法是：他们什么时候站在那儿的？

我们生活在城市中，习惯于平视一切，到了这里一般不会想到去注意山头，所以最早来的时候，这山坡上有没有人我一点印象也没有。如果他们一早就在上面了，那么我们爬进高脚楼肯定已被他们发现了，这就有点不妙了。

而且看他们几个人的表情，似乎都很不善，有点冷眼观望的感觉，好像以前黑白电影里，老百姓看汉奸的表情。

我有点不知所措，一时间也停下来和他们对视。这几个人都在四十岁到五十岁，山民生活艰辛，普遍显老，所以实际年龄可能更小一点。有两个人挑着扁担，好像刚从山上收了什么东西下来。这几个人没有任何举动，只是直勾勾地看着我们。

我在长沙老家并不受欢迎，以前也经历过这种场面，知道这种表情意味着他们对我们有很大的戒心，但还拿不准我们是什么人。看来我们刚才的举动有可能都被他们看到了。

在山村里，绝对不能得罪当地人，否则后果不堪设想，轻则被赶出去，重则直接被扭送进派出所。长白山一行被楚哥出卖的事情让我们的案底都不干净，也不知道有没有被通缉，进了派出所他们一查网络，难保不会出更大的事。

这时候再爬进去就是找打了，胖子在我们后面打了几个"哔"的音，暗示我们快走，别和他们对着看，这有点挑衅的意思，当心把人家惹毛了，人家会冲下来。

本来做贼心虚的我心里就有点阴影，这时候心跳更快了，一下紧张起来，感觉有一股压力从山上压下来。但我看了看那高脚楼，又觉得不能走，这唾手可得的东西不能得到，好比看小说眼看谜底就要揭开，作者却又绕起圈子一样，太让人难受了。

见我没有挪步，胖子就架住我，一边对我轻声道："晚上再来，差不了这几个小时。"一边拖着我往后走。

我们三个人绷着身子，尽量自然地离开，走入村中，走了好一段距离才回头，看后面村民没有跟来，才松了口气。

这情景有点像小时候我和老痒去果园偷橘子，偷完出来正好碰上园主，两个人兜里全是橘子，心里怕得要死，只好佯装路过。那种紧张感让你的脚都迈不开，现在当然没有小时候那么害怕，但是感觉也不好受，还有点好笑。

凭借着记忆，我们绕了几条弯路回到了阿贵家里。阿贵不在，他的大女儿在编簸箕，看到我们就问我们怎么这么快就回来了。我道太热了，吃不消了。

胖子径直回到房里，将铁箱子藏到床下后，我们才安下心来，感觉这件事情就过去了。胖子道："吃一堑长一智，以后咱们白天别那么猴急，得先观察环境。同时，我看咱们得在阿贵那儿打点一下，他

古怪的村子

9

是地头蛇，咱们得拉他进伙，关键时候也好有个人替咱们说话。"

我心说恐怕没用，这浑水怕是他也不肯蹚。而且，我猴急是有原因的，事情到这种程度，任何意外都有可能产生蝴蝶效应，所以能急一些还是急一些的好。

说完话胖子出去讨水喝，我惦记着那没有看到的照片，只觉得浑身燥热、心神不宁，就躺下来逼自己静心。没多久听到胖子在问阿贵的女儿，那木楼后面的山路是通到哪儿去的，平时走的人多不多。阿贵女儿说那儿是山里的瓜田，夏天了，西瓜熟了，所以经常有人上山去摘西瓜。那老木楼老早就在了，以前听说有个老太婆住过。

我看了看闷油瓶，心说：老太婆？难道闷油瓶以前是和一个老太婆同居的？他那空白的十五年搞不好是被关在那里当性奴，那未免太悲惨了。接着我又诧异自己不知道哪里来的龌龊念头，大概是一路过来胖子讲的黄色笑话听多了。

不过阿贵女儿说的以前，时间跨度不明确，说不定是更早以前，也说不定是闷油瓶离开了之后。

之后，胖子问了阿贵女儿那个蓬头垢面男的事，一问之下，发现还真有这么一个人。这疯子从她刚出生就在了，也不知道是谁，村里人都叫他"阿玉儿子"，好像以前也是个猎户，不知怎的就疯了。这人住在山上的一间破屋子里，有时候看到他下来捡一些剩饭吃，现在不怎么看得到了，可能老了，不太走得动了。有老人可怜他，会把吃的东西放到山口用一口缸罩起来，他晚上会把缸搬开，把吃的东西带回去。

我听了觉得奇怪，今天看到的那人狂奔如牛，一点也不像老人，难道我们城里人的体质连山里的老疯子都不如？

也确实有可能，因为说是老了，也不知道到底多老，说不定只有四十几岁，因为风吹雨打，所以显得非常老，但就冲着常年在山上生活，他的体质肯定异于常人。

胖子拿着水杯进来对我道："听到没有，现在是收西瓜的季节，那边人太多，你得沉住气。这里不比荒郊野外，你想怎样就怎样，与其冒那个风险，咱们不如稍微等等。我看咱们等到后半夜最合适，小不忍则乱'大便'。"

我算了一下，心说不行，如果确实是个疯子，那他的行为是不可预测的，难保他不会爬回去看看。对他来说爬到一幢村里的废弃老屋里不算什么大事，谁知道他会在里面做什么。于是我说我等不及了，待会儿吃了中饭我还得去转转，能进去我就进去，把这心事了了。

胖子就苦笑，不愿意和我多谈了，说随我。

长话短说，吃了中饭，我和闷油瓶又去了老屋外头，发现门口的大树下，竟然坐着几个老头在纳凉。

故事和现实生活的区别就是，故事你总能在关键时候加快节奏，但是现实生活总会出现意外。我蹲在一边的树下，等那几个老头离开，等到脑门都晒爆了，那几个老头反而越聊越欢快。

我很难形容那种堵在胸口的焦虑，又不想回去被胖子笑话，就在忐忑不安中度过了几个小时。胖子后来找到我们，他看我们这么久没回来，以为我们被逮住了。

我此时已经冷静下来，或者说是"热"静，因为烈阳高照，空气中翻起潮湿热浪，我们拿着芭蕉叶扇凉也不顶用，给蒸得都快晕了，热得没了动力。那些焦虑全从毛孔散了出去。闷油瓶真是让我佩服，即使这么热，他也岿然不动，一点也看不出烦躁，不过还是浑身汗湿了——冰山一样的酷哥也挡不住广西的大太阳。

胖子奚落了我一顿，我也没力气反驳他。他在北京待久了，完全没法习惯这里的湿热，很是难受，便对我们道："走走走走，别干等着，咱们出去走走，找条溪泡着，否则我非馊了不可。"

村外有一条山涧，我们来的时候见过，不宽，但是水挺急的，当时看见就觉得那儿肯定是个避暑的好地方，只是不知道从寨里怎么走才能到达。

我也实在吃不消了，一听就感觉合意，连忙爬起来，三个人一块儿过去。沿途问了几个村民，村民给我们指了路，胖子摘了芭蕉叶挡在头上，一路骂着太阳，七拐八拐地走出了寨子。

寨子和溪涧基本相邻，山区的寨子基本都建在溪涧的旁边，寨子和溪涧之间是石头滩子，下大雨的时候水会漫上来，这些石子可以起到一个缓冲的作用。我们在埂上眺望了一下，发现戏水的人还不少。看来当地人也不是不怕热。

绿莹莹的溪涧水比我们在下游看到的平静，走到溪边就感觉一股凉意扑面而来。在游玩的大部分是孩子，十五六岁的女孩子都不穿内衣，只穿着衬衫，湿透的衣服贴在身上显出了曼妙的身材。胖子一下就来劲了，三两下脱掉衣服就往溪水里冲，好像猪八戒看到蜘蛛精一样。

我感觉自己穿着三角裤不雅观，就穿着运动短裤下了水，阳光下的溪水有点暖和，我走到石头下的阴凉处。闷油瓶没有下水，坐在一边的树下纳凉。

泡了片刻，暑意就全消了，一种悠闲的惬意扑面而来。胖子在和女孩子们嬉戏，闷油瓶打起了瞌睡，我抬头往寨子望去，能看到闷油瓶的高脚楼就在不远的地方，这比在阿贵家里干等要舒服多了。

好比发榜的考生，在发榜的墙前等着，比在家里等着要舒坦一点。刚才的焦虑让我都觉得有点可怜自己，于是告诉自己：不要紧张，这一次我们不是倒斗，在这里什么都不会发生，不会有粽子，慢慢来就行了。

于是我躺了下来，把身子浸在水里，闭上眼睛，舒展身体。

也不知道躺了多久，我有点蒙眬的时候，忽然听到有人叫我。我逐渐苏醒，刚坐起来，一溜水就拍到我的脸上，一下把我泼清醒了。我起来后发现戏水的孩子都跑回了岸上，朝着一个方向叫着跑去。胖子一边泼我一边叫着："醒醒！"

我站起来，看到远处寨子里的某处竟然冒起了青烟，问怎么回事，胖子道："好像有房子着火了。"

我看向那个方向，那是闷油瓶的高脚楼所在的地方，顿时觉得不妙。

第三章 ● 火灾

此时，我只是有种不祥的感觉，但还是告诉自己，不可能这么巧，这种天气里木质的老房子发生火灾的概率很高，但是心中的不祥感渐渐强烈到让我有点窒息。

跟着小孩子跑，冲向着火的地方，越靠近我就越觉得不好。等冲到跟前，我几乎不敢相信眼前的情形，只见闷油瓶的高脚楼里冒出了滚滚浓烟，火势极大，热浪冲天，根本没法靠近，一看就知道已经烧得没法救了。高脚楼后面的山也烧了起来，灌木丛一片焦黑，火还在往上蔓延。

从四面八方赶来的村民冲到山上去扑火。我们经历过山火，知道山火一旦烧起来，那种可怕的后果是难以想象的，所以先救山火绝对是正确的。

这火的源头似乎在山上，闷油瓶的高脚楼就在山脚边，于是受到了殃及，我呆立在那里，知道肯定不是这么回事。

火势太大了，我们到溪里才多长时间，就算被雷劈中也不可能烧得这么快。最明显的是，空气中弥漫着一股浓烈的煤油味。

这里没有消火栓，唯一的救火设备就是桶，但是桶的数量有限，他们又是从水缸里舀水，等山火扑灭的时候闷油瓶的房子肯定已经烧得一点也不剩了。我情急之下想冲进去，胖子一把将我拉住，说已经没办法了，进去太危险了，犯不着把命丧在这里。

我脑子里一片混乱，跪倒在地上，这时忽然边上人影一闪，我们还没反应过来，就看到闷油瓶冲了过去，冲到着火的房前，从高脚楼底下的隔空处滚了进去。

胖子和我都大惊失色，要知道在这样毫无保护的情况下冲进火场，绝对是重度烧伤，没一点侥幸可讲。不是说你不碰到火就没事了，火场中心的温度高达上千摄氏度，在里面待着一瞬间就熟了。

胖子马上大叫救人！我和他立即冲过去，挨近房子五六米处，滚烫的热浪就扑面而来。我的汗毛立即被烤卷了，眉毛、头发发出啪啪的声音。我咬牙忍住皮肤的灼痛，冲到房子边上，蹲下去，立刻发现根本不可能进去，里面的高温犹如火龙的呼吸般涌出，趴下去勉强能看到地下有潮湿的泥巴，闷油瓶裹了一身湿泥，正在往里爬。

再想仔细看已经不行了，我们被热浪烤得没法睁开眼睛，只得连滚带爬地退出来。旁边救火的人赶紧冲上来把我们拉住。

刚被扶起来，就听到火场里传出一声东西垮塌的巨响，接着闷油瓶也从高脚楼的隔空处滚了出来。他浑身都冒着白烟，跌跌撞撞地爬起朝我们跑来，旁边马上有人上去往他身上泼水，边上有人说"疯了疯了"。

我冲过去，只见他浑身裹满了房下的烂泥，不知道有没有烧伤，但能看见左手有几处全是黑灰，显然他豁出去用手掏了。我大骂："你不想活了！"胖子扶起他问道："怎么样？"

他面无表情，只冷冷道："全烧没了。"说着他看了看忙着救火的人们，"全是煤油味，连地板都烧穿了。"

这眼神的意思不言而喻，胖子也看了看救火的人，面色不善地看了看我："小吴，看来这村子有点问题。"

我看着闷油瓶的伤，没空琢磨这些，边上有人对我叫道："快带他到村公所找医生吧，烧伤可大可小，那房子没人住，学什么救人啊。"

我们找了一个围观的小孩带路，带闷油瓶到村公所后，那小孩让我待着，他去叫医生过来。我想起刚才还是后怕，忍不住埋怨闷油瓶。胖子让我别烦人了，小心被人听到，我才闭嘴，心里堵得有点喘不过气来，也不知道说什么好。

闷油瓶似乎根本没在意身上的伤口，只是在那里发呆，不知道想些什么，气氛凝固了。

这种郁闷我都不想形容，谁也没有想到会发生这种事，早知道这样我宁可当场被逮住打一顿也要先进去看了再说。现在说什么都晚了。

大火四小时后才被扑灭，很多人被烧伤了，不久后来了一个赤脚医生，用草药给伤员处理伤口。闷油瓶一检查倒还好，大概是因为地下的淤泥隔热，他的烧伤虽然多但都不严重，只有左手烧伤得有点厉害。赤脚医生似乎见过大风大浪，也不紧张，慢吞吞地给他们上了草药，说只要坚持换药，一点疤都不会留下。这里夏天山火频发，村民自古对处理烧伤就有很多经验。

我们几个都不说话，回到阿贵家里一清洗，我的眉毛、头发都焦得直往下掉，简直惨不忍睹。

闷油瓶彻底陷入了沉默，房间里满是治烧伤的草药的奇怪味道，很难闻。我有点责怪胖子，说如果不是他说先回来，当时我们头皮硬一下直接进去把照片拿出来，就不会有现在这事了。

胖子一听就火了，说："这怎么能怨我？既然有人放火，那咱们肯定早就被人盯上了，出事是迟早的。这次烧的是老房子，如果咱们看到了照片，那他们烧的可能就是咱们了。而且当时那种情况，是人都不会硬着头皮进去的，光天化日之下你爬到人家房子里，胆子也太大了。"

我也是有股闷气没处发，确实怨不得胖子，可是胖子这么一说我就一肚子无名火，硬是忍住和他吵架的冲动，用头撞了几下墙壁才稍微缓和了一点。

胖子啧了一声，对我道："我看这事咱们就是没办法，我估计早就设计好了，不然我们不可能这么倒霉。偷箱子的那疯子，我看可能是别人装的，也是放火人那一伙的。你想他偷箱子的时候动静那么大，还故意敲了地板引起我们的注意，肯定是想把我们引出去。"他顿了顿，"然后他的同伙在外面，我们一出去看到他们，就肯定不敢再进去，等我们一走他们就放火烧房子……肯定是这么回事儿。"

有道理，我点头。这么说来，他们应该是临时发现了我们，情急之下把我们引了出去。如果早知道我们的计划，他们早该采取措施了，不会这么急切和极端。

如果真是这样，那放火的很有可能就是当时在山坡上看着我们的那几个村民……他们是什么人？我们从来没有见过他们，他们也应该不认识我们。

"他们肯定不知道我们在找什么，如果他们知道我们在找照片，只要把照片拿走烧掉就可以了，不需要把整栋房子烧了。"胖子道，"不过这些人也不聪明，露了脸，我就不信我们拿他们没辙。你还记得他们长什么样子吗？"

我有些模糊的印象，不过那么远的距离也实在不能认全，肯定会有些困难，于是不由得叹气。

如果闷油瓶没有突然想起那个箱子，我们会直接看到照片，也不会出现现在这种情况，但是这样一来，这个箱子就将埋在烧焦的废墟下面，永无出头之日。错有错招，但我们并没有完全失败，想到这里，我倒有些释怀。天无绝人之路，而且这房子一烧，我就知道了一件事情：这村子里肯定有人知道什么，而且不会是普通的事。不管怎么说，这算是一条线索。

只是，不知道那批人接下来会不会对我们有所行动。胖子说："应该不会来害命，否则没必要烧房子，直接杀了我们就行了。不过我们还是要小心，以后必须多长个心眼儿。"

就算是这么想，胖子还是有点放心不下。他去阿贵的院子里拿了几把镰刀回来藏在床下防身，还搞了几个杯子，挂在门窗上，门窗一动就会掉下来发出声响。

我总觉得心神不宁，有一种预感——既然有人在阻挠我们，阿贵帮我们找当年那个老向导的事情也会出变故。有人不想让我们继续查下去。

第四章 ● 变故

山火最后不了了之，听阿贵说起来，好像是天气太热的原因，具体怎么烧起来的还不知道，反正这里每年夏天都会有山火，只是离村子这么近还是第一次，幸亏烧的是废弃的屋子，没有太大的损失。

我心中暗骂，我的损失可大了，这样一来，楚哥对我们说的线索就全断了。现在唯一的办法就是出去后逼楚哥开口，这肯定不是容易的事，而且必然要使用胁迫的手段，我不太能接受。不过，也不是完全没戏，所以我没有太郁闷——只要楚哥不被烧掉就可以了。

和胖子说了说，看来我们在这里待不了多长时间，找了老向导之后，如果没有特殊的理由，我们可能就得回长沙，因为留在这里已经没有意义了。所谓的羊角山倒斗，可能得下回分解了。

胖子也很无奈，虽然有点舍不得，但是我们这一次过来什么工具都没有带，要去羊角山也不是很现实。但他还是坚持要去山里看看再回长沙，于是最后定了个再议。

之后我一直忐忑不安，总觉得老向导的事情也会出岔子，想着先做最坏的打算，以便到时候真的发生，我能好受一点。

出乎意料的是，老向导的事情非常顺利，阿贵回来后告诉我们他已经约好了，明天我们就可以到老猎人家找他。那老头脾气有点怪，他和那老猎人说我们是政府的人，老头可能会积极点，让我们到时候别露馅儿就行。

胖子一看就不是当政府官员的料，我们一商议，就让他别去了。他说他去化肥店想办法讨点硫酸，看看能不能溶掉那个"铁葫芦"，看看里面是什么东西，再去烧掉的废墟里扒扒，说不定还能扒出点什么来。

我觉得分头行动也不错，但还是千叮万嘱，硫酸讨回来后千万别轻举妄动，要等我们回来一起琢磨，这"铁葫芦"还是有点危险。胖子满口答应，说自己又不是小孩。

商议妥当后我们便去睡觉，一夜无话，各怀心思。到第二天天亮后，我们分头行事，我和闷油瓶由阿贵带着去找老猎人，胖子直奔化肥店。

本以为不会出岔子了，没想到到了之后才发现老头放了我们鸽子，老头的儿子说老头昨天晚上进山去了，到现在还没回来。

猎人打猎那是满山游走，根本无处寻踪。我心说，这是怎么回事？怎么约好的突然就进山了？难道还是被我料中了？老头的儿子也有点不好意思，就说老头老糊涂了，两年前突然开始有点不正常，时不时不打招呼就进山，也不知道去干吗。谁说了都不听，说去就去，第二天多重要的事情都不管，你看猎枪都还在墙上挂着，肯定不是去打猎，等等就能回来。

我心说，那也没有办法，只能等等了。刚在他家坐下来，忽然从门口又进来一个人，进来就问："盘马老爹在吗？"

盘马老爹就是老向导在这里的称呼，看来不止我们一伙人在找他。让我惊诧的是，这人说话一口的京腔。

我们朝外望去，只见一个五短身材的中年人绕了进来。我一看他的脸就感觉有点异样，这人长得肥头大耳，但是收拾得很整齐；晒得黝黑，但看不出一点干体力活的样子。

盘马老爹的儿子立即迎了上去，阿贵对我道："这是盘马老爹的远房侄子，听说是个大款。"

我听他的口音，京腔纯正，心说这远房亲戚也够远的。

那中年人似乎对这里很熟，也没什么犹豫径直进了院里。他给老爹的儿子递了根烟，看到了我，面露疑惑之色，问了一句："有客人？"

老爹的儿子用乡音很重的普通话说："是，也是来找我阿爹的，这两位是政府里的……"

那中年人似乎对这个不感兴趣，立即打断他问道："老爹呢？"

老爹的儿子面露尴尬，又把他老爹行踪不明的事情说了一遍。中年人啧了一声，点头："老爹这是什么意思？又不在，老让我吃瘪，我和老板那里怎么说啊？"说着他又看了看我们，面有不善道，"你该不是嫌钱少，又另找了主顾，想诓我？"

老爹的儿子忙说不是不是，说我们真是找老爹的，政府里的人。

中年人又看了我们一眼，半信半疑的模样，走到我们跟前："你们是哪个单位的？这镇里的人我都还熟悉，怎么就没见过你们？"

这就问得有点不客气了，我抬头看了看他，也不好发作，道："我们是省里的，找老爹做个采访。"

"省里的？"他怀疑地看着我们，不过看我们确实像机关单位的，就嘀咕了一句，转头对老爹的儿子道："得，那你再劝劝你老爹，我老板开的价不低了，留着那玩意儿，生不带来死不带去的，有什么用，对吧？别固执了，卖了绝对合算，拿点钱老头子享几年清福多好。"

变故

21

老爹的儿子不停地点头。

中年人又道："你们有客人，我扎堆在这儿不好，我先撤了。"说着他又笑了，"事情成了，我带你们去风光风光。多用点心，晚上找我喝酒去，我先走了。"

中年人说着出了院子，头也不回，风风火火地走了。我看着觉得莫名其妙，就问盘马老爹的儿子这人是谁，他想干什么。

老爹的儿子看他走远了就松了口气，叹气道，这人是他们的一个远房亲戚，说是老爹的侄子，他的堂兄弟。其实这人是个地痞流氓，一直在北京混日子，他们早就不来往了。但是这人最近不知道跟了哪个老板，跑到广西来收古董，到处让他介绍人，这人自来熟，特别虚，他们又不敢得罪。

我问道："听他的意思，他看中你家的什么东西，想收了去？难道你家还有什么祖传的宝贝？"

第五章 ● 巡山

老爹的儿子唉了一声，对我道："说起这事我就郁闷，我家老爹手里有块破铁，一直当宝贝一样藏着掖着，说是以前从山里捡来的，是值钱的东西，以前一直让我去县里找人问能不能卖掉，我也就当他发神经。不知为什么前段时间这事被那远房亲戚知道了，他还真找到人来买，出的价钱还不低。结果还真是有病，老爹来劲了，又不卖了，惹得那小子就是不走，一直在这山沟里猫着，整天来劝，被他烦死了。"

我看了看闷油瓶，心中有所触动，看来那老头爽约不是因为我们，而是为了避开那远房侄子。铁块？难道那老头手里也有我们从闷油瓶床下发现的东西？

阿贵在一边抽着烟，笑道："你偷偷从你老爹那儿摸了去，换了钱不就得了，以后政府来收可一分钱都不给。"

老爹儿子道："不是我不想，这老头贼精，有一次我说要把那东西扔了，免得他魔怔，他就把那东西给藏起来了，之后我就找不到了。唉，想想真想抽自己一巴掌，没想到那块破铁真的值钱，要是真能做成这买卖，那可是天上掉下的金蛋，我儿子上学的事就不用这么发愁了。"

我听着暗自感叹，表面上看这儿子有点不像话，有点腻歪老人的意思，但我看得出这家人确实有困难，这种家务事我们也不能插嘴。

这时闷油瓶忽然问道："你父亲把东西藏起来，是不是在两年前？"

他儿子想了想，点头道："哎，你怎么知道？"

我立即明白了闷油瓶的意思，接着道："你父亲肯定是把东西藏到山里去了，老人心里不放心，所以隔三岔五去看看，这就是你父亲反常的原因。"

他一听，"哎"了一声，说有道理。阿贵道："那你老爹对这事还真上心了，你还是再劝劝吧，要真把它偷了，你老爹非拿枪毙了你不可。"

老爹儿子道："那是，我老爹那暴脾气，我也懒得和他吵，实在不成也就算了。就是我那远房亲戚实在是缠人，这算是挡了他的财路，我怕依他那禀性，我们家以后就不得安宁了。"

我们一边闲聊一边等着盘马老爹回来，他儿子对我说了不少盘马老爹的事情，也让我对这个老头有了一点了解。

盘马是当地的土著，在这片土地上繁衍了好多代，是现在硕果仅存的老猎人之一。当地土著的下一代大部分汉化了，一般只在农闲的时候打打猎，更多时候都外出打工，女孩子也都嫁到外地去了。后来这里的旅游业发展起来了，情势又有了变化。

说起来，盘马老爹在当地也算是个名人，枪法好，百步穿杨，而且身手利落，爬树特别厉害。以前逢年过节盘马都是大红人，都得靠他打野猪分肉。后来经济发展了，他年纪也大了，也就慢慢不被人重视，所以开始有点愤世嫉俗，为人又特固执，最后和子女都处不好。

这种老人像是一个经典样本，我知道的就有不少。我以前的邻居是个老红军，也经常念叨世风日下，不屑于与我们这些不懂事的年轻人为伍。这是典型地和自己过不去。想想自己也是，好像人最大的本事就是折腾自己。

聊着聊着，我们在老头家里傻等到下午，老头还是没回来。我再怎么掩饰也无法压抑住自己的焦虑了，一方面怕有什么意外，另一方面是等得太久了。

老爹的儿子很不好意思，对我们说他去找找，不料出去之后也没回来。我们一直待到傍晚，实在等不下去了。

阿贵很没面子，嘴里骂骂咧咧说这父子俩太不像话了。大家一起走出去，却正好碰到老爹的儿子急匆匆地路过，后头还跟着一群人，也没跟我们打招呼，径直往山上去了。

我看到老爹的儿子面色不好，阿贵很纳闷，抓住一个人问怎么回事，那人道："阿赖家的儿子在山上发现了盘马老爹的衣服，上面全是血，老爹可能出事了，我们正找人去发现衣服的地方搜山。"

"是在哪儿发现的？"阿贵忙问。

"在水牛头沟子里，阿赖家的儿子打猎回来，路过发现的。"

"这么远？"阿贵非常惊讶。

我对这里的地名一点方位感都没有，就问道："是什么地方？"

"那是周渡山和羊角山前面的山口，要走大半天才能到。"阿贵对我们道，"你们先回去，我得去看看。"说着他就跟了上去。

我和闷油瓶对看一眼，感觉难以言喻，心说真的被我料中了，这事也出了岔子。

闷油瓶面色沉静，看不出一丝波澜，脚步却跟了上去，我快步跟上，心说此事实在蹊跷，我们有必要去了解清楚。

巡山

第六章

●

水牛头沟

我们想去帮忙搜山，阿贵一开始并不答应，我们好说歹说才跟了过去。阿贵的小女儿叫云彩，阿贵让他的女儿跟着我们，怕走散了。村民们聚合了大概二十人，举着火把和手电筒，带着猎狗往水牛头沟走去。

山路四周漆黑一片，我们一边叫喊一边让猎狗闻着衣服去找。

这里的林场都被砍伐过一遍，道路并不难走，只是这里雨水充沛，山上多有积水坑，里面全是山蚂蟥。我们一直走到保林区，路才难走起来，不过这些山民全是猎人，经验丰富，走起来一点也不吃力。而对于我们来说，这样的山路和塔木陀比起来实在像是散步一样。一行人就这么往大山的深处走去。

我一边走一边问云彩水牛头沟一带是什么情况，老爹是否会有什么危险。

云彩回道："那里是大保林区和我们村护林区的边界线，羊角山在大保林区，周渡山在护林区，中间就是水牛头沟。羊角山后面就是深山老林了。林场的人都在山口立了牌子，让我们不要进去，所以除了以前的老猎人，我们一般都不去羊角山，羊角山后面的林子更是没听说有人进去过。"

阿贵在我后面道："村子里对羊角山最熟悉的，恐怕只有盘马老爹了。后面的林子据说以前只有古越的脚商才敢走，古时候越南玉民为了逃关税，从林子里走一个月的路过来卖玉石，不知道多少人被掩埋在这些山的深处。"

玉石买卖是古时中越边境最暴利、最残酷、最具有神秘色彩的商业贸易，我听说过越南和缅甸的玉帮之间惨绝人寰的斗争，一夜暴穷、一夜暴富在这里平常得不能再平常，在那种以一博万的巨大利益下，人性没有任何容身之所。

阿贵说这里离玉石交易最盛的地点不远，从巴乃到广西的玉商，都和广东的一些老板做小生意，这些玉商是最苦的玉民，所以也特别凶狠。特别是清朝的时候，越南人半商半匪一批批过来，那是当地一害。

我心里想着如果是这样，也许能在林子里发现那些越南玉民的遗骸，说不定能找到他们带来的玉石原石。这年头玉色好的原石十分稀有，玉石价格高得离谱，当年的玉石质地比现在高出好多，如果找到一两块好的，那比什么明器都值钱。不过转念一想，那些越南玉民当年对这些玉石看得比自己的命还珍贵，如今如此攫取，是很大的不义，这和盗墓不同，恐怕会招来不祥之事。

走到前半夜头上我们才走进沟里，发现血衣的人指了指一棵树，说衣服是在树上发现的，他先看到有血沾在树干上，抬头看才发现衣服，刚开始以为是被野猫咬死的夜猫子，后来才发现不是。

手电光照到树上，这种铜皮手电筒直没有什么照明能力，但是能确定上面没有其他东西，显然是盘马老爹爬上树后，将血衣留了下来。

老爹快八十岁了，虽然以前是爬树高手，但按道理不可能无缘无故爬到树上去，显然是遇到了什么危险。我问云彩这里有什么猛兽，云彩说很久以前听过有老虎，现在在山里，最厉害的东西可能是豹子。

我一听，心说老虎现在绝对没了，豹子是爬树的好手。如果真是豹子那就麻烦了，而且豹子有把食物挂到树上藏起来的习性，搞不好老爹已经遇难了。

不过云彩又道豹子都在深山里，这里的山不够深，遇到豹子的概率太小了。老爹没有带枪，到这么深的山里来干吗？

我想起小兵张嘎把缴获的手枪藏在鸟巢里的情节，心说难道盘马老爹也学这一招，但是树上并没有鸟巢。

我们在树的四周搜索了片刻，没有任何收获，只能勉强看到一些血迹，几个方向都有。带来的几只狗派上了用场，猎手们都带着枪，子弹上膛后兵分几路往远处去找，我跟着阿贵那一路往羊角山的方向走。

水牛头沟很长很深，没有人走到过尽头，沟的中段就是羊角山和周渡山相接的山口，呈现出热带森林的景象，和塔木陀的感觉很相似，让我很不舒服。我总是若有若无地听到"咯咯"声，然后起一身冷汗，但是也没有办法，自己要来的，只得硬着头皮跟着。

猎狗相当剽悍，站起来比我都高。虽然全是杂种狗，但是训练有素，很快就闻到了味道，一路引着我们往山谷深处走去。

一路无话，走到后半夜，月牙顶在头上，狗似乎找到了目标，我们在羊角山山口附近停了下来。那是山腰上的一个斜坡，因为泥石流的关系，树木很稀，斜坡非常陡，而且泥土湿滑，松软得好比雪层。我们用树枝当拐杖才能保持平衡，偶尔踩错地方，整片的泥就那么一路滑下去。

猎狗拉着我们，艰难地半爬着来到一棵树下，之后就不再前进，而是对着树后的一大片草丛狂吠。

云彩有些害怕，我的心也吊了起来，如果老爹遇到了豹子，那么草丛里的东西可能惨不忍睹。

阿贵上前用树枝拨开草丛，手电照射之下却发现里面没有尸体，只有一块大石头。我们过去后发现那是一块断石碑，有些年头了，风吹雨打的痕迹很明显，表面几乎被磨蚀干净了。

阿贵他们拨开四周齐腰的杂草寻找，忽然一个猎人"哎呀"了一声，人一下矮了下去。

我们忙冲过去将他拉住，就见草丛里隐蔽着一个大坑，好像是被雨水冲出来的，坑里还有烂泥。往坑底一看，我和闷油瓶对视一眼，心里都咯噔一下，坑里隐约可以看到几截烂木头裹在烂泥里，看形状我基本能确定那是一口已经支离破碎的棺材。

这是一个被冲出来的简陋古墓。

第七章 ● 古坟

月光惨白地照在山腰，四周什么都看不见，但能听到坡下沟里密林深处发出各种各样奇怪的声音。这个坑让阿贵他们怔住了。山民迷信，看到棺材总认为不吉利，他们互相看看，阿贵没有什么想法，自言自语道："大半夜的看到棺材，回去要洗眼睛。"

另一个人趴下来看了看，道："这是谁的坟？怎么挖在这么深的山里？"

没人回答他，云彩吓得躲在闷油瓶身后。

我能肯定这是一个荒坟，不是大户人家的墓，年代应该是明清，因为这种质量的棺材，在雨水这么充沛的地区能够保存到现在，时间不可能太早。看棺材里的烂泥上也有草长起来，那么棺材被雨水冲出暴露在野外有几个年头了，里面的尸骨肯定已经被毁了。

坑不大，用手电照照，我们找不到里面有盘马老爹的踪迹。人肯定不在，但我感觉这里可能就是盘马老爹藏东西的地方，因为它确实十分适合藏物。盘马老爹的儿子说的铁块可能就在下面。

狗还在叫，引得人烦躁，阿贵把狗拉远，让它们在四周晃荡，接着拾来树枝在里面翻找。

他们也不敢下到坑里，对棺材普通人都会忌讳，但是狗的反应告诉我们这洞里肯定有东西。这样找肯定是找不到的。

我看了看这里的山势，就是我这个只懂得风水皮毛的人也能看出来，这里绝对不适合葬人。这里是山口，山上所有的水都会往这儿汇聚，在这里葬人不出几天就发霉了。这个墓不会是胖子推测的在羊角山中的大墓，只可能是普通的荒山古墓，应该没什么危险。于是我让阿贵别搅了，我和闷油瓶下坑去翻。

我下盗洞都轻车熟路，更不要说翻个棺材，何况闷油瓶还在身边。阿贵却非常惊讶，觉得我这样的城里人怎么胆子这么大，云彩更是眼巴巴地看着，有点反应不过来的样子。

我们两个人一前一后下到坑里。因为坑在斜坡上，坑壁一边很低，一边很高，能看到山坡塌陷形成的断壁，半截棺材嵌在断壁内，个头还不小，看上面的残漆是一口黑色老木棺，沉入墓底的淤泥有半尺——不是这里土质沉降，就是这老棺奇沉。

这种葬法也不是一般百姓用得起的，棺材看似是上路货色，可能是以前这里地主的买办。墓里头已经破得不成样子，四处全是烂泥。

不知道是不是被胖子传染了，看到棺材我的心跳也开始加速，我告诉自己，这时候必须表现得外行，否则很容易被阿贵他们怀疑。

闷油瓶接过手电筒，拨开那些杂草，只看了一圈，我们就看到棺材的不显眼处有一些手印的血迹。闷油瓶让我帮他照着，伸手对着比画了一下，那个棺材上的手印，应该是俯身平衡身体的时候印上去的。闷油瓶也蹲下去，下面就是棺材的裂缝，他想也不想，直接把手伸到裂缝内，开始在烂泥里掏。

听着淤泥被搅动的声音，我觉得后背发毛。他只是在烂泥中摸了

古坟

31

几下就将手拔了出来，手里拿着一块沾满烂泥的东西。甩掉上面的泥，那是一个塑料袋，上面也有血迹，但闷油瓶抖了几下，我们发现塑料袋是空的。

"怎么会这样？"我奇怪道，"东西呢？"

"血迹是新鲜的，他把东西拿走了。"闷油瓶看了看四周，淡淡道，"时间不长，肯定在附近。"

"这么说他是受了伤之后，才来这里拿的东西？"我松了口气，从受伤的地方到这里有段距离，既然能走过来，那么伤得不会太重。

闷油瓶又摸了一下，没摸出什么来，我们爬上去，我对阿贵把情况说了说。一个没有枪的老猎人，虽然强悍而有经验，但是绝不可能逃过一只豹子的攻击，而且奇怪的是，在受了伤之后他为什么还要来这里？他应该立即回村才对。他一路流了那么多血，过来将这铁块拿走是什么原因？难道他觉得铁块放在这里会有危险？

我们把狗叫了回来，以古坟为中心，几个人分头到四处去找。一拨人往山上去，一拨人顺着山腰，我们两个跟着阿贵父女向谷底找去。我问云彩："除了豹子，林子里还有什么会攻击人的东西？"

云彩说以前太多了，现在都给吃光了，以前有很多蟒蛇，现在好久都没看到了，会攻击人的，还可能是野猪。不过野猪胆子很小，只有被激怒的时候才会攻击人，盘马老爹经验丰富，不可能在没有武器的情况下去激怒野猪。

我心说有可能，但还是无法解释盘马老爹到这里来把东西拿走的原因。这时候我心中隐隐怀疑，也许盘马老爹遇到的危险不是动物，会不会是烧了房子的那几个神秘人袭击了他？我正琢磨着，忽然听到远处另一拨人的方向传来一阵急促的狗吠。

第八章

● 老头

我们立即停下来回头，同时有谁惊叫了一声。

这一声惊叫犹如厉鬼，我们只看见那边乱成一团，也不知道发生了什么。我们愣了一下，立即抄起家伙往传来惊叫声的地方跑去。

相隔不远，只听狗在狂吠，树影婆娑中也看不出他们为什么大叫。阿贵喝问："出什么事了？"

"当心！草里面有东西！"前面的人叫道，刚叫完，一旁的林子忽然有了动静，好似有什么东西正快速穿过灌木，动静很大，看来是只大型动物。

阿贵端起他的枪开了一枪，打在哪儿都看不真切，炸雷一样的枪响把远处的飞鸟全惊飞了，那动物一阵狂奔，隐入了黑暗中。

我们冲到他们跟前，山上的几个人也冲了过来，手电光往林子里四处扫去，只见灌木一路抖动，阿贵马上大叫："放狗出去！"

几个猎人打了声呼哨，猎狗一下冲了出去，那气势和城里的宠物犬完全不同，一下前面就乱了套，灌木摩擦声，狗叫声，不绝于耳。阿贵他们立即尾随而去，几个人应该都有打猎的经验，用当地话大叫了几声，散开来跟着狗就往林子里跑。

我们想跟过去，阿贵回头朝云彩大叫了几声，云彩把我们拦住，说不要跟去，他们顾不了我们。黑灯瞎火的，猎人不能随便开枪，那野兽逼急了可能伤人。野兽，特别是豹子一类的猛兽非常凶狠，被抓一下就是重伤，所以要格外小心，我们没经验很容易出事，而且我不懂怎么围猎，去帮忙也是添乱。

我自然不肯，心说要论身手，阿油瓶还会给你们添乱？往前追了几步，却发现她说的添乱是另一回事。

三只猎狗训练有素，分开摆出队形，冲到了那东西前面，那东西遭到围堵立刻掉头跑，而后面就是围上去的几个猎人。狗和人一前一后，正好形成一个包围的态势。这需要包围圈的每个人都有经验，否则猎物就可能找到突破点逃出去。

阿贵他们不停地叫喊，让猎物搞不清状况，不知道该往哪个方向逃，只能在包围圈里不停地往返。同时猎人们都举起了猎枪，不停地缩小包围圈。这是猎野猪的方法，我以前在老家见过类似的情形，猎稍微大点的动物都用这种方式。

太久没看到打猎的真实情形，我们屏息看着，阿贵他们越逼越近，很快猎物就进入猎枪的射程范围。只是猎物不停地动，手电光无法锁定。这里的猎狗都是中型犬，猎得最多的是野鸡和野兔之类的小动物，所以也不敢贸然上去。如果是北方猎狼的大狗，在以三对一的情形下，早就冲上去肉搏了。

磨蹭了半天阿贵他们也没有开枪，一般的猎物在这种时候都会犯错误，会突然冲向某个方向，一旦靠近准备着的猎人，猎人近距离开枪就十拿九稳，之后猎狗再追过去，这东西就基本逃不掉了。但是这一只猎物不仅没有立即突围，反而逐渐冷静下来，没两下就潜伏在草里不知道哪个位置了。这样一来阿贵他们反而不敢靠近。

我看着这些十分诧异，心说厉害啊，反客为主，这到底是什么东西？这么狡猾，难道是只大狐狸？

但是要多大的狐狸才能袭击人啊，难道这只是狐狸中的施瓦辛格？

阿贵照了几下实在拿不准，这批猎人不是以前那些一辈子在山里讨生活的山精，经验到底欠缺一些，也没有好办法，就吆喝云彩拿石头去砸，想把猎物砸出来。我们捡起石头刚想扔过去，却被闷油瓶拉住，我抬头看他，发现他不知何时面色有变，眼睛没有看着围猎的地方，而是看着阿贵的身后，叫了一声："当心背后！"

我跟着看去，竟然发现阿贵身后的草泛起了一股波纹，好像是风吹的，但是四周没有风，又像是有东西潜伏在草里正朝阿贵靠拢。

阿贵立即回头，那波纹一下就停止了。

"什么东西？"我惊疑道，"还有一只？"

"不是。"闷油瓶看着四周，冷然道。我把手电光扫向周围，一下就发现四周远处的草丛泛过好几道奇怪的波纹，正在向我们聚拢而来。

这里的猎人哪里见过这样的场面，一个个瞠目结舌，还是云彩这丫头第一个反应过来，立即打了个呼哨，把狗叫了回来。

我大叫让他们聚拢过来，几个人聚在一起，仔细去看四周的动静，就见那些波纹犹如草中的波浪一样，忽隐忽现。

三只猎狗比我们更能感觉到情势的诡异，不停地朝四周狂吠，烦躁不堪。几道波纹在不规则的运动中，逐渐靠近我们，我虽说不害怕，但是不可避免地紧张起来，心如擂鼓。

"到我们中间去。"阿贵对云彩说了一句，也搞不清到底是什么状况。不过山民剽悍倒是真的，竟没有一个害怕的，几个人都把枪端了起来，此时也顾不得我们。我拿了块石头当武器，看了看四周的环境，道："这里草太多了，我们退到山坡古坟那边去。"

几个人立即动身，一边警惕着一边快速往山上走，没想到我们一

老头

动，那几道波纹立即围了过来，在离我们三十多米的地方，又一下子消失了。我们几乎没有时间紧张就直接慌张了，正道也不走，直接顺着坡直线往上。

山泥全是湿的，几个男的上去了，云彩一下就崴了脚，滑下去好几米。我拉了一把结果自己也脚下一滑，脚下的泥全垮了。

闷油瓶和阿贵停下来拉我，一下与队伍的距离就拉开了几米。山坡上杂草密集得好比幔帐，我此时听到四周的草丛里全是草秆被踩断的声音，十分密集，顿时心中燃起了强烈的不安。

被拉起来后我去找云彩，云彩崴了脚已经疼得哭了起来。我冷汗直冒，腿都不听使唤，咬牙拨开草好不容易把云彩扶到山坡上，那边的烂泥已经又垮出了一个坑。我在她的小屁股上推了一把，上面的闷油瓶单手把她拉了上去。

我爬了几下，发现我体重太重，没人在屁股后面推我的话，那泥吃不消我的重量还得垮，于是企图从边上绕上去。没想到人背喝凉水也塞牙，没走几步，脚下的烂泥又垮了，我一下摔在山坡上滑落了好几米。挣扎着爬起来，我听上头阿贵大叫："跑开！快跑开！"

听声音我本能地知道他肯定看到了什么，立即往左一动，又听到阿贵大叫："错了！不是那边！"面前的草丛一阵骚动，接着我看到一只小牛犊般大小、吊睛白额、似豹非豹的动物从草里探出上半身来，两只碧绿的眼睛放着寒光，一张脸面目狰狞，好似京剧脸谱里的凶妖一般。

我一和它对视就知道这玩意儿是什么东西了，心中无比诧异——这竟然是一只猞猁。

猞猁是一种大猫，比豹子小，比猫大得多，这种猫科动物的脸好比妖怪，邪、毒、凶都在上面。猞猁和豹子最明显的区别是猞猁的耳朵上有两道很长的粗毛，像京剧里的花翎。

这种动物智商极高，虽然喜欢独居，但在食物匮乏的时候也会协作捕猎，是除狮子外唯一能成群合作捕猎的猫科动物。在西藏，大型猞猁被称为"林魔"，据说会叼年轻女性回巢交尾，但因为皮毛的关系，近代几乎被捕杀干净了。它怎么会出现在偷猎这么严重的广西？

如果是猞猁，倒可以解释盘马老爹为什么被袭击而没有死，猞猁像猫，喜欢将猎物玩到精疲力竭再杀死。而且猞猁性格极其谨慎，不会轻易贴身肉搏。

心念电转之间，在我的另一边，又是一只猞猁探出头来，这一只更大。同时有烂泥从我头上方掉落，闷油瓶已经从上面下来，滑到了我边上。阿贵的猎刀在他手里。闷油瓶下来后立即拉住我："踩着我的背上去。"他斩钉截铁道。

"啊，那多不好意思。"我一时没反应过来。

"上来！"上面的阿贵大叫，满头冷汗。

猫科动物最喜攻击猎物的咽喉，一击必杀，我缩起自己的脖子，心说我就不客气了，扒拉了几下烂泥，踩到闷油瓶的肩膀上，闷油瓶猛地一抬身子把我送了上去。上面的阿贵拉住我的手，我乱踢乱蹬好不容易在山坡上稳住，忽然听到云彩一声惊叫，从下面的草丛里猛地蹿出一只庞然大物，纵身跳在山坡上借力。我就那么看着一只"巨猫"踩着飞溅的泥花，几乎是飞檐走壁般飞到我的面前。

阿贵条件反射下放了手，我一下就摔了下去，凌空被咬了一口。

幸好猞猁的体形还是太小，没法把我直接压到地上，我摔进草丛里滚下去好几米，随即狠狠踢了它一脚，将它踢了出去，起来一看我的肩膀几乎被咬穿了。

四周所有的草几乎都在动，被我踢飞的那一只刚落地就已经恢复了攻击的姿势，再次朝我猛扑过来。

我完全没有时间去害怕和恐惧，这几年的探险生涯让我具备了极强的求生本能，我护住咽喉一下就被撞倒了，索性一个翻身顺着山坡翻了下去，疾滚而下。

老头

这一滚真是天昏地暗，爬起来后我也不管三七二十一，跌跌撞撞就跑。后面的阿贵他们已经放枪了，我也分辨不清方向，一直往山谷深处冲去。跑出没几米就听到背后一阵疾风，我知道它来了，绝对不能用自己的后脑勺对着它，脑壳会被直接咬穿的，于是我立即转身。

几乎是刚转身就看到一个黑影以迅雷不及掩耳之势追了过来，根本没法估计速度，转眼就到了我面前。我心说，完了，这一次将我扑倒之后我绝对没有时间再做防御，条件反射下只能闭眼等死。

眼睛都没完全闭上，转眼之间，我身边的草丛分了开来，接着寒光一闪，一个人影闪电般从草丛里扑了出来，一下和黑影抱在一起。

黑影来势极汹，两个影子撞在一起后翻出去好远，我愣在那里完全反应不过来，好像做梦一样。只听到猞猁的吼叫和呻吟声，草丛里乱成一团。

不知过了多久，草丛里安静了下来，从里面站起来一个黑影。我松了口气，那人影走了出来，走到月光下，我才发现那是一个干瘦的陌生老头，浑身都是血，手里提着一把瑶族和苗族特有的猎刀，那只大猞猁被扛在背上，似乎已经断气了。

他走到我跟前，看到我后愣住，用当地话问了我一句，我也不知道他说了什么，只是下意识地摇头，心说，这天神爷爷是谁啊？而下一秒我便看到了更加让人惊讶的画面——老头的身上，竟然文着一只黑色的麒麟。

鹿角龙鳞，踩火焚风，和闷油瓶身上的文身如出一辙。

第九章

•

盘马老爹

　　老头很瘦，和肩膀上肥大的猞猁一比就更显瘦削，但是仔细看能看到他身上已经萎缩的肌肉仍精壮如铁条，可以想象在壮年的时候是何等雄伟。月光下老头的眼睛炯炯有神，有一种让人说不出的感觉。

　　他把猎刀收回腰后的鞘里，又打量了我一下，把猞猁换到自己的另一只肩膀上，接着用当地话让我跟他走。

　　四周的草还在动，但老头熟视无睹，背着猞猁一路往前。四周的动静逐渐远去，林子深处传来了它们的悲鸣声。猞猁都是临时组成的狩猎团体，这一只可能是其中最强壮的，负责最后的扑杀，它一死狩猎团体就瓦解了，猞猁生性十分谨慎，绝对不会再冒第二次险。

　　老头一边吆喝，一边往古坟的方向走，手电光闪烁不定，但始终定在山上，显然阿贵这家伙不厚道，没下来救我。

　　只有一束手电光朝这里照来，我们迎上去，看到闷油瓶少有地有些急切，看到我没事后似乎松了口气，接着他看到了老头。

闷油瓶的手上也全是血，阿贵的猎刀被他反手握着，两个人对视了一眼。闷油瓶看到老头的文身，顿时愣住了，但是老头好似没有注意他，径直从他身边走了过去。

我心说，我靠，好酷的老头，有闷油瓶的风范，难道这家伙是瓶爸爸？

闷油瓶想上去询问，我将他拦住，说这老头不是省油的灯，而且显然语言不通，问他也没有用，先回去再说。

途经我摔下来的地方，看到地上也有一具猞猁的尸体，脖子被拧断了，显然是闷油瓶的杰作。老头示意我们抬起来，闷油瓶将尸体扛到肩上，一起爬上山坡，上面的人立即跑了过来，看到老头后显得很惊讶。

老头和他们用当地话叽里呱啦说了一通，我完全听不懂，就偷偷问云彩，这老头是谁啊。

云彩道："还能是谁，他就是你们要找的盘马老爹。"

"他就是盘马？"我不由得吃惊，不过之前也想到了这一点。都说盘马老爹是最厉害的猎人，除了他还有谁能在这么大年纪徒手杀死一只这么大的猞猁？要知道单只猞猁可以猎杀落单的藏狼。猫科动物是进化到了顶点的哺乳动物捕食者，不是极端熟悉它们的习性就不可能做到。

刚才盘马老爹肯定是被猞猁袭击了之后，一直和猞猁周旋到了这里，然后蛰伏下来等待时机。最后那一下必杀技我看就是闷油瓶也不一定能做得那么干脆，哪怕稍微晚个一秒，我和老爹之间肯定要死一个。

阿贵看了看我的伤势，向我们介绍了一下对方，老爹似乎对我们不感兴趣，只略打了个招呼就开始擦身上的污秽。

擦掉身上的血，我发现他的文身在血污中非常骇人，而且造型确实和闷油瓶的几乎一样，老爹的后脊梁骨有新伤口，深得有点恐怖，可能是猞猁偷袭所致。

几个人嘀嘀咕咕，述说着进山的经过。我半猜半琢磨，加上云彩的翻译，听懂了大概，前面的和我猜的差不离，确实是因为他侄子的事情才进的山，不想会遇上猞猁这种东西。好在老爹进山有一个习惯，就是在背上搭一条树枝，一来可以当拐杖，二来在平地的时候可以防着后面的罩门被偷袭。这都是古时野兽横行时留下来的规矩，一辈子都没派上用场，不料就是这一次救了命，衣服给扯了去，但后脖子没有被咬断，真是险之又险。

猞猁已经多少年没露面了，在这里又突然出现，可能是因为前几天连降大雨，深山里出了变异才被迫出来。人多的地方老鼠多，于是它们被食物吸引到了村寨边上。

老爹的神情很兴奋，似乎找回了当年巅峰时的感觉。我寻思现在也不适宜多问，阿贵吆喝着回去，说村里人该急死了，老爹和我的伤口都有点深，必须尽快处理。

几个人把两具猞猁的尸体烧了，此时天色都泛白了，于是我们踩熄了火立即出发。

猞猁的皮毛价值连城，就这么烧了实在太可惜了。不过阿贵说，不能让其他人知道这里出现了猞猁，否则，不出一个星期偷猎的人就会蜂拥而至，这些人贪得无厌，就算打不到猞猁也肯定要打点别的回去，这里肯定会被打得什么都不剩。

一路无话，回到村里天都大亮了，几个村里的干事都通宵没睡，带着几个人正准备进山，在山口碰上了我们。

我们在村公所里吃了早饭，烙饼加鸡蛋粥，我饿得慌，吃了两大碗，村里跟过节似的，不停地有人来问东问西。

我的肩膀几乎被咬了个对穿，消毒后打了破伤风针，又敷了草药。盘马老爹的背上缝了十几针，那赤脚医生也真下得去手，好比家里缝被褥一样，三下五除二就缝好了，其间老爹一直沉默不语，就听着那些村干部在不停地啰唆。

这些烦琐事情不提，处理完后我们想先回去休息，等缓过劲儿来再去拜访老爹。不料老爹临走的时候，做了一个手势，让我们跟他回家。

我和闷油瓶对视一眼，心说这老头真是脾气古怪。我们两个人站起来连忙跟了上去，没走出两步，盘马老爹又摇头，忽然指了指闷油瓶说了一句什么。

我们听不懂，不禁看向跟来的阿贵，阿贵也露出了奇怪的神色，和盘马老爹说了几句，盘马用很坚决的语气回答他，说完之后就径直走了。

我不知道出了什么事，很茫然地看着阿贵，阿贵有点尴尬，我问他老爹说了什么，阿贵对我道："他说，想知道事情你就一个人来，这位不能去。"

我皱起眉头，心说这是什么意思，看了看闷油瓶，阿贵又道："他还说……"

"说什么？"

"说你们两个在一起，迟早有一个会被另一个害死。"

第十章 · 坐下来谈

听了那话，我一下就愣了。这没头没尾的，盘马老爹忽然说了这么一句话，我一下没反应过来。但是，同时我心里咯噔一下，感觉这一句话听着有点瘆人。

还没细想闷油瓶已经追了上去，一下赶到那老头前面将他拉住。"这么说，你认识我？"他问道。

盘马老爹抬头看着他，脸上毫无表情，没有回答。闷油瓶一下脱掉自己的上衣，露出了自己的上半身："你看看，你是不是认识我？"

两人的黑色文身无比清晰，似乎是两只麒麟正在对决相冲，而他们目视着对方，十分奇特。

对峙了片刻，盘马老爹仍然什么都没有说，而是漠然地从闷油瓶身边走了过去，完全不理会他，面部表情也没有任何波澜。

我无法形容那时的感觉，很奇特。如果一定要用文字形容，我只能说我仿佛看到了两个不同时空的闷油瓶，瞬间交合，又瞬间分开。

"闷油瓶终于遇到对手了。"我当时心里出现了一个奇怪的想法，如果不是时机不对，我还真有点幸灾乐祸。一直以来，我认为世界上不可能有比闷油瓶更难搞的人，原来不是，果然很多时候需要以毒攻毒，以闷打闷。

闷油瓶没有再次追上去，他静静地看着盘马扬长而去，就这么几秒钟，刚才那种时空错乱的感觉便烟消云散。

阿贵不知所措地看看我，看看远去的盘马，看看闷油瓶，面色有点郁闷，显然搞不懂这故弄玄虚的是唱的哪一出。我怕他出现腻烦情绪，忙拍了拍他，走到闷油瓶身边，让他回去："别急，既然盘马让我去我就去，问完了就立即回来告诉你。"

闷油瓶不置可否，点了点头，还是看着远去的盘马老爹，不知道在思索什么。

不知为什么，这时，我觉得他的眼神忽然变得有些不同了，好像少了什么东西，同时我感觉，这眼神我之前在什么地方见过。

刚才他们四目交会的时候，一定发生了什么。盘马的这种表现，是一种极强烈的暗示，他肯定知道一些事，而且他肯定知道闷油瓶是谁，甚至和他有过比较深的渊源，但看他的态度，似乎这种渊源一点都不愉快。

我迫不及待地追了上去。

跟阿贵再次来到盘马家的饭堂里席地坐下，我脑子里一直在琢磨盘马老爹的话是什么意思，以及应该如何有效地和盘马老爹这样的人交流。

"你们两个在一起，迟早有一个会被另一个害死。"

盘马老爹突然说出这么一句话，本身就让人摸不着头脑。如果不是知道什么，他一个山里的猎人是不会无缘无故耍花腔的。但他的态度很奇怪，而且很明显，他不是很喜欢闷油瓶。

我实在想不出个中关系。这可能是一句很普通的话，也可能带有什么隐喻，我一直告诉自己别多想，也许盘马老爹的意思是我的身手太差，闷油瓶的身手又太好，所以我总有一天会连累他。但是我的直觉告诉我，这句话从承前启后来看，被警告的人似乎是我，我是那个迟早被害死的人。

但是闷油瓶可能把我害死吗？如果没有他，我早就是几进宫的粽子了，即使他要害死我，我也只能认栽了，但这似乎也完全说不通。

盘马老爹的儿子打来水给我们洗脸洗身体，盘马老爹因为伤口在后背，就由他儿子代劳了，他自己点起水烟袋，抽他们瑶族的黄烟。

我闻着味道发现烟味和闷油瓶的草药味有点类似，看来那些草药里也有这种成分。于是我想着能不能以这个当切入口先缓和一下气氛，却完全找不到话头。

天色一下沉了下来，似乎又要下雨，广西实在太喜欢下雨了。盘马老爹的儿媳妇关上窗户后席地而坐，风从缝隙中吹进来，空气一下凉爽了很多，老头这才给我行了一个当地的礼仪，我也学着还了一个。

此时我才能仔细打量盘马老爹的样貌。盘马老爹五官分明，脸上满是和山民一样黝黑的皱纹，非常普通的样貌，很难想象当年他天神老爹的派头，真是人不可貌相。这个五官绝对和闷油瓶不是一个谱系的，想到这里我稍微放心了一点。

阿贵在一边把我的来意说了一遍，还说我是官面上的人物，盘马老爹看着我说了一句话，阿贵翻译道：“老爹说，你到底是什么人他大概能猜到，他也早就料到有一天会有人问起这件事。你想问什么就问吧，问完就赶紧走，不要来打扰他。”

我又愣了一下，感觉老爹话里带着什么意思，好像他误会我是什么人了。

可是我又无法清晰地感觉出他误会的原因，想着想着我立即反应

坐下来谈

45

过来，知道现在根本不应该去琢磨，当成自己也没发觉是最妥当的，等到有点苗头了，再说清楚也不迟。

我正了正神，在心里理了一下，于是对老爹道："就是想和您打听一下以前那支考古队的事情，我希望您能把当年的情况和我大概说一遍。不过，在这之前，我想知道，您刚才的那句话是什么意思，什么叫我们两个，一个肯定会被另一个害死……"

盘马老爹吸了一大口烟，忽然露出一个很奇怪的表情，摇头说了几句话，阿贵翻译道："老爹说，他刚才那句话的意思很明白，你的那个朋友，你完全不了解他是怎样的一个人，和他在一起，你绝对不会有好下场。"

"您认识他？"我立即追问道，"为什么这么说？"

盘马老爹看着我，顿了顿，好久才道："脸我不认得，但我认得他身上的死人味道。"

第十一章 ● 味道

阿贵翻译这句话用了很长时间，显然他也觉得非常奇怪。这是什么意思？我更加不明白了。

"死人味道"是什么味道？尸臭？

我还想继续追问，没想到盘马老爹摇了摇头，让我不要再问这个问题——死人味道，就是死人味道。想知道其他的事就快问，这件事情，他只能说到这里，信不信，他都不管。

我自然不肯就这么放弃，但是盘马老爹的态度很强硬，我求了他几声，他连一点表情都没有，甚至不做回应。

这边阿贵就给我打了几个眼色，让我别追问了，怕问烦了盘马老爹翻脸，我才停了下来，心中不由得暗骂死老头太不给面子。

我看得出盘马老爹心里肯定有很多东西，虽然表面上他没有任何表现，但是话里无一不是在告诉我，他知道很多东西。但是他似乎有点遮遮掩掩，显得态度很矛盾。从他对闷油瓶的不动声色来看，这老头绝对见过大世面。

我脑子转了一下，换位思考，人什么时候会有这种表现？

一种是有东西待价而沽的时候，我以前和一些掮客打交道，都是这样放一句，收一句。但这老鬼不是很像那些掮客。

另一种是自己心中藏有一个秘密，绝对不能说，但是他看到了一个现象和他的秘密有关，如果他不说可能会导致某些严重的事情发生，在这种矛盾中他只能提供一些模棱两可的说辞。比如说有一个特务已经被人怀疑了，这时候他看到一个小鬼在玩一个铁圆盘，他知道铁圆盘是地雷，但他如果和那个小孩说了，他的特务身份就可能会暴露，这时他就会对那个小鬼说："你和这个东西玩，迟早会被这个东西害死。"

我觉得这种可能性很大，我刚开始来这里只想知道文锦他们进山的一些细节和时间，但他看到了闷油瓶之后，表现出的一些细节让我想得更多。也就是说，他认为闷油瓶是一个会炸死我的地雷，他心中有一个秘密使得他知道闷油瓶是地雷，但是他并不愿意说。

有意思！我忽然就不窝火了，不怕你不泄密，就怕你没秘密。这老鬼会提醒我，说明他良知未泯，至少可以说，他对我的印象应该不坏。现在骂人也没用，耐心一点说不定还能套出来点什么。

不过，一开始就表明自己的窥探想法会让他心生警觉，所以我决定先不动声色，转移一下注意力。于是我点头道："算了，这个您不想说，那我也就不勉强了，您能和我说说那支考古队的事情吗？"

阿贵听了之后松了口气，显然他怕我们吵起来，不给我任何再问下去的机会，迅速把这个问题翻译了过去。

盘马老爹这才抬起头来，却又摇摇头，说了一句话。阿贵也立即翻译过来道："老爹说，你弄错了，那不是考古队，那些人是当兵的。"

"当兵的？"我一开始以为我听错了，阿贵又翻译一遍。我没听错。

我琢磨了一下，感觉一定是盘马老爹搞错了，当时的人都穿着绿军装，他可能把那些人都当成当兵的了。

（接下来的对话，都有阿贵在其中翻译，为了叙述方便，不再一一说明。）

"当时形势很紧张嘛。来了好些个兵，都背着冲锋枪，说是要到羊角山里，找人给他们带路，阿贵的爹当时就找了我，我就把他们带到山里去了。"老爹继续道。

我皱起眉头，忽然想起那时和越南的边境纠纷，20世纪70年代，这里一直在零零星星地打仗，我倒没有想到当时这里正是战区，形势更加复杂。

这真是我没想到的情况，我一下陷入了沉思，脑子里很多东西闪现出来。

在当时那种环境下，竟然有考古队来这里考察，那事情就奇怪了……文锦他们还真是神通广大。

难道羊角山里真的有一个价值很大的古墓？

"那些人的背景非常深……"三叔的话在我脑海里一闪而过，让我打了个寒战。

第十二章 ● 盘马的回忆

之后，我和盘马老爹的对话持续了三个多小时，我不停地提问题，一边了解事情的经过，一边试图打探出那个秘密。

谈话内容十分分散，老爹讲话加上阿贵翻译，有时候还要互相解释概念，非常费时间。而且老爹并不十分配合回答我的问题，也可能是阿贵的翻译有一些偏差。所以谈完之后，我的脑海中完全是一片支离破碎的景象。

文锦他们进山的年份，老头没法很精确地说出时间。

当时带队的应该就是文锦，我拿出西沙的合照让老爹看的时候，他却无法分辨出其他人。时间太久，人也太多，当时那种环境下，所有的人都留一个发型，穿一种衣服，他只记住了唯一带队的人，非常合理。

盘马老爹拿了队伍的钱，当时他还是壮年，打猎的时候他一个人走得最远、最深，自然是当向导最合适的人选。

他们在当天的清晨出发，队伍的任务他不便多问详情，只是将人引到了羊角山里，之后便跟着队伍走。他的心思放在了记路上，羊角山他去得也不多，他必须保证能安全返回。

他们走了相当长的时间，在山里过了一夜，来到了山里的一个湖泊边。

那个地方盘马老爹只到过一次，那还是他三十一岁那年，他娶老婆要打几只獐子回去请舅爷。那年山里很不太平，野兽都躲到深山里去了。他一路带着狗找进来，找到了这个湖，在湖边埋伏了一天，猎到了一头野猪。之后他再没有去过那里。

那种湖泊自然没有名字，也许除了盘马老爹，村里人都不知道那里有湖。湖是一个死湖，没有溪涧，底下有没有连着其他地方他就不知道了，部队的人在湖边上扎营支了帐篷，盘马老爹的任务就完成了。

接下来，他负责每隔几天给队伍送一些给养，队伍自身的补给很充足，所以他每次进山只带一些大米或者盐巴。阿贵说的那件奇怪的事，就发生在其中一次。在此期间没有人知道那支队伍驻扎在那里是为了什么。

在这个过程中盘马老爹是很好奇的，但是他知道在那种年月里，窥探这些东西的代价太大，所以他忍住了自己的好奇心。后来队伍开拔的时候，多了很多盒子，大约有三十个，每个都是鞋盒大小。当兵的很小心地带了出来。

他好奇，曾经想拿一个，但被一个像是当兵的很婉转地制止了。那个人说这盒子里装的东西很危险，他寻了个机会拿了一下，只感觉入手十分重，不知道装的是什么。

我听到这里，脑子里大概有一些印象，这种鞋盒大小的盒子，叫收纳盒，外号叫古董盒，是考古队用来存放出土整理后的文物碎片的。这种盒子一般都被严格编号，有大有小，但大部分都是鞋盒大小

（出土的文物一般较重，鞋盒大小所容纳的重量最适合搬运）。

盘马老爹非常纳闷，因为湖的边上并没有什么特别的东西，盒子里的东西是从哪里来的？他当时的想法是这盒子里肯定装的是石头，因为湖泊的边上是大片的石滩，有很多很多石头。

不过，他很快就发现不对劲，因为在山中行进了一段时间后，盒子里开始散发出一股奇怪的味道，非常难闻，并且无法形容。

第十三章 ● 心理战一

　　我的第一反应是腐臭味，但盘马老爹说不是，常年打猎的人经常和肉食打交道，腐臭味他绝对能分辨出来，那种味道，确实无法形容。

　　对气味的形容一般基于物件，比如说"像茉莉花一样香"，或者"和臭袜子一样臭"，盘马老爹无法形容，必然是他没有闻过的味道，这种味道甚至连相似的都找不到。

　　我想问他这种味道是不是就是"死人的味道"，但终究忍住了，如果这个话题他不想说，中途提出来对我并没有好处。

　　盘马老爹的好奇更甚，但之后那些人开始对他有所提防，他没有机会再接触那些盒子了。回到村里之后，这批人很快就走了，从此再也没有出现过。这件事对他的影响很深，他进山打猎，总是会想起那支队伍，他们进山是什么目的？他们在湖边干什么？那些盒子里是什么东西，又是从哪里来的？

　　当时他就预感到，这件事以后必然会有人打听，但是没有想到，我们来得这么晚，过了近三十年才出现。

我问他湖的形态，他告诉我，湖是长的，像一把弯刀。四周全是石头，有的很大，比人还大；有的和鹅卵石差不多大。湖现在还在，不过因为气候的变化，湖的水位下降得很厉害，三年前他去过一次，湖已经比原来小了一半。

听到这里我陷入了沉思。盒子中装的大有可能就是我们在闷油瓶的高脚楼里发现的那种铁块，如果是三十多盒，整盒整盒往外搬，数量必然不少，还真有可能如胖子说的，是什么东西的碎片。

这些东西是从哪里来的呢？之前胖子在有限的条件下推测，这羊角山中有一个古墓，但是我现在听来，感觉像是从那个湖底捞上来的。

难道他们在那个湖底发现了一个大型的铁器之类的东西，然后他们将其就地分解，一块一块带出去？

不太可能。这样一来这东西就等于废铁，而且如果是这样，不可能用鞋盒那么小的盒子来装。

我不禁也好奇起来，心中已经认同了胖子的想法，无论如何得去羊角山里看一看。

盘马老爹也有一块铁块，说是从山里捡来的，而且他认为价值连城，显然考古队走了之后，盘马老爹肯定还做了一些什么。他不知道我知道他有这块铁块，所以只字未提，这让我更加确定他瞒着很多事。

不过，他现在和我说的，应该也不是谎言。铁块、"死人的味道"是和危险连在一起的，他肯定经历了一件事情，让他把这三者联系了起来。闷油瓶的记忆中，铁块是一个十分危险的东西，而盘马老爹的回忆中，那个当兵的也和他说过铁块很危险，这些都很吻合。

我琢磨着怎么让他开口，要说坏水，虽然我本性比较安分守己，但是和潘子、胖子他们混久了，要挤也能挤出少许来。这种时候，我能利用的就是老爹还弄不清楚我的身份，可以诈他一下。

诈人的诀窍就是让别人以为你基本上都知道了，从而在整个对话的形式上，把询问变成一种质问。

这就到关键时候了，我静了一会儿，脑子里有了一个大概的想法，就又问道："那么，你后来再回到湖边的时候，是怎么发现那块铁块的？"

这完全是我猜测的，因为铁块既然是从山里找来的，就不太可能是其他地方，我赌了一把，反正猜错我也完全没有损失。

盘马老爹一下子就僵了，我知道自己猜对了，但是他除了那极快的一点僵硬，并没有继续表现出什么来，而是看向我。

我知道这时候要下点猛料，又继续道："你放心，我只想知道那时候的事情，另外那件事情，我不感兴趣。"

盘马老爹这下脸色变了，放下烟斗，问道："你到底是谁？"

我心中松了口气，几乎要出冷汗了。这后面一句话，是在上一句猜测成功的基础上继续加码——死人味道、铁块的危险、闷油瓶的事情……我料想能让老爹保守秘密的，必然是有一个事故，这个事故一定非常惊险，很可能有人死。我本来可以说："他的死我就不过问了。"但是我不知道到底死了多少人，所以换了一个更加稳妥的办法。

心虚之人，除非知道我的底细，否则必然会露出马脚。

我心说反客为主的时候到了，立即装出一副高深莫测的表情——我在和客户砍价的时候经常如此——我淡淡道："你还是不要问的好，这整件事情你只要原原本本告诉我就可以了。"说着我从口袋里掏出一沓钱来，这本来是预备给盘马老爹的资料费，本来打算给个两三百，但是为了视觉效果，我把口袋里的一沓都掏了出来，放到自己面前。"我知道一些事情，但是并非完全清楚，所以你不要担心，只要照实说出来，你拿你的钱，之后什么事情都没有，也不会有人知道我们在这里说过什么。"

盘马老爹看着我，露出了心神不定的神色，我用一种非常镇定但是充满逼迫的眼神看着他，等他发飙或者投降。

"你是怎么知道那些事情的？"他问道，"你倒是说给我听听。"

心理战1

啧，我骂了一声，心说：这老鬼还真顽固，这怎么说得出来？我表面不动声色，但是脑子立即狂转。

那就是一秒内的反应，我几乎顺口说道："难道你们不知道，有人跟着你们吗？"

我话一出，自己还没回过味来，就发现盘马老爹的表情明显松了下来，心中咯噔一下，我想糟糕，被揭穿了。

盘马老爹看着我道："虽然我不知道你是谁，不过我也不是老糊涂，你回去后不要来找我了，你什么都不知道，我也不会告诉你。"说着就要来搀我。

我迅速回想，到底哪里被他发现了，是他能确定没有人跟着他，还是当时的情况不可能被人跟？我想着怎么补救却发现没什么好办法，一下就沮丧了下来。

他的儿子来开门，意思是让我们出去，门一开，光线一亮，我正想起身，忽然发现老爹的脚竟然有一些轻微的抖动。

我猛地看向老爹，发现他正看着我，虽然脸上镇定得一点波澜也看不出来，但是脸色坏得吓人，显然处于极度紧张中。

我一下就明白了，他也在诈我！

我立即将起身的姿势化成一个伸懒腰的动作，然后重新坐定，用不容辩驳的语气道："不要嘴硬，我拿事实说话，我没有多少耐心。"

盘马老爹看着我，他儿子也看着我，我信心十足，能感觉出自己当时的表情确实阴险、不可捉摸得要命。

对峙良久，盘马老爹一下崩溃了，他低下了头，向他儿子打了个眼色，他儿子和阿贵说了几句什么，阿贵就半拉半扯地被拽了出去。他儿子进来，坐在了阿贵的位置上，门重新被关上。

盘马老爹向我行了一个十分大的礼，抬头的时候道："不管你是谁，希望你说话算话，如果要算老账，就全算在我的头上。那些人全是我杀的，其他几个人只是帮我抬东西。"

第十四章 ● 那是一个魔湖

我诧异于这话是什么意思，但是盘马老爹很快就把整件事情说了出来，只听了几句，我就遍体冰凉，一下明白了死人味道的来历。但是这件事情实在太恐怖了，也太出乎我的意料了，我听完之后，首先感到的不是疑惑，而是恶心。

我实在无法想象竟然会有这种事情，也无法理解他当时的目的，更无法想象当时的人心为什么会是这样的。如果盘马老爹说的是真的，那么他身上背负的就不是什么秘密，而是巨大的罪孽。

前面的过程和盘马老爹说的完全一样，关键的问题就出在盘马老爹所说的，他进山却发现考古队消失的那一次。

盘马老爹说了谎，他那一次进山，考古队并没有消失，而且他也不是一个人进山，他带了自己的四个兄弟替他背东西，这样他们回来的时候还能打猎。

送完粮食之后，他们没有离开，因为在营地里待到傍晚可以吃到一顿白米饭，这对他们来说简直是皇帝一般的待遇。但是考古队不允许他们待在营地的内部，他们在营地外吹牛打屁，要等到傍晚开饭。

在这个过程中，四个兄弟中的一人，看着考古队的补给，突然起了歹心。

当时十万大山的贫困程度是现在的人无法想象的，连年的边境冲突，野兽都逃进了深山里，小孩子没有肉吃，只能吃一些米穗和野菜，都发育不良，白米饭更是当糖来吃的东西。补给对他们来说诱惑太大了，那几袋大米他们可以吃一年。

因为让村民帮忙运粮中途绝对会被掏掉一些，所以队伍收粮都要过秤，如果发现少了，虽不会追究，但是以后就要换人了。他那个兄弟就盘算着，等过完秤，入夜睡了，他们偷偷进去，掏几碗米出来，这样不会丢了活儿，也能让家里人吃到甜头。

盘马老爹不同意，他的手艺好，家里算不错，没有苦到饿死孩子的份儿上，但是其他四个人都动心了。

盘马老爹只得让他们去，他在外面等着。这本来是一件非常单纯的事情，但是他没有想到，这四个人进去后出了事。

他们从每一袋大米中舀了三碗米，出来的时候正好被一个进帐篷检查的小伙子碰到了。那时是军事状态，人的神经都是绷紧的，小伙子马上举枪，但是他没有看到他身后还躲着一个人。情急之下，后面的人一下把小伙子按住，他们四个人用米袋把小伙子活活给捂死了。

杀了人之后，四人怕得要死。这是杀人罪，如果让人发现，肯定会直接被枪毙。他们逃出去，和盘马老爹一说，盘马老爹立刻心说糟糕了。

这件事情他无论如何也脱不了干系，因为考古队请的是他，而几个兄弟是他请来帮忙的，所有的责任他一分都逃不掉，而且在这种敏感时候，说他没参与也没有人会信。

他当即想了一个办法，必须把那小伙子的尸体从里面拖出来，伪装成失踪，否则他们肯定会被调查。

他们潜回去，把米全部还上，然后把小伙子的尸体拖出了帐篷，结果没拖多远就被放哨的人发现了。放哨的人一路追过来问他们在干吗，盘马老爹他们一时慌神之下尸体就被看见了，放哨的人立即举枪，但是当时提出偷东西的伙计早就准备好了，一下就把那人的喉管割断了。

几乎没有什么犹豫，他们走火入魔般地连杀了两个人。盘马老爹一下感觉事情已经完蛋了，说逃吧，但是杀人的那个兄弟杀红了眼，说："已经杀了两个人，杀两个是杀，杀光也是杀，如果让他们回去通报政府，我们这辈子都要猫在山里了，与其如此，我们把这些人都杀了，就说他们不见了，其他人肯定认为是越南人干的。"

这是在一种诡异的气氛下突如其来的冲动，考古队的人数不多，那时大部分都在酣睡，想到那些白米、冲锋枪和之后的事情，盘马老爹竟然也无法抑制地起了歹念。

之后的过程让人恶心，他们拿着冲锋枪和匕首，摸进一个又一个帐篷，把里面的人全部杀死了。

杀完人后，他们把尸体、枪和弹药，还有物资，全部抛入湖中，把白米和其他吃的偷偷背回了村里，藏在床下。把一些他们能用的，但是背不动的日用品等东西也藏了起来，等风平浪静后再拿出来，同时几个人约好，以后绝口不提这件事情。

盘马老爹当时心虚，思前想后，就开始在村里宣称考古队都不见了的怪事，想为以后的事情做一个铺垫。因为当时边境冲突频繁，有队伍在越南边界失踪，一般都会认为是越南特工干的。

几个人认为万无一失，谁也没有想到，这却是他们噩梦的开始。

三天后，盘马老爹再次进山，回到了湖边，想在那些东西里翻翻，先把值钱的东西拿回去。那一晚的疯狂让他心有余悸，所以他先是远远地看了一下。让他毛骨悚然的是，他竟然看到湖边又出现了一个营地，竟然还有人在活动。

有其他的队伍？尸体被发现了？他胆战心惊，好久才缓过来。等鼓起勇气偷偷靠近去观察的时候，他却瞠目结舌，他发现之前的考古队竟然又出现在他面前了。

盘马老爹完全无法形容自己的感觉，他有点弄不清到底是怎么回事，看着在营地中忙碌的那些人，好像身在幻影之中。那些人似乎根本不知道之前发生的事情，纷纷和他打招呼。

他以为自己在做梦，捏了自己好几下才发现都是真的。那些脸虽然不熟悉，但都是在考古队里见过的，他甚至看到了几个被他亲手勒死的人在那里谈笑风生。

他仓皇赶回村里，失魂落魄，急忙把事情和其他人一说，他们去看了之后发现果然如此。他们都被吓坏了，琢磨这到底是怎么回事。难道那是一个魔湖，能让里面的死人复活？

但是那些人都是活生生的，一点也不像僵尸。

盘马老爹百思不得其解，村里人很迷信，觉得这一定是山神湖鬼在作怪，吓得魂不附体。盘马琢磨了很久，鼓起勇气，再一次回到湖边给他们送粮食，试探性地问起了那一天的事情，然而，所有人都回答没事，表情没有任何异样。

那一天好像就这样被翻过去了，天神把那一天的事情全部抽走了。或者是，那几个行凶者在当天都做了一个同样的梦，他们根本没有去杀人。

盘马老爹并不是一个就此认命的人，他不相信自己是做了一个梦，但是他怎么想也想不明白，之后一直留心着这批人，想知道他们到底是人是鬼——可是，无论怎么看，他都看不出一丝破绽来。

唯一让他感到有点奇怪的是，他闻到那批人身上出现了一种奇怪的味道，是之前没有的。

第十五章

● 中邪

　　那种味道，就是盘马从后来的盒子里闻到的味道，只不过盒子里发出得更加浓烈。

　　对盘马来说，那就完全是死人的味道。那些不知是人是鬼的怪物，他们身上的味道肯定是从地府里带出来的。

　　"你的那位朋友身上也有那种味道，如果不是被草药的味道盖住，我第一次看到他的时候就会闻到。"盘马老爹看着我，"他和他们一样，也是湖里的妖怪！"

　　闷油瓶身上有什么味道？我对味道这种东西不是很敏感，我也不是猎人，没有极好的嗅觉，所以对此半信半疑——下次要偷偷去闻一下。

　　如果事情到此为止，也许这事就过去了，过上一段时间，人会自己怀疑自己的记忆，对没法解释的事情会自动抹掉。但是，我知道事情肯定没有结束，因为光是这样，盘马老爹不会得出闷油瓶会害死我的结论。

果然，盘马继续说了下去，他说之后发生的事情，让他一辈子都无法忘记这种味道。

这件怪事发生之后，盘马老是感觉心神不宁，虽然那些人似乎和之前一模一样，但是，盘马总感觉他们的眼神和神情有一丝妖异。这种感觉没有任何事实依据，完全是一种心理作用。盘马有一种预感，村里会出事。

几天后，村里发生了一件事，让他开始毛骨悚然。

和他一起行凶的还有四个人，他们说起来都有血缘关系，远近略有不同，其中一个人叫庞二贵，胆子最小，忽然就不见了。盘马和其他几个人心里有秘密，一下心就提了起来，谁也不敢说。村里人去山里找了两天，最后，盘马他们硬着头皮回到湖边，竟然发现那个庞二贵在营地里，和那支考古队里的人谈笑风生。

他们觉得莫名其妙，把他领了回来，盘马老爹拉住他的时候，从庞二贵的身上，竟然也闻到了那股神秘的味道。

盘马看着庞二贵大白天就开始起鸡皮疙瘩，他一下就感觉到庞二贵的表情和以前不一样了，好像变了一个人。

那种恐惧是无法形容的，他感觉庞二贵肯定被鬼迷住了。回到村里，他叮嘱了庞二贵的媳妇，一旦发现她男人不正常，立即和他说。

但是他媳妇没有机会去发现了，第二天，他媳妇起来后就发现庞二贵吊死在床边上了。整个屋子里弥漫着那股奇怪的味道。

村子里以为是庞二贵想不开，或者是被狐仙迷住了，但是盘马心里明白，肯定是庞二贵中了邪，惶恐不安的他更加确定那些人是妖怪。

庞二贵的媳妇被吓坏了，再也不敢住那个房子，搬回了娘家，那房子就荒废了下来。其他几个人吓得要命，两个人搬出了村子，盘马和另外一个人留了下来，晚上根本不敢睡觉，借了好几只狗，唯恐下一个死的就是自己。

但是借了狗也没有用，一个星期后，和他一起留下的另一个人也失踪了。两天后，一个小孩在庞二贵家废弃的房子里发现了他，他吊死在和庞二贵一样的位置上。

盘马生性刚烈，自小和大山为伴，所以非常坚强，恐惧到极点之后，他反而豁出去了，带着枪赶向湖边，心说反正是死，死也要死个明白，绝对不能坐等。他进山之后，正巧赶上考古队开拔。

盘马是在半路上遇到的队伍，他们似乎不再需要向导，盘马之前已经想得很决绝，但是一见到他们就软了，他胆战心惊地随着队伍出了山。

如盘马之后所说的，考古队带着散发出奇怪气味的盒子离开了村子，再也没有出现，一直到现在。逃到另外两个村的人没有出事，盘马胆战心惊地过了一年，才逐渐放下心来，相信他们真的走了。

这一件事犹如噩梦一样一直缠绕着盘马，那种恐惧我可以想象。队伍走后半个月，为了弄清到底发生了什么，他再次回到了湖边。绕着湖边走了一圈，他发现有一件衣服不知道怎么被冲到了岸上，在那件衣服里，他发现了那块奇怪的铁块。

这块铁块的发现，让他肯定了这些人是从湖里爬上来的，因为铁块在衣服里，绝不可能被湖水冲到岸上。那铁块散发着让他毛骨悚然的味道，他觉得非同小可，所以一直放在身上。早年生活贫困的时候，他想把它卖掉，现在生活逐渐好起来了，想起当年不禁有些后怕，就想保住这个秘密，带进棺材算了。

之后，我们出现了。

盘马的秘密，到此结束了。

听完之后，我陷入了久久的沉思中，少有地，没有感到更加迷惑。我第一次感到，我似乎找到了一根链条，能把我心中的疑团串联起来。

这些谜团好比一根根双头的螺纹钢管，连接的地方都是一个疑团，但是把其中两个疑团连起来，那么四个谜团就会去掉两个，把所有的钢管连接起来，那么这么多谜团，可能只剩下首尾的两个。所以疑团一个一个连接起来，让人很有快感。

如果是以前的我，一定会抓狂，但是现在我学会了不去看问题的本身。我清楚地意识到了这件事情的真相，这件事情需要去求证。如果我的想法是正确的，那么三叔，或者说解连环一直疑惑的问题，就有了答案。

而要求证这件事情，必须要到那个湖边去。

盘马老爹拿出那块铁块给我看，那东西果然和在闷油瓶床下发现的那块一样，同样的铁疙瘩，上面有着古朴的花纹，不过盘马的这一块略大。我特地闻了一下，果然闻到了一股奇怪的味道，非常淡，几乎无法分辨。老爹说，刚发现的时候味道很浓，逐渐地，这味道一点一点消失了，铁块放在家里，家里什么虫子都没有。

我对这东西暂时失去了兴趣，心里充满了疑惑。

盘马不肯再去那个湖边，我想着让阿贵另找向导，把钱给了盘马，便起身告辞。

到门口的时候，我忽然想起了另外一件事，回头问道："对了，老爹，你身上的文身是怎么来的？"

盘马看着我，有些诧异我忽然问这个，他的儿子替他解释道："这是防蛊的文身，是小时候一个路过的苗族巫师替他文的。当时我的爷爷救了他的命，他给我爹文了这个作为答谢。据说有这个文身，到了苗寨可以通行无阻，没有人会为难你。"

第十六章 · 计划

　　阿贵一直在门口等我，蹲在地上郁闷地抽烟，显然不知道盘马他们在搞什么鬼。见到我后他立即站了起来，我对他道："走，咱们回去。"

　　在路上我问他，知不知道盘马说的那个羊角山的湖泊，阿贵点头，说以前听说过，不过他自己没去过。我说："我出高价，帮我尽快找一个猎人，带我们过去。"

　　阿贵满口答应，试探性地问我，盘马到底和我说了什么，不过阿贵问得很小心，我心说，告诉你就是害了你，便随口敷衍过去了。

　　急匆匆回到阿贵家里，我着急想把我的发现告诉闷油瓶，却发现家里只有云彩和她的姐姐在烧灶台，胖子和闷油瓶都不在。

　　我心说，奇怪，问云彩他们人呢，云彩道："那位不怎么说话的老板回来后看到胖老板还没回来就问我，我告诉他胖老板一晚上没回，他就急匆匆去找了。"

我本来心里很兴奋，一下子兴奋劲就被打了回去，心说：胖子一晚上没回来？

山村不像城市有娱乐场所可以让他去逍遥，他一晚上没回来有点不正常。我对胖子的禀性很了解，想到他之前说的要去弄点硫酸的事情，一下就有了不祥的预感。

相信闷油瓶和我一样，也想到了这个可能性，所以才会立即去找。

我马上让阿贵带我去村里的村公所，如果胖子有什么意外，肯定会在那里。走出去没几步，却正碰见胖子和闷油瓶回来了，胖子脸上还蒙着纱布，一边走一边骂，好像受了伤。

一问才知道原来胖子买硫酸回来的路上，看到一个马蜂窝，来了兴致，结果错误估计自己的身手，中招了，而且挺严重，在村公所挂盐水，结果睡了一晚上。胖子说这里的马蜂和他以前碰到的不一样，之前他碰到的马蜂都是捅了才发飙，这一次他才靠近马蜂就突然围了过来，凶得不得了。

我说："你别找客观原因，你得承认你就是老了，老胖子不提当年勇，捅马蜂窝这种事情你以后还是少干，免得惹人笑话。"

我们赶紧回房给胖子换药，换药显然极其疼，要不是为了在云彩面前表示自己的男子气概，他肯定叫得像杀猪一样。

云彩倒是很镇定，蜻蜓点水一样在他脸上消毒，我发现他的下巴上有几块指甲大的地方全肿了，云彩用竹签先把肿的地方划破再上药，那简直就是活剔肉，难怪他疼。

弄完后胖子吃饭都艰难，好不容易吃完饭，天色暗了下来，我们在高脚楼延伸出的走廊上乘凉，我把在盘马家听到的一切全部复述了一遍。

听完之后，两个人都皱起了眉头，胖子问道："还有这种事情，这都赶上我小时候吓唬姑娘家的鬼故事了，这事情能是真的吗？你说你的假设是什么？"

"我认为，盘马绝对没有说谎。"我道，"这件事情绝对是真的，但是，他的真，不是那种意义上的真。"

"你是什么意思？"胖子道。

"咱们考虑最合理的可能性，不去考虑什么魔湖啊、妖怪啊，你觉得这件事情最可能的情况是什么？"

胖子摇头道："少来这一套，我的脑细胞全给马蜂叮死了，我不猜，你直接说就是了。"

我苦笑，好不容易想表现一下，胖子还不配合，道："好，咱们把一切不可能的因素都去掉，没有什么有魔力的湖泊，没有什么死人复活，也没有妖怪，但是事情必须是合理的，盘马说的话必须成立，那么这件事情唯一的可能性其实很明显——人不可能复活，那么进山的考古队和出山的考古队，就不是同一支队伍。"

胖子顿了顿，领悟道："你是说，死的人没复活，走出来的，是另外一批人？"

"盘马他们杀了的那一批人，确实死了，盘马并不了解那支队伍。如果有另外一支队伍易容，我觉得并不需要多么高深的化装技术，就可以骗过盘马。"

"可是，为什么他们要这么干？这不是要他吗？"

"我仅仅是推测，通过那支队伍的情况和盘马的情况，我感觉这事可能有些偏差。咱们假设这是一场蓄谋已久的阴谋，那么，可能计划中，就在盘马杀死考古队员的那一天，这支考古队就已经被设定会被抹掉，但是，这个计划可能出现了偏差。也许来抹掉考古队的杀手，在林子中遇到了什么意外，没有到来，反而由盘马完成了这个任务。之后替换的冒牌队伍来到这里，以为是杀手完成了任务，于是按照计划开始了伪装。那么，不知情的盘马才有了魔湖一说。"我接着道，"这是一种合理性的推测，事实可能完全不是这样，但是这证明

计划

67

有可能这事会出现。"

"哎，这个听上去好像有点靠谱，不过胖爷我好像在哪儿听过这样的桥段。"胖子道，"你有什么证据？"

"只有一些细节，比如说，考古队是盘马带进去的，但是出来的时候，并没有等盘马进来带他们出去，而是自己出发了。说明后面的队伍熟悉这里的地形，他们有出去的本领。之后发生的事情，可能是因为后面这一支考古队发现了什么蛛丝马迹，所以对庞二贵他们进行了杀人灭口。"我道，"我现在不知道这一支考古队是否就是去西沙的那一支，但是我感觉，即使不全部是，肯定其中也有几个人是。如果是这样，那么你说会不会有人为了进这支考古队去西沙，而进行了这一次调包？"我的思路很成熟。

胖子道："但是你怎么证明呢？"

"最直接的方法，咱们应该去羊角山的那个湖里看一下，现在湖变小了，我觉得可以潜水下去看看下面有什么，有没有当时抛入湖中的尸体。"

"这个有点困难吧，过了快四十年了，有尸体也早就烂没了。"

"骨头肯定还在。"我道，"盘马他们没有船，抛尸的地方肯定是湖边，我觉得我们可以去碰碰运气。"

第十七章 • 似曾相识

胖子觉得我的说法很玄乎，但也承认这是使事件合理的唯一可能性。他本来就是羊角山一日游的积极分子，一听我说要去，自然是满口答应。

接下来我们商议了一些具体事项。因为这一次是旅游性质，什么装备都没有带，所以有点棘手，万一碰到有开棺掘冢之类需要家伙的事就只能干瞪眼。

地方偏僻，在这里也不可能买到现成的装备。胖子说道："有些东西倒是没有必要，咱们可以买点替代品，虽然用起来不会那么称手，但是这一次离村子还算近，对质量的要求也不用太高。"

他说的是野外生存用品，猎人有自己的一套，肯定不需要我们背着固体燃料和无烟炉，不过见识了野兽的剽悍，我觉得武器还是要准备一些的。

把阿贵叫来和他商量这些事情，阿贵自己也打猎，有三把猎枪，都是被改装过的不知道名字的老枪。三把枪年代不同，最老的一把是阿贵从鸡棚里拿出来的，虽然枪管子的成色还可以，但枪膛里头全锈了，谁也不敢用，也没处找火药去。另外两把都是打子弹的，看得出是战争年代留下来的。

前几年禁枪，但是这里的人都靠打猎为生，吃饭的家伙当然都不肯交出去，上头也知道情况，睁一只眼闭一只眼，就是现在子弹不好弄，阿贵说动村干部去县里批才买得下来。

阿贵自己打猎已经属于业余活动，所以家里存的子弹不多，胖子把两把枪检查了一下，道："阿贵的那把绝对没问题，另一把太久没用了，但是枪保养得还可以，要开一枪才知道还能不能用。"

我们以五十块一发的高昂价格，在阿贵隔壁几户邻居那里买来了五十发子弹，我看那黄铜的圆柱状子弹就知道是小作坊里手工做出来的，这东西要五十块让我有点心疼。胖子说："别这么小肚鸡肠，五十块钱可能就救了你的命，绝对值。"

开山的砍刀阿贵家就有，阿贵特地去磨锋利了，其他的东西我们写了条子，让他去乡里看看有没有替代品，没有爬山的绳子就用井里的麻绳，没有大功率的手电就拿几个手电捆起来用，没有匕首就用镰刀。

阿贵对我们建议道，现在雨水多，山里蚊虫毒蚁也多，特别是湖泊边上，蚊子都跟马蜂一样大，要带蚊香和蚊帐，把蚊香甩在篝火里，否则我们几个城里人肯定吃不消。我心说有闷油瓶在，这个不需要担心。

安排妥当，阿贵说那些东西得需要一两天时间准备，反正打猎的人也都没回来，他准备好了再出发。

在此期间，胖子说可以想办法用他带回来的硫酸，看看那铁块中包着什么东西，这需要精细的操作，要挑一个好一点的场地。

我想起盘马的叙述，觉得不妥当，这铁块中散发出一股气味，而且这气味随着时间的推移逐渐变淡，说明里面有一种挥发性的物质，鬼知道这种物质对人体会不会有害。我觉得要溶开这东西的时间未到，到了那边，查到一些蛛丝马迹之后，再决定是不是要冒这个险比较靠谱。

胖子的好奇心烧得他受不了，但是我说得绝对有道理，闷油瓶也同意我的看法，想到可能会连累其他人，他也只好作罢。

接下来的时间胖子兴致勃勃，一是他对古墓说深信不疑；二是他很久没打猎了，手痒得厉害，一晚上不顾脸肿得像被马踢过一样，一直和我们唠叨他以前打猎的事。我也睡不着，但脑子里想的是湖边的事情。闷油瓶一直没有说话，我看他一直看着阿贵隔壁的楼，看着那个窗户出神。

我想起前天晚上在那个楼里看到了影子，不过现在那个窗户里一片漆黑，什么也看不见，阿贵的儿子似乎不是很愿意见人，深居简出的。我怀疑他是不是有什么疾病，所以只能待在家里。农村经常有这样的事情。

一个晚上没睡，加上一天剧烈的思想活动，很快我就恍惚得听不清胖子在说什么了，闷油瓶靠在那里打起了瞌睡。在这里外面比屋内凉快得多，有闷油瓶在，四周一只虫子也没有，我们就这么躺下睡着了，醒来已经是第二天的中午。

这一天各自准备不说，第三天准备妥当，阿贵带我们出发。

让我郁闷的是，我没有看到传说中的向导，一起出发的竟然是阿贵和云彩。

我问："怎么回事？阿贵你不是说你没去过吗？怎么是你带我们去？"

阿贵说这猎人进了山里，不知道是不是遇到了什么阻碍，几队都没回来。其他人都没去过，他能找到的人就是他女儿云彩。云彩以前跟着爷爷去过那里几次，知道怎么走。他带着我们，加上云彩认路，还有狗，问题应该不大。否则我们几个语言不通，恐怕会出麻烦。

我心说，糟糕了，看来我出价太高，阿贵舍不得让别人赚这个钱了。胖子立即说："不行，咱们是去干事的，带着个小丫头这不是开

似曾相识

71

玩笑嘛，要是受点什么伤，你这个当爹的不心疼我还心疼呢。"

阿贵一个劲儿地说没事，这里的小丫头片子也都是五六岁就摸枪了，要论在山里，她比我们有用，而且这山她比他都熟悉，不用担心。

说着云彩就从屋里出来了，我和胖子一看，眼睛都直了。只见云彩完全换了一个人一般，一身的瑶族猎装，猎刀横在后腰，背着一把短猎枪。瑶族姑娘本来身材就好，这衣服一穿，那小腿和身上的线条绷了出来，真是好看得紧。加上英姿飒爽中带着俏皮的表情，带着十七八岁年纪那种让人不可抗拒的味道，一下子就把胖子给征服了。

她走到我们边上，挑战似的盯着我们，道："几位老板，瞧不起人是不是？"

"没有没有！完全没有！"胖子立即道，"大妹子，你不要误会，你胖哥哥我主要是怕你辛苦，其实在我们心里，你绝对是最佳人选。"

我立即皱起眉头，踢了胖子一脚，低声骂道："你怎么变卦变得那么快？怎么着？就你这年纪了，还想老牛吃嫩草？"

"我年纪怎么了？胖爷我这说起来叫人到壮年，是壮牛，不是老牛。"他低声道，"你都让潘子去找个婆娘，怎么就容不得我？"

我也不知道他是真的动了心，还是只想吃点豆腐，对他道苗瑶一家，女家都厉害，你小心人家真动了情把你下蛊绑了，那你就得上门在人家家里种一辈子田；如果变心逃跑，一发蛊那就是万虫穿心，一身的膘都喂了蛊虫。

胖子显然见多识广，不以为然，说牡丹花下死，做鬼也风流，最好全瑶寨的美女都向他下蛊，那他就留在这里做村主任。

嬉笑中我也只好接受了这个现状，看云彩那种气度，我感觉阿贵说得没错，而且这一次估计不会有太大的危险。

唯一让我在意的是，我们打包东西的时候，胖子老是找云彩调侃，把云彩逗得哈哈笑。但是我能看出来，云彩时不时偷偷看闷油瓶，看得很小心，总是看一眼立即转回眼神，但在那清澈的眼睛里，我是能看出一点东西来的。

我们按照当时找盘马老爹的路线原路进发，对这条路线我已经有了少许了解，一路比那晚搜索盘马老爹时轻松多了。胖子简直被迷住了，围着云彩打转，就差趴下来给她当马骑了。云彩也确实可爱，蹦蹦跳跳的。

她问我们到底是干什么的，肯定不是导游，哪有导游会到这种地方来。胖子故作神秘，说我们是有秘密任务的大人物，如果她肯亲他一口，他就偷偷告诉她。

我还真怕云彩亲他，那太浪费了，还好云彩是有审美能力的，坚决不上当。不过闷油瓶没有为我们的气氛所感染，他的脸色一直没有任何变化，在轻松的气氛中，只有他仍然沉在阴云里。

当天晚上到了山口的古坟处，我们深入进去一两公里稍事休息，天亮后继续，在山中走了两天，才来到了那处湖边。

远远地我就在山脊上看到了那湖泊，大概是连日下暴雨的缘故，湖泊比我想象的要大一些。果然如盘马老爹说的，四周全是石头。湖四周是莽莽群山，高大陡峭的山峰连绵不断，山体巨大入云，一点也不像丘陵，完全是险恶的大山大水。山中植物分布得非常密集，连山间的断崖都是墨绿色的，十万大山果然名不虚传。我不由得庆幸，此地离村子尚且不远，再往里走，这深山中的腹地恐怕比塔木陀还要险恶。

经过一条已经完全被植被覆盖得不可见的山路，我们来到湖滩上，完全看不出当年这里有人驻扎过的痕迹。湖水非常清澈，倒映着天空中的云彩，相当漂亮。甩掉包裹，我们到湖水里去洗脸，水是凉的，说明湖底通着地下河，在三伏天里冰凉的湖水让人精神一振。

洗完脸我仰头看向四周，湖水倒映着天空和四周的山，忽然发现这里似曾相识。我看了一眼，边上的闷油瓶也是一脸疑惑。

似曾相识

73

第十八章 ● 脑筋急转弯

　　这种一刹那的熟悉感以前我也有过，每每想起都让我起一身鸡皮疙瘩。书上说这是一种错觉，但是这一次不同，因为我看到闷油瓶的脸色也起了变化，同样一脸疑惑的表情，不知是否和我是同样的感觉。

　　是哪里呢？我在哪里看到过这里的情景，或者是看到过与这里类似的情景？

　　我努力回忆，在脑子里翻来覆去地思考，但就是想不起来，只记得这情景我应该刚看到不久。而且，与这种熟悉的感觉一起来的，还有一种"不对劲"的感觉。显然我记忆里的印象，和这里仍然有少许的不同。

　　胖子没心没肺，直接脱得只剩下裤衩跳到水里游泳了。阿贵让他小心点，山里的湖都不吉利，不要太折腾。胖子什么场面没见过，朝阿贵泼水让他闭嘴。

回到岸上，我们脱掉了湿掉的鞋和裤子，胖子帮阿贵搭起了雨棚，阿贵去砍柴，云彩帮忙烧饭，我喝着水，这才想起这山景在哪里见过。

这山的形状和感觉，竟然和我们在村子溪边戏水时看到的山景非常相似，山的线条、走势都如出一辙。只不过当时我们是在溪涧里，现在我们是在湖泊里。所以这水里的倒影和山的样子，一下让我吃了一惊。只不过这山上树木茂密，而在寨子边上，树木都被砍伐过了，所以才有少许的异样。

我在溪涧休息的时候，仔细观察过溪涧四周的风景。别看闷油瓶心不在焉的，一切他肯定也看在眼里了。胖子的注意力当时在那些小姑娘身上，所以没察觉。

这还真是有趣，大自然真是鬼斧神工，不知是纯粹的巧合，还是因为什么地质关系形成的。好像有一种风水地势就是如此，这种地形叫作"鱼鳞岙"，所有的山好像鱼鳞一样，一层一层的，山势都十分相像。这种风水不适合葬人，因为据说鱼鳞下是藏污纳垢的地方。从地理上说鱼鳞状的山势特别容易发生水土流失，也是积水特别严重的地形，我们在山口看到的古坟就是一个例子。不过，如果在"鱼鳞岙"里有一汪湖，那就完全不同了，那叫"鱼来自得水"。水在鱼鳞里，出水而不亡，那这就不是鱼，而是一条未化的小龙。如果有早亡的年轻人，应该葬在这里。

如此说来，这里有个古墓的可能性真的很大，可惜我不知道这种山势的殓葬细节，在我看来四周的山都不是很适合葬人。

云彩他们搭完窝棚，开始收集柴火，我和胖子、闷油瓶不需要帮忙，开始环湖搜索，观察四周的环境。

湖泊只有两个足球场大小，一下就走完了。我走在岸边看着湖内，感觉湖底似乎也全都是石头，而且湖底的落差很大，稍微浅一点的地方能看到水底，再往下湖底就隐入了黑暗，看来水下可能极深。湖滩上全是大大小小的石头，如盘马所说，大小差别很大，让我在意的是，湖滩非常干净，什么杂物都没有，也许是被连日大雨冲进湖里了。

我对极深的湖泊总是怀有一种莫名的恐惧。俗话说浅水不藏龙，水深必有怪，水一深代表湖的容纳范围没有我们从湖面上看到的那么小，就可能有一些奇怪的东西在里面。世界上很多有水怪的湖，湖面不一定大，但都极其深，即使没有什么古怪，水极深的地方也容易有一些大鱼。有些大水库清库底的时候，总会发现一些长得无比巨大的鱼。

绕了一圈没有看到明显的尸骨痕迹，不过湖滩大部分石头都很细碎，四十多年来这里水位不断变化，山石不断滚落，那些尸骨也许被压在了石头的下面。

我们判断着当时的过程，按照一般的情况，考古队应该和我们一样驻扎在湖的南面，另一面是山，会有落石和泥石流的危险，那么我们要搜索的区域应该是湖的南面。

这是个大工程，还好带了几只狗，不过也不知道能不能派上用场。尸体被水泡了这么多年，肯定白骨化了，和石头不见得有什么区别。

吃过中饭，阿贵说要去四周转转，看看有什么东西好打，我们开始划区域寻找，云彩给我们洗汗臭的衣服。湖边的区域很大，我和胖子、闷油瓶三个人每人划分一大块地方开始了行动。

我们要做的就是徒手把石头一块一块地搬开，这里的石头应该是离岸最近的，不停地往湖中心滚落，但是这里的水位是逐渐下降的，而且石头累积本身就有防雨水冲刷的作用（雨水会浸入石滩下层，汇聚成地下水，而不会在石滩上形成水流，都江堰的一部分就是这种原理）。湖底的坡度很陡，当年盘马老爹不可能走入湖中太深，那么抛尸的地方肯定离岸很近，而且水位下降了很多，尸骨不会在湖里，而是在岸上。

胖子说尸体丢下去后如果没有什么东西捆扎，会先变成浮水尸，然后沉底被鱼虾吞食，骨头应该是散的，脑袋在这里，屁股可能就在一百米外，这么找肯定找不到。而且如果尸体没有被抛入很深的地方，那么也有可能被动物拖上岸分食。

我说："无论怎么说，不太可能一点蛛丝马迹都不剩下，毛主席说过，世界上怕就怕'认真'二字，咱们先找，真找不到再来分析原因。"

三个人就这么一直翻到夕阳西下，仍然没有结果。几只猎狗在湖边嬉戏，完全不理会我们，也不想帮忙。湖边的太阳很毒，晒了一天，我的天灵盖都火辣辣地痛。阿贵的枪在林子里响了两声，带回来一只野鸡，很快烤鸡的香味就让我们按捺不住了。

胖子不禁有些沮丧，我们休息的时候靠在一起抽烟，胖子说："看来够呛，你还是看看这里什么地方可能有肥斗比较保险，死人可能找不着了。"我知道他还惦记着找古墓，安抚他说反正要待好几天，慢慢来吧，真要找不到死人，我就替他去找那肥斗。

难得我心中没有多少急躁，喝了点米酒，我们围在湖边的篝火旁休息，既是湖边，又是山中，凉爽得要命。云彩也换了衣服，穿了轻薄的T恤，洗了头，感觉和城市里的女孩很像了。吃了饭她还跳舞给我们看，瑶族的舞蹈有很多转圈和后踢小腿的动作，瑶族姑娘的小腿又特别好看，胖子看得下巴都要掉下来了，一定要去学，但是他完全像跳大神，我们笑得人仰马翻。

太久没有笑得这么舒畅了，我最后都笑不动了，转眼看到闷油瓶，却见他靠在石头上，一点放松的表情都没有，乍一看都察觉不到他的存在。

我心说到这里来找他的过去也不知是不是一个错误，就目前收集到的线索来看，显然策略上我们是来对了，对我们来说，这一路过来是轻松的，但对他来说，遇到的东西无一不是在敲击他过去的心门，让他轻松起来真的很难。

这人又是典型的自我放逐型人格，心在桃园外，兀自笑春风，谁也进不了他心里。

想想有些不忍，我拿了一块小石头丢他，对他道："别琢磨了，告诉你，我有经验，怎么琢磨都没用，咱们现在做的就是拼图，在所有的碎片找得差不多之前，少琢磨一些。"说着我递给他米酒。

闷油瓶默默接过，放到一边。我有点喝多了，叹了口气道："你就不能喝一口？"

他摇头，看向一边的黑暗处。

我只得把注意力转回胖子身上，胖子正出脑筋急转弯给我们猜，问云彩，什么战斗是杀敌一百，自损三千。

我怕胖子出黄色笑话给小姑娘猜，小姑娘很单纯啊，这种东西感觉说出来都是污染，就喝了他一下。胖子说放心吧，这个脑筋急转弯绝对正经。

阿贵也喝多了，咯咯直傻笑，猜来猜去都不对，最后答案公布，原来是屁和和十三幺的战斗，打麻将放炮，赢下家一百，但是输给中炮三十番。

瑶寨里不兴这个，云彩根本听不懂。我骂道："你这不是欺负人吗？有没有乡土一点的脑筋急转弯？"

胖子说有，问我们："再猜，什么战斗是杀敌一个，自损三千？"

"马蜂！"云彩立即举手道。

胖子嗔道："臭丫头，你存心刺激我是不是？"

我们大笑，我说那肯定是骑兵和坦克的战斗，胖子道如果是骑兵和坦克，自损一万都杀不了一个。

我们接着猜，有猜打扑克的，有猜蚂蚁的，有猜吃鲍鱼的，胖子都说不对，得意扬扬，好像在凌辱我们的智商。

我怒道："你说那是什么战斗？如果牵强我就揍你。"

胖子道："这个太容易了，哎，胖爷我真是天赋异禀，和你们这些凡夫俗子怎么都有差距，我告诉你，你听好了，杀敌一个，自损三千，是香蕉和大象的战斗。"

我听了大怒，骂道："你胡说什么！香蕉和大象的战斗，这是什么玩意儿？你倒说说香蕉和大象打，怎么可能杀敌一个，自损三千？"

胖子道："大象被撑死了呗。"

我们一下笑成一团，云彩都笑得无法呼吸了，但是笑了几声，我们就慢慢收敛了下来，因为我看到闷油瓶在我们笑得人仰马翻的时候，默默地站了起来，往湖的方向走去，然后远远地坐在篝火勉强能照到的地方。

云彩的眼神里有一丝惶恐，她看了看我们："他是不是嫌我们太吵了？"

胖子叹了口气，吸了一口黄叶烟，安慰道："没事，别理他，他是去屙屎。"

我看着闷油瓶，刚想站起来，云彩却抢先朝他走了过去。

第十九章 · 虹吸效应

云彩坐在闷油瓶身边，远远地也不知道有没有和他说上话。胖子直直地看着，我调侃道："你失恋了，节哀顺变。"

胖子不以为然道："你不也一样！"

"一你个头！"我怒道，"我可没你那么变态，我对小女孩没兴趣。"

胖子拍拍我："我相信小哥绝对是够义气的人。"说着把酒递给我，自己起来屙尿。很快后面传来"长篇大尿"的水声，源源不断，也不知道他憋了多久。

我不禁莞尔，笑得也累了，静下来，看着远处月光下的湖面，忽然感觉来这里也许是一种缘分。

独看这里的湖光山色，谁能想到当年发生了那么诡异的事；看我们笑声豪迈，谁又知道其实我们背负了这么多东西。世界上的一切都很简单，而人似乎是最复杂的，这种复杂是他们抗拒却又逃避不了的。

庸人自扰，都是庸人自扰。我闭上眼睛，深吸了一口气，想自己以前的那种心境，又想想现在的这种心境，觉得以前那个在那么多谜中到处碰壁的自己真的有点可笑。

胖子放完水，哆嗦着走回来，看云彩还在那边，就奇怪道："那丫头还没碰一鼻子灰回来？毅力可嘉啊。"

我道："别说，也许小哥正喜欢这种类型的呢，他们现在都在交换定情信物了。"

胖子说道："那不成，他们离我们这么远，万一有个妖怪什么的从湖里出来把他们拖了去，我都不好救，我去保护他们一下。"说着就要过去。

我拉住他，说："不要打扰了，闷油瓶现在可能已经很烦了。他现在肯定满脑子都是问题，这种时候我也经历过，让他一个人待着比较好。你仔细听听，云彩也没有说话，说不定只是陪着他看天。"

胖子坐下来，仔细听了听，却听到一边云彩正在唱歌。我和胖子都静了下来，微弱的湖风带来了轻灵的歌声，是瑶族的歌曲，唱得很轻，但是很清晰。

再没有人说话，我心说，云彩这丫头真不错，于是坐下来，看着天上的繁星听了下去。

天上薄云飘过，我的心境很快如湖水一般平静，慢慢地，在空灵的歌声中我进入了恍惚的状态。

迷迷糊糊的，不知道过了多久，忽然歌声停了，我的心境动荡了一下。我睁开眼睛，只见闷油瓶已经站了起来看着湖面，一边无聊地趴着的几只狗也都抬起头看着相同的方向。

胖子还在闭目养神，阿贵也感到了异样，我拍醒胖子，就听到风从湖面的方向带来"吧嗒吧嗒"的声音，好像有好几双脚掌很大的腿，正从湖泊的浅滩往岸上走来。

狗全都站了起来，警惕地盯着那个方向，这些猎狗训练有素，没

虹吸效应

有一只发出吠叫。胖子和我对视了一眼，我朝他努嘴，他指了指一边的手电，让我递给他。阿贵却一边让我们安静地坐下，一边摆手让我们别紧张，他轻声道："没事，好像是野兽在舔水。"

"是什么野兽？听动静个头儿挺大啊。"胖子轻声问。

阿贵拿起猎枪，让我们待着别动，赤脚往黑暗中摸去。云彩跟在后面，胖子一看要打猎了，立即按捺不住，给我们打了个眼色，我也想去看看，于是隔了几米，偷偷尾随过去。

走到闷油瓶边上，依稀看到一些湖面的情况，我们寻找想象中的野兽，但是没找到。可能这只野兽只是喝水的动静大，个头儿不大。我们用手电扫射，循着声音寻找，找着找着，却发现这种声音来自四面八方，而且有节奏，不像是动物发出来的。

"不是野兽，是什么声音？"胖子自言自语。

"潮声。"闷油瓶道。

我们面面相觑，这么小的湖会有潮水？难道今天的月亮特别大？我抬头看看，月亮根本看不清楚。

阿贵放下枪，我们朝湖边走去，走到吃水线附近，果然，湖水在有节奏地波动着，像海浪拍打沙滩，不过幅度不大，那动物舔水的声音，是水撞击石头发出来的。

我看着脚下的石滩，发现水位下降了，脚下都是湿的，也就是说刚才我们吹牛打屁加上云彩唱歌的时间，这湖泊的水位就在不停地下降。从湿线开始一直走到水边，我发现起码有十几步，水位降得很厉害。

"怎么回事？难道湖底漏了？"胖子搭手眺望。

我对地理很熟悉，知道这是一种地理现象，对他道："这大概是虹吸效应。"

"虹吸是什么？虹吸二锅头？"

"这湖看来确实和地下河相连，附近可能还有一个更巨大的湖与之相连，被潮汐或者气压影响，这里的湖受到联动，比如说小湖和大湖都是磁铁，而假设虹吸效应是月亮引力引起的，那么月亮也是大磁铁，肯定大湖受到的吸力大，于是大小湖就产生压力差了，小湖中的水会被抽到大湖中去，小湖的水位就会降低。"我抬头看了看天，忽然意识到了什么。

难怪我们找不到一点尸体的痕迹，如果这里存在虹吸效应，每天晚上有虹吸潮，那么当年的尸体可能会被虹吸潮吸到湖中心去，就好像抽水马桶的原理一样。

不光是尸体，所有在湖里的东西都会被抽到湖的中心去，难怪我感觉湖边上除了石头，一点东西都没有。

这湖的湖底落差很大，非常陡峭，只要往下滑落就不会在涨潮的时候被推回来，如果当时没有用石头压住，那么现在肯定留在湖中心最深的地方了。

想到这里我不由得有些沮丧，不知道这湖有多深，我们没有带水肺，如果湖水太深，那么我们这一次可以说是无功而返了。

不过，再一想又振奋起来，徒手潜水的人能潜到一百多米深的地方，虽然我们没有那种专业技能，但是潜个二三十米应该问题不大。如果湖水没有深得离谱，我们还是可以下水去找找的，就是需要水性好的人。

来这里一次不容易，不管怎么样我们都得试一试，游到湖中间倒没什么难度。

于是我问他们："你们憋气都能憋多久？"

虹吸效应

第
二
十
章

●

湖
底

　　我们几个人中，胖子、闷油瓶和我都有点水性，阿贵能游泳，但是他一般在溪涧中，没有长时间踩水的习惯，所以帮助恐怕不大。云彩倒是水性很好，可是没有泳衣，我们总不能让她穿着小背心帮忙潜水，那胖子恐怕就没心思干事了。

　　要说憋气时间还真没个准，胖子说他肺大，能憋五分钟。我说："不可能，你体积那么大，潜到水下受到的压力比我们大得多，一般能憋到三分钟的人已经是神仙了。千万别逞能，这玩意儿不是开玩笑的。"

　　胖子道："我倒不是很担心这个，咱们下去肯定会在浅的地方先试试水，问题是我们没脚蹼，往下潜水很慢，可能没到底就没气了。"

　　我点头。其实自由深潜也不是完全徒手，也是有相关的装备和保护措施的，而其中最重要的是人的心理素质。我在西沙的时候，听那几个潜水员和我们说过，深水潜水最关键的恰恰是心理素质，所有的深水潜水，特别是自由深潜的潜水员都会做瑜伽的入定训练。在水深的地方，四周一片漆黑，犹如身在一片虚无中，这时人会不自觉地恐慌。在水下，一恐慌就没法定神了，很容易出事。有水肺的时候，耗氧量也会大幅增加，如果没有水肺就可能直接心理窒息了。

可惜西沙的那片区域海水都太浅，而且水太清，我没有体验到那种感觉，也不知道实际碰到会是如何。

不过自由潜水对装备的要求并不苛刻，我们可以找到一些替代品，比如说胖子提出的问题，我们只要用石头加速下降就可以了。这里的湖原先可能很深，但是这些年水位下降不可能还有一百多米，我看五十米深已经是极限了，当然，在潜水之前我们也得先探一下。

我们详细讨论了一些细节，三个人都很兴奋。第二天我们起得很早，趁着太阳没出来，我继续在岸边进行最后一次搜索，确定自己昨天的印象。湖四周有一层薄雾，但是只到湖的外沿为止，云彩他们都习惯了早起，早早就烧好了早饭。那是很薄的稀粥，胖子一个人都能喝十碗，不过云彩烧的，他怎么也不会说不好喝。

吃完早饭后，胖子也来帮忙搜索，这一次带了狗，胖子逗那些狗，说找骨头，找骨头，找到骨头给你们配母狗。狗却自顾自在湖边喝水嬉戏，完全不理会他。

等到日头出来，我已经又转了一圈，确定不太可能找到了。我和他们合计，确定得下水，时间定在下午水稍微暖和一点的时候。于是按照昨天计划的，开始搜集和准备很长的绳子、一个小浮筏、几块重量合适的石头。

阿贵和云彩帮我们编草绳，不需要太结实，只要能用来测量深度就行了，但是要尽量长。胖子拿着镰刀割了不少草，然后铺开来晒，但并不是所有草都适合编，一大半都不能用。

我和闷油瓶用编好的绳子扎了两只八仙桌大小的小浮筏，然后找等同大腿粗细的石头，绑上草绳做压舱物。

草绳编了三截，只有十多米，两个人一个上午能有这样的成就已经很了不起了。因为没有经过很好的加工处理，绳子很粗糙，但是我不管了，反正也没指望能用上几个月，能撑住几个时辰就行了。

另外把胖子的尼龙包裁掉，把里面的尼龙线扯出来盘了个线圈，上面绑个小石头当成小锤，用来探测深度。

准备妥当之后，我们把这些东西全部堆到小浮筏上，然后脱得只剩下裤衩缓缓走入湖中。闷油瓶的内裤是胖子买的，上面有两只小鸡，把云彩笑得差点晕过去。

此时已经是下午两点左右，湖水的表面还是冰凉，肯定与活水相连。要是没有太阳，这么大的温差，说不定我们下水还会抽筋。

一路踩水，很快脚下的水颜色就变深了，这有点让人心虚，看不到底的地方总让人感觉不安全，不过我们都经历过大风大浪，那种感觉一闪即过。湖也不大，我们很快就踩水到了湖中心的位置。

湖风非常凉爽，暑意全消，在湖中心，踩水需要更用力才能保持身体的平衡。胖子用手抹了一把脸，问道："天真无邪船长，先干什么？"

"先测水深。"我道。

胖子拿起系着小石头的尼龙线，往水里丢去。石头拉着丝线往下不停地沉，丝线圈在胖子手里不停地转动。很快，只剩下线能看到，石头沉入了黑暗之中。

等了一分多钟，线圈才停止转动，胖子把线头拉住，把线一点一点拉上来，一边数绕的圈数，最后确定水深有三十三米多。

我吸了口凉气，虽然和我估计的差不多，但是真听到还是觉得有点可怕，并且这还不一定是最深的地方，这种石头湖，最深的地方不一定在湖的正中央。

"三十三米，大副，咱们得潜十多层楼这么深啊！"

"我靠，怎么一听到三十三米立马就给我降官阶了？"我骂道，一边硬撑，"十层楼一般般，怕个鬼。"

说着就和闷油瓶用泥塞住耳朵，先浅浅地潜了几下适应了水温，让胖子暂时先在上面看着。他胖，不那么好潜，我们争取一次搞定就不用他了。说着把绑着大石头的草绳系在腰上，拿好镰刀、装在塑料袋里的手电，我就和闷油瓶打了个眼色。

我们深深吸入一口气，在气快到极限的时候，一下把石头从木筏上推入水中，石头缓缓沉下，带动我们直接往水里沉去。

在苏丹，出轨的酋长夫人就是这么被处死的。我抬头看着水面，没有潜水镜，所有的情景都是迷蒙的，模模糊糊能看到胖子的下半身和木筏的影子，还能看到太阳在水面上的光晕。但是这些情景很快就远去了，一下四周便进入了绝对的寂静。再往下看，下面是一片漆黑的深渊，只能看到闷油瓶的手电，他头朝下灵活得像一只水獭。

这种情形不会持续太久，我告诉自己。随着四周光线的急剧变暗，同时出现的是巨大的水压，我的耳膜和胸口非常难受，使得我不得不吐出肺里的空气。

很快，我的手电照到了水下的情景，那是灰蒙蒙的一片石头，逐渐朝我靠近。随着我的下沉，水底也越来越清晰，我发现水下的石头有深有浅，显然并不平坦，是一处斜坡。

也就几乎在这个时候，我有点憋不住气，看了看表，才下水不到三十秒。我感觉一股压力直冲我的鼻子，我很想很想吸气。

另一边闷油瓶还在不断下潜，我抬头看了看头顶，天哪！头顶一片模糊，只在很远处有一点光晕——你可以想象，你在一个漆黑一片并有三十米高的大礼堂里抬头看碗口大小的天窗的感觉——我不由得恐惧顿生，乱了手脚，感觉没法坚持了。

于是我拔出腰里的镰刀想割断拉住我的草绳，没想到的是，浸了水的草绳很有韧性，我割了两刀，草绳只断了一半，另一半怎么也割不断了。

我一下就慌了，条件反射下告诉自己深吐气，要镇定，结果一呼吸差点一口水呛进肺里。

好不容易憋住，从绳子的一头传来一阵震动，石头已经落到底了。

我努力稳住自己朝下望去，水底果然是一大片单调的陡峭石滩，和岸上的石滩一样，都是大大小小的石头。不过这些石头经年累月泡在水里，上面覆盖着一层水糜，让我感觉异样的是，这些石头完全是"干净"的，不像我以前看到的水底，石头上都会长一些藻类和螺蛳。

石滩很陡峭，我的"负重石"卡在石滩的几块石头里，没有往陡坡下滑，但是石滩下面一片幽深，好像还有的潜。

我不知道现在的深度是多少米，另一边闷油瓶下潜的地点肯定比我深得多，因为我已经看到他的手电光沉了下去，好比黑夜中一个模糊的信号弹。

我肺里的气几乎快要吐光，人也往水底沉去，很快就趴在了水底，这时反而感觉自己还能憋上一段时间。刚才的紧迫感可能是水压压住我的胸口导致的，我撑了一下，把我的"负重石"从卡住的地方搬了起来，往斜坡下方丢去。

负重石头滑了下去，再次带动我下潜，又下去七八米，石滩的坡度变缓，石头又停住了。

我抓住绳子再次沉下去，还想搬起石头，这时忽然发现斜坡下方深邃的青灰色水中，出现了一个巨大而模糊的影子，好像一条鳄鱼的脑袋。

水下的视线十分模糊，我只能看清楚大概，不由得吓了一跳，心说这种湖里都会有水怪？

手电照下去，却看到那影子其实是一间样式古老的木楼，垮塌在我脚下的深沟内，只有一个大概的架子，上面覆满了棉絮一样的沉积物。我拽住绳子稳定自己的姿势，靠近那木楼再转动手电，看到这种木楼不止一间，下面还有不少交错的黑影，甚至有破败的瓦房。顺着这深沟的坡度望下去，石阶、篱笆什么都有，所有的这些都静静地沉在湖水中。

天哪！我惊呆了，我看到的，竟然是一座瑶族的古寨。

第二十一章 ● 湖底的古寨

幽深青色的湖底给过我很多想象，但是我从来没有想到，我会在湖底看到这些东西。

这些木楼被沉积物完全覆盖，很像沉船的一部分，在这种光线下我无法仔细观察，但还是能肯定，我眼前应该是一座沉在湖底的瑶族古寨。

更深处的坡下一片黑暗，下面黑影幢幢，肯定还有东西，我猜测都是这种高脚木楼。

这是怎么回事？为什么湖底会有这些？难道这里发生过大面积的山洪，导致山体崩塌，把原本是村庄的地方淹没了？

看着这幽冥一般的青色古楼，我整个头脑都混沌了，连四周的环境都忘记了，只是呆呆地看着眼前的情景。

正在发呆，忽然浑身一震，我开始往上浮去，一扯脐带一样的绳子，发现原来被我死死拽住的绳子终于断了，这时候才再次感觉到令人窒息的水压扑面而来，我再也顾不上眼前的情形，奋力向上挣扎着游去。

那是一种让人很难形容的感觉，有了浮力的帮助，我上升得非常快，四周是黑暗，上方是逐渐明亮的光圈，我的大脑开始缺氧，只感觉光圈越来越迷蒙，像在游向天堂。

淹死的人最后看到的大概也是这种场景，我心说。最后的几秒我的气已经到了极限，脑子里一片空白，眼前一片白光，之后猛地感觉脸一松，四周的白光收缩，同时我听到了水声和其他无法分辨的声音，看到了水光潋滟的湖面。

我几乎没有力气吸那第一口气，那一下呼吸是用全身的力气爆发出来的，等我终于让肺部充满空气的时候，我差点晕了过去——天哪！活了几十年，从来没有觉得呼吸是那么舒畅的一件事情。

接着我开始大口喘气，几乎是恐怖地吞咽空气，四周的一切逐渐舒缓过来。

等我完全清醒，抬手看了看表，发现从我潜水下去到我浮出水面，才过了一分钟多一点，我却感觉过了好几个小时一样。水底的环境和看到的情景太让我震惊了，以至于感官都失常了。

而在平时我的憋气时间没有这么短，看样子游泳池和深水湖泊完全是两回事，我想得太天真了。

胖子和筏子在离我三十米处，可能是我最后冲出水面的时候用错力气，偏离了方向。我朝胖子游去，游回到筏子边上，胖子就问我怎么这么快就上来了。

我刚想说话，忽然感觉上唇很烫，一摸，竟然流鼻血了。接着耳朵和全身都开始疼，人开始眩晕，差点就从筏子上脱手沉下去，恍惚间感觉被胖子拽住了，隐约听到他对我道："老天爷，你上浮得太快，血管爆掉了！"

还好眩晕稍纵即逝，很快我就缓了过来。我不是专业潜水员，看来身体的构造确实不适合这种自由潜水。我再次趴到筏子上，看着源源不断的鼻血贴着我的脸流到我的下巴，然后滴到水里，我隐隐有些担心自己的内脏也受了损伤。

胖子用他的手绢给我暂时堵了一下鼻孔，就问我怎么回事，怎么上来得这么急。

我仰起头让鼻血回流，同时把我看到的说出来。胖子听得目瞪口呆，不过他还不相信，这种事情，不是自己亲眼看到，就不知道是个什么情形。他说他也要下去看一下，我把他拦住了，告诉他这下面绝对不止我们测得那么深，一个人下去太危险了。

这时候又是一声水响，闷油瓶也浮了上来，大大地吸了一口气。他出现的地方离筏子只有两米多，显然比我镇定得多。

我看了看表，他比我多潜了一分钟左右。他吃力地游到筏子边上，单手扶上来，胖子刚想问情况如何，闷油瓶另一只手忽然从水里哗啦提上来一个东西，甩到了筏子上，水花一下溅了我们满脸。

我还没看清楚，胖子就惊叫起来："妈呀，这是什么鬼东西？！"

第二十二章 ● 捞起来的怪物

　　大概是胖子的叫声给了我预判，我顿时心里发毛，忙抹开脸上的水去看。

　　我的第一感觉是闷油瓶可能找到了那些尸体，我已经做好看到一具惨白尸骨的准备。

　　可惜我猜错了，我看到被甩到筏子上的好像是一具登山包大小的动物尸体。仔细一看又发现那"沉尸"的四周竟然还长了一团腐烂发黑的触手，"沉尸"被水泡胀了，好像一只球一样，看样子在水里已经腐烂了很久。

　　看过发大水的时候湖里漂过的死猪死狗的人都知道这种尸体有多恶心，我顿时感到一阵反胃，忙翻身蹬出去远离那筏子，心说，闷油瓶捞这东西干什么？

　　游出去一米多，我立即用湖水洗去溅到我脸上的腐尸水，感觉黏糊糊的。胖子已经在那里开骂了："小哥，我靠，你真是下得去手，什么恶心你捞什么。"

闷油瓶却不以为意，一下趴到筏子上，手直接压在那具腐尸上，顿时尸水被挤了出来，顺着筏子流到湖面上。接着他把那些触手从尸体上撕下来，抛到水里。

我几乎要吐了，但随即就发现不太对，因为我没有闻到强烈的腐臭味，接着看到胖子似乎发现了什么，也在招手让我过去。

我再次游过去，闷油瓶甩出来的"触手"还漂浮在筏子四周，我忍住恶心捞起一条看了看，发现那不是什么触手，而是一种奇怪的像水草的东西。再仔细看那黑色的"沉尸"，我这才知道自己看错了。那具"沉尸"鼓起的肚子已经瘪了下去，这么一看就不像尸体，反倒像是一个瘪掉的皮球，而四周的触手都是那种奇怪的像水草的东西。

我上去帮着闷油瓶把水草从那"沉尸"边上除下，终于看清了那东西竟然是腐烂发黑的老式牛皮包，牛皮已经被水泡得黑透了，表层都烂没了，只剩下薄薄的一层底衬。

这是以前装大行李的大包，里面有铁丝的架子，所以没散开，否则肯定烂没了。

"这是……"胖子失语。

闷油瓶道："在我潜下去的地方，有一排篱笆，有很多沉到湖底的包和杂物卡在篱笆上，散落了一大片，我看到有步枪、皮包和帐篷，我只捞了一个上来。"

我立即意识到了这是什么："这肯定是盘马老爹说的，他们杀完人后和尸体一起沉到湖里的枪和装备。看来我说得没错，这些确实都被虹吸潮吸往湖底，然后卡在篱笆上了。"

闷油瓶点头，显然同意我的说法。

"篱笆？这湖底真有个村子？"胖子还是不相信。

我脑子里乱成一团，心说我骗你干什么？要不是亲眼见到，我也不信。

水下的古寨看起来规模不小，这种一锅端被湖泊淹没的情况十分特别，一般是大型水利工程牺牲性的蓄水造成的，比如三峡大坝蓄水，好多低水位的村子甚至名胜古迹都被淹没了。也有地震导致的山体破坏，水库随着湖泊中的大水流入山洼淹没村子，或者整个村子的地基因为地震而垮塌，村子陷入地下后又被水淹没。

但这里的地形不像是发生过地震的样子，这个石头湖也非常奇怪，水底全是碎石头，不知是怎么产生的。

这村子肯定和这件事情有关系。当年的考古队来到这个湖边，显然是为了打捞在湖底的铁块，而这些铁块显然存在于湖底的那个古寨中。这些因素之间到底有什么渊源？这里发生过什么事情？

看来水里深藏的事情肯定超出我的想象。

"先别管这些，看看包里是什么东西。"胖子急着想开包，但是这包很大，筏子又小，我们三个人扶着不好操作，胖子弄了几下没找到开包的诀窍，筏子却感觉快翻了。我心乱如麻，没心思琢磨这些，拦住他道："别急于一时，等下筏子翻了就白捞了，我们先回岸上。"

"不行，"胖子道，"咱们不知道里面有什么，要是个死人，或者是什么不能让阿贵看到的东西，难道你也杀人灭口？咱们得在这儿先看了。"

我一想，觉得也对，让他们知道太多终归不是好事，于是让胖子快点。

包的整个外形还在，我们扯动那薄薄的烂牛皮时发现还有很大的韧性，当时军工产品的质量真是让人神往。这种包一般都用铁皮做搭扣，我们在筏子上小心翼翼地把包翻了个身，找到了背面的搭扣，翻的时候感觉里面的东西软软的，好像一团棉絮。

这种包本来就是放衣服或者衣料多一些，我心说不要翻出来是床被子，那就搞笑了。

翻开之后看到了已经锈成铁疙瘩的两个搭扣，已经开不动了，胖子拔出镰刀，直接在包上划了一道口子，露出了里面的铁丝框。

我以前看过一部很老的国产警匪电影，里面也有这种包，是用来抛尸的，里面装的是尸块，所以有点心理阴影。胖子也很小心，用镰刀把牛皮翻开来，果然，里面是一团几乎已经腐烂的棉絮，这是被水泡烂的毯子的残余物。胖子用刀在里面搅动，很快，我们在棉絮的底部发现了一些东西，拨弄了一下，胖子像考古一样把这些东西全部钩了出来——完全是一个女人的生活用品。

　　让我下这个结论的，自然是其中的三把梳子，男人也会带梳子，但不会带三把，而且其中一把的齿特别大，那肯定是用来梳长发的。

　　还有两个发卡、一枚毛主席像章、一个木头镜框和一盒百雀羚的雪花膏，另外还有一个茶叶罐。

　　百雀羚雪花膏和茶叶罐都是铁皮的，锈得非常厉害，不过因为湖底的状态稳定，可以看出锈蚀到一定程度就停止了。

　　我最感兴趣的是那个木头镜框，里面有照片，但已经完全被水浸烂，只剩下一团团的色条。只要把镜框后面的盖子拧开，里面的东西肯定全都烂掉了。即使不烂掉，从色条上也完全看不出拍的是什么东西。

　　茶叶罐子摇动时有声音，显然里面是密封的。胖子想打开，但是锈死了。他不信邪，用镰刀当榔头敲击罐底，但是筏子不能承受那种敲打，他只好一边仰泳一边把罐子放在自己胸口上敲，清脆的打鼓一样的声音在湖面上回荡，他好像一只肥大的水獭。

　　我看着好笑，但是确实管用，很快罐底就被敲破了，他从里面倒出了一块黑色的东西，立即惊呼了一声。

　　我一看心就一沉，那竟然是一块小铁块，和我们在闷油瓶床下发现的非常类似。

　　胖子嘟囔道："又是这种东西，看来这个牛皮包确实属于当时的考古队，盘马老爹没骗我们。这玩意儿到底是什么？"

　　我接过铁块仔细看了看，摇头不语，因为我发现这块铁块和闷油瓶的那一块相比，有少许不寻常。

第二十三章 · 铁块

　　这块铁块比我们之前看到的小了很多，只有大拇指大小，让我觉得意外的是，这块铁相对光滑，虽然也是锈迹斑斑，但比闷油瓶的那块要干净很多，上面的花纹还清晰可辨。

　　我曾经想过，闷油瓶床下的铁块那副丑陋的样子是不是因为有人用硫酸处理过，现在看来果然如此。这种铁块原来应该是这种样子的，而不是闷油瓶那块那样看上去像癞蛤蟆一样的，而且从上面非常精美的装饰花纹来看，显然属于一件制作技艺非常高超的艺术品。

　　小铁块也有不规则的断面，显然并不是整体，而是另外一件东西的碎片，这些铁块应该来自一件或者几件大型的铁器。

　　我一边踩水，一边脑子飞快转动，感觉事情在此时已经基本连成一线了。现在问题清晰起来，指向了大概的两点。

　　我的推测是否正确，这里是否发生过考古队被调包的事件，我们还得继续去寻找那些被他们抛入湖里的设备、踪迹，我想那些尸体很可能也在附近，这些看来并不是难事了。

再有就是湖底古寨的事情，深山中的湖泊底部怎么会淹着一个寨子呢？这些铁块来自这个寨子，它们原本是什么东西，又有什么用处？为什么考古队会知道这件事情要把它们打捞起来？这之后的猫腻可能就多了，我们现在完全无从想起。关于湖的事情只能大概地向阿贵打听，不过，我感觉他不会有太多的信息给我们。

这两点的答案，都在水底。我叹了口气，明白接下来应该做什么了，我们必须仔细观察湖底，并且把下面能找到的东西都捞上来查看。看样子，得在水里泡上很长时间了。

可惜，我们身上的草绳都已经酥了，无法再用，我的体力也不足以再次潜水，否则我真想立即再下去看看。

我们在这片水域用尼龙绳加浮标做了一个记号，三人先回到岸上休息，云彩看到我的样子吓坏了，急忙给我处理。我鼻子里塞了两个布条，蹲在草丛里换好衣服，感觉骨头好像从里面裂开了，疼得我一点力气都用不出来。胖子和闷油瓶把筏子从水里拽到岸上，像使用担架一样抬起筏子，连同筏子上的烂牛皮包一路抬到岸上干的地方。

云彩他们非常好奇我们从水里捞上来了什么，因为烂牛皮包里面没什么特别的，所以胖子也就让她去看了，真看到了她又觉得恶心。

太阳毒辣辣的，内裤甩在石头上自己会干，我们吃了几个野果子补充糖分，胖子一边吃一边问阿贵知不知道被淹村寨的事情，阿贵一头雾水，没有任何概念，说他从来不知道这湖下面还有一个寨子。

刚才我在水中视线一片模糊，大多看不分明，无法说出更多的细节，但是凭借上面那种沉积物的厚度，我就知道这寨子沉在湖底肯定有些年头了。我让阿贵再想想，附近的寨子有没有关于这件事的传说，哪怕是很古老的传说，只要搭边都行。阿贵还是摇头，发誓肯定没有，他道："其实，我也觉得有点奇怪，我们所有人都知道这里有个湖，但是这湖到现在连名字也没有，老人也不是经常提起。"

铁
块

我和胖子面面相觑，我预料到他不会知道得太多，因为到底是传说，能不能流传下来要看运气，但是我没有想到他会说得这么绝对。

羊角山有很多传说和怪事，因为这里自古是深山和猎区的分界线，人类的活动痕迹到这里就基本不延伸了，所以有传说是很正常的。可是羊角山中这么大一个湖泊，理应也有传说，却像绝缘了一样，没有任何故事，让我感觉有点奇怪。

胖子道："这会不会就是你们说的被山火烧过的老村寨？你们说老寨子是在羊角山被山火烧光了，其实是被淹在这湖下了，所以你们都说在地面上看不到一点痕迹了。"

阿贵摇头："年代太久了，就是那烧毁的老寨子的传说，也是大明皇帝的时候，两者间有什么联系，我真就没法说了。"

我看阿贵的样子就知道他不是在说谎，于是躺下来抽了根烟，用手指按摩自己暴痛的太阳穴，心说果然得靠自己。

胖子遥指着湖面我估计出的湖底最深的位置道："这湖底是怎么个景象？我看像被钉锤敲出来的一样，你说是怎么造成的？"

我道："这不是造成的，这种落差一般只在山与山之间的峡谷河流中才会产生，这湖应该是个堰塞湖，可能是在几百年前形成的。"

"是因为地震吗？"云彩在边上好奇道。

我摇头："水下的村子保持得相对完好，如果是大地震，我们肯定看不到这么整齐的石头路和篱笆，说明村子被水淹没是在相对温和的情况下。"我指了指胖子刚才指的最深处，说出了我的推测，"有可能是因为地质运动，或者什么另外的原因，在几百年前我们对面的那些山体中，突然出现了一条连通附近地下水系的暗河。因为这个村子正好地处低洼地带，所以突如其来的大水将整个村子淹没了。"

为什么说是地下水系的水，是因为我没有听阿贵说过附近有更大的湖泊，十万大山中我也没有听说过有大湖，但是这里的喀斯特地下河是很有名的。这里接近热带，降雨十分频繁，这些水肯定得有地方去。地面上走的河流水，最后也是汇入地下的大江大河。

昨晚的虹吸潮肯定也是因为这个口子。

胖子道："看来我说得没错，那我们要找的东西，一定就在最深的地方，我们不可能找到了。"

我摇头："非也，这些木楼就好比过滤网，被虹吸潮吸入湖底的东西，大部分都会在古村的外沿被那些篱笆和木楼卡住，所以我们只需要搜索这一圈就基本会有收获，否则，我觉得可以承认失败了。"

这一圈的深度并不太深，我估计只有二十多米，只要有点耐心，我们肯定能发现什么。

胖子看了看太阳，一下又来了兴致，道："今日事，今日毕，咱们这就下水。"

我立即摇头，那是不可能的。从刚才我们潜水的经历来看，徒手潜水实在有点勉强，要想仔细从容地调查水底的古寨，肯定得用专业的潜水用具。我们绝对没法马上进行，得先回到县城里，然后通过关系把装备运过来。

这是一个大工程，潜水器械很重，可能得雇十几个人用骡子拉进山里来，这就不符合我们低调的初衷了。而且，这种东西不是那么好弄的，除了氧气瓶，我们还得准备充氧气用的氧气泵，那玩意儿可不是什么小家伙，骡子可能都拉不进来，得分解后再运输，那时间就更长了。

我心中很急，要让我再等一段时间，我恐怕会被折磨死。

胖子也不愿意回去，但他比我理性。他想了想道："这个不用想，想要完全探索，我们肯定得回去带水肺过来，没什么其他选择。不过从刚才潜水的情况来看，只是潜入水底简单搜索的话也没有必要用水肺，我们可以分头办事，一个人回去置办装备，另外两个人在这里先开始打捞那些沉物。这两件事情可以同时进行。"

"那谁回去？"我问道。

铁块

　　"从关系上来说，当然是你回去最合适，你的关系最多，我和小哥在这里打捞。你想你认识这么多伙计，直接找几个伙计帮你置办，可以交代完了就回来，比我们方便多了。"

　　我骂了一声："我靠，那还不是一样，我还是得憋死。"

　　"一个人憋死总好过三个人一起憋死，而且你想，让小哥去肯定不可能，我的关系在北京，比你不方便很多，我去办的话，你等的时间更长。在这种地方看看风景是不错，待上一个月你也难过，所以听胖爷我的没错，你回去置办是最理想的。"胖子冠冕堂皇地说道。

　　我看着胖子的表情，那叫一个欠揍，但是仔细一想，他说得确实有道埋，我只要给潘子打一个电话，几天内事情就能搞定，还能把王盟和三叔铺子里的几个伙计都带过来帮忙。胖子这不靠谱的，他出去办事我还真不放心。我只好点头，当下一合计，也别磨蹭了，明天一早就回去，力求速战速决。

　　于是和阿贵约好，明天由阿贵带我回去，云彩在这里守着胖子和闷油瓶，我一想阿贵这么来来回回也辛苦，而且现在我们真缺他不可，得笼络一下他，于是开了个大价钱。

　　接下来的时间我就瘫了，几乎没站起来过，胖子和闷油瓶又去潜了两次，又带上来一些东西，但都已经高度破败了，都是垃圾，没什么价值。其中有一支当时的冲锋枪，烂得好比烧火棍一样，胖子爱惜枪，直叫可惜。

　　胖子也看到了沉在水下的寨子，不由得吃惊，慨叹竟有这么大规模，他说可惜没有潜水镜，否则可以看得更加清楚一点，也不会尽捞些垃圾。接着他就满世界找替代品，搜遍了所有的装备，最后终于找到了一个东西，那就是手电筒的筒头，但是这玩意儿不太可能密封，胖子就做了一个非常离谱的决定，他把手电筒的筒头贴在自己的眼睛上，缝隙粘上胶布和油脂，然后用力压住，这样可以保证一只眼睛能在水下远视。胖子潜入浅水中试验，水却立即被水压压进筒里，这方法是行不通的。无奈之下他只好让我记得，和阿贵回到县城后，随便找个体育用品店先带点普通的装备过来顶顶。

当夜无话，第二天早上我就离开了羊角山，走的时候，天空乌云密布，似乎要下大雨，我挥手和他们告别，接着走上山路。走到山腰再次看向湖面时，看到那片乌云，我忽然有一种奇怪的预感，似乎有什么事要发生。

铁块

第二十四章 · 流水行程

　　长话短说，回到巴乃后我先是吃了一顿好的，之后马不停蹄地去了附近的一个县城，先买了一些游泳用的东西，嘱咐阿贵带回去，然后坐上中巴驶出十万大山。

　　一路颠簸，心里又急，十分煎熬，在车上我还看到了盘马老爹那个满嘴京腔的远房亲戚，看得出他有很重的心事，一路都没说话，光在琢磨事情。他没认出我来。

　　回到了防城港，订下酒店我就开始操办。以前置办过东西，知道其中的猫腻和困难，所以我做得十分有条理，先给潘子打了电话，让他运一些装备，他熟门熟路，效率最高，然后让王盟立即飞过来帮忙，我需要一个人蹲点。

　　潘子听到我要装备后有些担心，我骗他说是别人托我办的，他才答应下来。东西和人都是在五天后到的，我在防城港租好车，一路将东西直接运到了巴乃。盘山公路陡峭无比，我只能开C驾照车，这一次硬着头皮开大头车,惊险万分,几次差点冲下山崖,因为全都贴着一边的峭壁开,车头的两边都撞变形了,王盟下车的时候腿都软了。

巴乃的路都是扶贫沙石路,最后一段实在开不进去了,天又下大雨,只好下来换小车。大车的装备装了三车皮的拖拉机才拉进村子里。至此一切顺利,但从我离开到再踏上巴乃的村头,已经过了两个星期。

本来和阿贵约好在村口接应,先把东西运到他家里去,到了村口卸掉货却不见他的人。

我当时已经筋疲力尽,不由得有点恼怒,让王盟在村口看着东西,自己去阿贵家找他。我们住的用作客房和餐厅的那栋楼家门紧闭,我敲了半天没反应,只好去他住的那栋木楼。

木楼的门倒是开着,这是云彩他们住的地方,大堂和我们那边差不多,因为厨房不在这里显得干净了很多,角落里堆着他们编织的一些彩框,是卖给观光客的。墙上贴着一些年画,她们姐妹俩的闺房在里屋,阿贵睡在边屋,还有一段木梯子通向二楼。

这里民风淳朴,大门都不锁,里面的房间都安了帘子,我叫了几声,小心翼翼地进去后发现人都不在,又对着楼上吼了两声,还是没有人,似乎都不在家。

我心里就骂开了,这个阿贵怎么回事?约好了等我的,人怎么找不到了?难道他进山去了?那就要命了,我在这里就认得他一人,等他回来不知是什么时候了。

我当时血气上涌,并不信邪,怕他也许在上面干活听不到,于是快步上楼,扯开喉咙继续叫。

一楼和二楼之间有块竹子编的门一样的东西,是压在楼板上的,我一下就推开爬了上去。上面是个走道,走道尽头通向一边的木阳台,板竹墙有点年头了,看起来都是从那种废弃的老木楼上搬过来的。两边各有一个房间,一边是堆东西的,里面全是编好的筐子和绷起来风干的兽皮，另一边门关着，我敲了半天没反应，好像人确实不在。

我喘了几口气让自己冷静下来，发火也没用处了。这时候忽然想到这门后面，好像阿贵说过是他儿子住的房间。

他儿子只在他嘴巴里提过，我从来没见过。我感觉他儿子可能有些什么残疾，所以不太见人，怎么今天也不在？我不由得好奇，透过门缝往里看了看，发现里面非常昏暗，只能看到墙上挂着很多东西，看不清是什么，好像都是纸片，但确实没人，而且，我没看到房间里有日用器皿，里面空荡荡的。

我心说，奇怪，他儿子就睡在这种房间里？这房间怎么住人？想推开门进去仔细看看，门却纹丝不动，好像里面被什么闩子闩住了。

我没时间考虑这些，收起好奇心下楼，找邻居问了一下，邻居却说阿贵很久没出现了，好像两个星期前进山后就没出来。不过他们也不敢肯定，因为阿贵经常要到外地接客人。他的小女儿因为连日大雨，去邻村的爷爷家了。

我骂了一声，两个星期前就是我离开这里的时候，看样子他再次进山之后就没出来，很可能他根本不记得我和他说等我回来他得出来接我一下的事。

于是我只好自己掏钱，叫了几个村民帮忙，先把那些装备搬到阿贵那里，让王盟先看着。然后又想通过那邻居的帮忙，再找一个向导进山，自己先带着一些力所能及的装备往山里去，到了之后，换阿贵出来找人把装备运进来。

一问却立即知道了为什么阿贵不来接我，原来我走了之后连下了好几天的雨，山里全是泥石流和烂泥，不要说徒步出来，就是现在带着十几个人拉着骡子进山，全军覆灭也是几秒钟的事情，阿贵他们很可能被困在山里了。

这真是始料未及的事情，我一下子不知所措。不过那邻居对我说不用太担心，阿贵知道怎么应付，他们只要待在湖边，最多被雨淋一下，不会有大的危险。不过我要再进山的话，最起码还要等上一个星期。如果雨不停，可能需要更久，这种天气没有任何一个猎户肯带路。这不是钱的问题。

一个星期，我一盘算这事就不对了，阿贵如果一直没有回来，那他们都两个星期没有补给了，吃的东西很可能已经耗光了，就算阿贵能打猎，在这种大雨下有没有猎物还是个问题。

其实即使他们撑得住，我也等不及再耽搁一个星期。于是开出了三倍的高价想找个要钱不要命的，最后那邻居被我问烦了，就对我说："现在这种天气，敢进山的只有一个，那就是盘马老爹，你要不去求求他看吧。"

第二十五章 · 心理战2

　　我回到阿贵的房子里，王盟浑身湿透，正在把衣服里的水拧干。我也脱了衣服，不再客气，去阿贵屋里把他的酒拿出来喝了几口祛湿，接下来就琢磨该怎么办。

　　说实话，我真的一点也没有想到过这种情况，完全是始料未及。这让我想起以前我的导师和我说过的一个概念，叫作"去先入为主表格"。这是一个物流里的概念，后来被应用到很多行业里，就是说在任何环节都必须重新考虑所有条件，不能有任何想当然。在物流里需要考虑的特别多，包括天气、宗教、习惯罢工周期，所有的细节在任何一个港口都得完全考虑到才能保证顺畅。

　　我就是对这里的天气先入为主了，不知道广西的雨季有多恐怖，才没有把这些因素考虑进去。

　　如今事情变得非常棘手，听他们说，雨什么时候停完全无法预测，而且就算停了，很长时间内山里还是非常危险的，所以什么时候能进山，最短是一个星期，最长可能要一个多月。我不能盼老天开眼，所以现在进山是唯一选择。

但如果现在去找盘马老爹求助，我实在是把握不大，我之前诓他的时候和他说过不会再去找他，现如今又去求助，和之前我给他的那种背后势力很大的印象不符合，一下就穿帮了，穿帮后他不揍我就不错了，更不要说帮我。

想着想着，我告诉自己不能退缩，既然找盘马是唯一的办法，那只能硬着头皮上了，必须用一个非常巧妙的说法让他上钩。

盘马老爹是只老狐狸，有他们那代人特有的智慧，怎么引他入局，实在是件麻烦事。

我想来想去没个好辙。这事情真难办，我突然出现，求他带我进山，这事本身就没有任何说服力。因为如果我连进山的能力都没有，那同样也没有威胁他的本钱。

首先，我能明确的是我的态度不能是求，我得是威胁，或者是逼迫，我宁可让他认为我是一个出尔反尔的强大的坏人，不择手段想要达到目的，也不能让他看出我是空架子。

其次，我得把注意力转移，无论我找什么理由让他带我进山，进山还是进山，我用这个理由找他就表示我没有能力进山，强大的坏人可以在其他地方没能力，但是不可以没能力进山。我必须把我的目的掩藏起来，让他以为我需要他干的是其他事情，进山只是这件事里必须做的工作。

第一，我要逼迫；第二，我没有能力办到需要求助于他，不能代表我的无能。这件事会是什么样呢？

救阿贵和云彩？

不可能，太善良了，我既然是一个冷酷无情、不择手段的人，这种善良的品质就不能出现在我的身上。而且，盘马老爹本身有一种天生的邪性，我一旦表现出善良，他立即就能压倒我，反过来威胁我，我不能表现出人性的弱点。

说要让他到那边当面辨认什么东西？

好像有点牵强，没有他必须成行的说服力。而且如果这么干，我想装也不知道应该以怎样的腔调去装。另外，就算他同意了，看我一个人和他上路，他难免会起疑心，我那种身手在他眼里肯定越看越孬种，说不定遇到危险还要靠他救我。一来二去，我肯定没法控制。

想到后来头都大了，感觉这事和套话不一样，套话好比商务谈判，你只要在谈判的时候混过去就行了，这件事谈完了我还得和他上路，一路在这么恶劣的条件下都得装，难度太高了。

我揉着太阳穴，想把坏水全倒出来，换个思路，如果靠装不行，能不能来点狠的？

绑架？我一下脑子一闪——把他打晕了，然后装驴车上？

但是我立即想起了盘马的身手，再看王盟和我，马上放弃了。绑架，说不定被他当场砍死了。

绑架不行，那么直接上大钱，我狠点，直接拿个二三十万块钱出来砸他。

想到盘马家很困难，加上他儿子的那种态度，我一下脑子里有了一个剧本，就说我要那种铁块，这几天就要，一块多少钱，让盘马去捞，捞上来一块我就给一万，这样，也许他们为了钱就可能自己进山。

发现这个有点靠谱，我开始掏身上的东西。二三十万块钱不是什么大数目，不过我随身不可能带那么多钱。我把身上的现金、杂物全理了出来，数了一下，只有四万块。卡里还有钱，但要到镇上去取。估计了一下感觉大概够，刚想让王盟出发，忽然又脑子一闪。

不对，这不是万全之策，虽然我估计盘马很可能会答应，但到底不是百分之百肯定，万一他拒绝了呢？

他一拒绝，我就再没有第二次机会了。爷爷和我说过，做事情可以失败，但不可以在没有第二次机会的时候失败。

"一个办法可以没有百分之五十的成功率，甚至可以只有百分之十的成功率，但是必须留有余地，这样其实就拥有了后续的无数个百分之百。"

我一下又颓了，挠着头看着我那些信用卡，心说还真是难。爷爷只说了做事情要留余地，我也想留，但是怎么留啊？

我有点焦虑，站了起来，想到外面的大雨里冲冲，把脑子里那些废想法全部甩掉。于是收拾我的那些卡，把杂物都收起来。我一下摸到了一包东西，就是在闷油瓶床下发现的那块铁块。

原本胖子让我先带回城里去，找个地方存起来，我给忘记了。我拿起铁块，解开外面的报纸看了看，忽然灵光一闪，想起了爷爷说过的另外一句话："与人斗，直攻其短。"

和别人斗智，直接攻击对方最薄弱的地方。

盘马最薄弱的地方是什么？我一想，又看到手里的铁块，脑子里有了一个万全的策略。

我仔细一想，觉得天衣无缝。我不由得起了一身鸡皮疙瘩，这些想法让我觉得有点恐惧，我从来没有这么处心积虑算计过人，经历了这些事情，我发现自己变了，竟然能自然而平静地考虑这么深的阴谋。但是一想到胖子和闷油瓶的处境，我也无法顾虑太多。

事不宜迟，我立即开始准备，先让王盟给我找了一个香炉，里面填满了热炭，然后把铁块和香炉包在一起烤。

盘马说过这种铁块会散发味道，但随着时间的推移，味道会越来越淡，我知道肯定是里面的某种东西在挥发，而依据一般的规律，一加热，这种淡淡的挥发会加剧。

不出我所料，缓缓地，铁块开始散发出一股奇怪的味道，越来越浓郁。

我是第一次闻到这股味道，感觉确实非常怪，无法形容，一定要

心理战2

109

形容的话，就是一股化学味，混杂着烫铁的杂味。这种味道如果给盘马闻，他确实无法辨认出是什么。

我把东西用毛巾松松地包好，放进背包里，然后在镜子前练了一下高深莫测的怪异表情，之后打着伞朝盘马家走去。

盘马看到我出现时的表情，很难形容，说不出是惊讶，是恐惧，还是厌恶。

但等我进到屋子里，坐下来，满屋开始弥漫我身上的异味之后，他的脸上只剩下了惊恐。接着，他崩溃了。

我从容地坐下来，看着浑身发抖的盘马，第一句话就是："他们回来了，我来接你。"

第二十六章 · 风雨无阻

我本来准备好了很多说辞，打算在这场合将他的恐惧加深，但是完全没有必要了，我只说了几句话，他就崩溃了，完全丢了魂儿。

与人斗，直攻其短。

盘马的短，就是心中的恐惧，什么都不用说，从心理上我就完全摧毁了他。

但是，事情并没有我想的那么顺利，因为他实在太恐惧了，几乎破门而逃。事实上，可能他宁可死也不愿再去见那些人。

我一点一点将他说服，最后给他的概念是，他必须把这个事情了结，否则他的儿子、孙子都会倒霉，才逼得他就范。当时他也是心一横，抱着必死的心跟我进山的。至于进山干什么，我什么都没说，他也根本没问。

当然，名义上是让他跟我进山，但是实际上，是我跟着他，在山里走，反正我走在后面或前面都没有关系。

看到他这个样子，让我有了深深的负罪感。本来，为了我自己的利益，把一个老人吓成这样就是不义之举，况且我还得逼他跟我到那么危险的山里，这种行为让我觉得恶心。我忽然发现我血管里可能真的流着我三叔他们的血液，那种凶狠狡诈的家族本能。

长话短说，我们整顿了半天就出发了，出发的时候我在前，盘马在后，看上去是我在带路，其实我完全不认得路。

这一路几乎毫不停歇，又是瓢泼大雨，山路非常难走，好在在防城港我养足了力气，所以还熬得住。一路上盘马完全不说话，我也基本上不和他交谈，就是闷头猛走。

不日便回到了湖边，远远一看，我的娘啊，湖水的水位涨了起码五六米，湖面一下子大了很多，和我临走时的水光潋滟相比，现在的湖区大雨滂沱，山坡上泥水飞溅，面目十分狰狞。

现在在山上太危险了，我们立即赶着骡子、踩着泥水，由小道直下到湖边的石滩。

山中雨水打在树叶上的声音已经震耳欲聋，不要说到了湖边，瓢泼大雨打在湖面上发出频率一致的声音，几乎充斥了整个天地，让人根本无法对话。盘马的几只猎狗非常烦躁不安，也不跟随过来，盘马只好任由它们躲在石滩边缘的树下。

没有了树冠的遮挡，雨帘直挂，能见度极低，我们硬拉着骡子往以前搭的雨棚走去，很快就在雨帘中看到一个模糊的影子一闪而过，好像是胖子。

我知道叫也没用，就算是面对面，现在这种时候也没法说话，便继续往前走。这时不知道为什么，骡子忽然都停住了，我回头一看，原来盘马拉住骡子看向我，显然他认为到目的地了，要等我的指示。

经过这么多天，我看他似乎想通了，并没有像之前那么害怕了。而且看眼神，他似乎下定了什么决心，整个人阴沉得不行，我都有点害怕。

人就是这样，一次到两次可以被吓到半死，天天吓就皮了。

到了这里我就不用再装了，其实到了路途最后我也没有装，因为太累了，我反而开始琢磨如何和盘马解释他将看到的情形。如果让他知道我完全在讹他，恐怕他会杀了我，但是继续骗下去又很难，而且也太不人道了。

我不知道怎么和盘马说，这件事其实只要阿贵他们一出现就立即会穿帮。我想必须先和胖子商量一下，或者我干脆躲起来，等他火发完了再出来。于是让他站住别动，我自己放下缰绳先过去找胖子他们商量，顺便通知他们帮忙卸货。

没走几步，看向前方的雨帘时发现刚才的人影又闪现了出来，这时候我才发现那影子有点奇怪。还没等我仔细去分辨是谁，突然后脑勺一疼，接着我眼前一黑摔倒在地，好歹没晕过去。

就地一滚坐起来，我看到盘马老爹脸色铁青地站在我背后，另一手的猎刀已经拔了出来，眼里全是杀意。

"你干什么？"我喝道，看到他把刀举了起来，一下朝我劈来。

我大惊失色，立即就地一滚躲了过去又爬起来，只见盘马的刀在雨中划出了一道优美的弧线，直切向我的脖子，我一个趔趄正好避过，坐倒在地，才发现他下的是杀手。

我看着那眼神，想起路上他不变的表情，忽然心说不好，这家伙在路上是想通了，他想通的是先下手为强，要和我们拼了，把我们全杀了。

我靠，这事情麻烦了。我立即想逃，逃了几步盘马老爹已经绕到我前面，横刀就劈了过来。我大叫"我错了，我骗你的！没有的事，他们没回来"。他根本听不进去。

我一路奔波早就跑不动了，在雨中和他周旋了没多久就向雨棚跑，没想到没跑几步脚踩进一道石头缝里倒了下去，盘马立即逼了上来，我胡乱抄起石头朝他扔去，但都被他躲了过去。他反手拿刀正要压上来，忽然身体停了停，好像发现了什么，看向了另外一边。

我乘机爬起来继续跑，一下发现四周的雨帘中出现了很多人影，将我们围在了中间。

第二十七章 · 雨中魔影

那几个人影飘飘摇摇，时而出现，时而在雨帘中消失，一看就知道不怀好意，似乎正在仔细观察我们，伺机而动。这种幽灵一样站在雨帘后窥视的影子让人不寒而栗。

怎么回事？这里怎么突然出现了这么多人？

我脑子里第一个念头，就是我之前推测的：村里有人在暗中阻挠我们，现在他们终于动手了。这些人可能要在这里截杀我们。

这可乱了，一边是盘马，一边是截杀的大队伍，这次我死定了。

我粗略看了一圈，这里大概有七个人，不知道他们想干吗，看来是在这里设伏了。

我抹了一把脸，把雨水抹掉，但是雨太大了，瞬间又被雨水打满眼帘，那些人影还是模模糊糊得看不清楚，不知道他们带着什么武器。

我也看不清楚盘马脸上的表情，我和他保持着距离，他顿了顿，忽然朝着其中一个影子疾冲过去。

我一开始吓了一跳，但是随即明白了他的想法——我靠，他以为这些人影是那些人了。

在这种环境下，谁也无法从容地设伏或者截杀别人，所以与其等对方看明白了，不如一下冲过去，这么几个人在这么混乱的环境下，只要一乱就会把别人和自己人认错，他就有了可乘之机。

我不知道这对我来说，算好事还是坏事，我也管不了那么多了，立即跟着盘马跑去，他们把我团团围住，盘马一和他们起冲突，肯定就会有缺口，我可以借机逃出去。

雨棚也不能回去了，如果这些人早就在这里了，那阿贵和闷油瓶他们的情况不知道怎么样，毕竟闷油瓶和胖子身手再好，一人一枪也就挂了，何况还有阿贵他们拖累。

在又滑又不平的石滩上跑步好似要杂技，我跑了几米膝盖全磕破了，我远远跟着盘马冲到了其中一个影子跟前，因为距离一变动，四周的影子全都不好辨认了，也搞不清楚他们有什么动作。盘马直朝那个影子冲过去，手中瑶刀切过雨帘，那阵势一点也看不出是个八十岁的老人。

奇怪的是，那个影子岿然不动，似乎毫不在意盘马凌厉的冲击。十秒不到我们就冲到了那影子跟前，盘马老爹刀锋一转没有砍上去，一下停住了，接着他忽然发出一声惨叫，刀掉在地上。他开始往后狂退，接着被石头绊倒在地上。

我从边上绕过去一看，发现了影子的真面目——那竟然是一具站立着的骷髅。让人毛骨悚然的是，这具骷髅身上还穿着已经腐烂成黑色丝条的军装和武装带，背着生锈的冲锋枪。

我头皮一麻，也立即退了一步，心说我靠，这是什么东西！难道那些死人真的从水里爬上岸来了？！

但是我的心理承受能力要比盘马好很多，一阵雨打下来，我随即看到那骷髅的头骨随着风摇摆，像灯笼一样，好像是挂在上面的。

定睛一看我发现，这具骸骨是用树枝架起来的，背后有一个树枝架子。

我靠，这里怎么会有死人？难道他们找到湖底的尸体了？我吸了口凉气，仔细一看那骸骨，果然不差。骸骨穿着被水腐蚀的衣服和武装带，这肯定是一个当兵的。看样子我的想法没有错。

不过，我看着这骸骨立在这里的样子，又觉得诡异异常，暗骂了一声，这算什么？吓唬人？

盘马老爹吓得够呛，我回头看的时候，已经看不到他在什么地方了，我心想这是胖子的恶作剧？

我立即冲回骡子那里，还是不见盘马老爹。我头痛得要命，走向另外那些影子，发现都是同样的死人，我能看到的一共是七具骸骨，在其他地方还有没有就无法肯定了。那个疯子不见踪影，似乎躲藏了起来。

这么大的雨，我没法去找盘马，于是准备先去和阿贵会合，告诉他们这里还有其他人。骡子似乎害怕这些死人，怎么驱赶也不动。我把它们拴到石头上，然后绕过死人直走到之前搭的雨棚里。雨棚明显已经经过加固，在这么大的雨中岿然不倒，我冲进去，四周顿时一片安静，环顾了一下，发现他们不在里面。

我再次暗骂，下这么大的雨，难道他们还在水里，还是出了什么事？雨棚内堆着大量的东西，都是从水里打捞上来的，我不在的这两个星期，胖子和闷油瓶成果斐然。

这些东西凡是金属的都锈得一塌糊涂，我看到水壶、步枪、手枪、望远镜和一些匕首、砍刀，都是当时的武装配备，可以想见当时这里的战争气氛。另外还有很多生活用品，甚至有饼干盒，非常细致，什么都有，可能是从一些大件的打捞物里找出来的。

我想着自己没有东西防身，捡起一把当时的五六式三棱刺刀，这是很有名的刺刀。当时刺刀其实并不常用，毕竟是近20世纪80年代，单兵兵器的火力都很强大，刺刀一般只在执行特种任务的时候才用，丛林战里越南人是不会跟对手拼刺刀的。

因为本身的材料特点，刺刀并没有腐朽得很厉害，我听说这种刺刀上通常喂过毒，所以也特别小心，反手握着。我心里琢磨该怎么办，主要是下这么大的雨，叫也听不见，看也看不清。

想着自己在雨棚里目标太大，搞不好盘马会杀进来，于是我重新冲进雨里，跑到湖边，看阿贵他们在不在。来回绕了几圈，忽然看到有个人在湖滩上拖着木筏子往岸上走。

我冲过去，发现那个单薄的背影是阿贵，正一个人拖着筏子往岸上走。我出现在他面前的时候，他看到了我，一下子呆住了，脸色苍白得吓人。"怎么只有你一个人？他们人呢？"我问道。

阿贵呆呆地立在湖水中，神情有些呆滞，他就这么盯着我，我又问了一遍，他还是没反应。

我看着那些木筏，以为阿贵刚从湖里回来，心说我靠，果然这些人都疯了，下这么大的雨还在打捞。这时候我忽然意识到不对，为什么阿贵拖着筏子回来了？他应该在湖面上等着他们，否则在大雨中游泳是非常危险的，更何况水位已经上升了那么多，而且阿贵的表情十分不对劲。

我走近阿贵，想再问清楚，越走近就越意识到不对，阿贵的表情无比呆滞，似乎经历了什么让他极度受刺激的事情，整个人处在离魂状态。我上去就抽了他一个巴掌，大吼道："出了什么事情？"他一下反应了过来，这才泪流满面，大哭道："他们……他们都死了！"

第二十八章 · 魔湖的诡异

"死了？"我脑子嗡的一声，心说，怎么可能？

阿贵说完这句话，一下子情绪就完全崩溃了，整个人几乎瘫倒在湖里。我只好先把他扶了起来，扶回雨棚里。又到骡子那里拿了几罐米酒给他灌下去，他才舒缓过来。但他的情绪还是极度低迷，语无伦次。

我一边听一边思考，最后终于明白这里发生了什么。

原来跟着我离开之后，再次返回时，阿贵找了几个人帮运食物和东西到湖边，看看没什么事，云彩就跟着那些人回家干别的了，这里只剩他自己看着。

当时闷油瓶和胖子已经打捞上来很多东西，并且他们已经发现了可能藏匿着那些尸体的地方。但是那时雨已经没完没了地下了起来，水位开始升高，使得他们的打捞陷入了僵局。

这时，他们在整理打捞物的过程中，发现了一整套打捞设备，包括潜水服、牵引绳，当时使用的是重装潜水的设备，由气管连着水面，用麻绳牵引。胖子说他们肯定是使用这套设备在这个湖底古寨里打捞那些铁块的。

整套设备在水下泡了很长时间，大部分部件都已经不能用了，但当时的潜水头盔使用了非常耐腐的材料，打包在装备包里竟然没有透水，里面还是干的，只有外面的一层橡胶脱落得斑斑驳驳。

胖子当时突发奇想，想利用这个头盔和一部分橡胶做一个简易的潜水设备，头盔里的空气可以供他呼吸七次到八次，因为人呼出的气体中同样含有大量的氧气，所以这点空气还是很可观的，运用得好可以让胖子在水下待的时间延长到五分钟。

对潜水来说，这从容的五分钟和那一分钟可是天壤之别。他们就是利用这套设备，找到了水下的骸骨。当时的情况是，他们使用了两条绳索，一条拴在胖子的腰上，因为头盔很重，光靠胖子的力气可能会在上浮的过程中出现危险，那样就需要其他人将他拉上来。另一条绳索上全是用铁丝弯的钩子——铁丝是从皮箱的龙骨里拆出来的，胖子潜下去后，把打捞到的东西全部挂到钩子上，这样一趟下去能捞不少东西上来。

骸骨全部已经散落，分布在那排篱笆的东端，他们将其打捞起来，根据其中的位置，将他们用树枝拼合起来以确定人数，操作十分简便、顺利。

等他们把所有能看到的骨头都打捞起来之后，拼接的时候发现了一个问题。

所有骨头拼成了大概的人形，他们惊奇地发现，所有的骸骨竟然都没有右手掌。

按照骸骨统计的方法，头骨和盆骨是判断人数最重要的依据，因为其他骨骼太零碎，有所缺失不稀奇，但是，一只右手掌都没有实在是太奇怪了。这应该不是偶然。

胖子和闷油瓶开始琢磨是什么原因造成了这种情况，到底是抛尸的时候有什么特别的情况使得右手掌都缺失了，还是被人为地砍掉了？

　　盘马老爹和我说的过程中，完全没有提过他们砍掉这些尸体的手掌，而且他们也没有理由这么干。当时胖子他们也百思不得其解，胖子还奇怪那些人难道都是狗熊，熊掌被人剁了炖秘制菜了？

　　最后，还是阿贵得出了一个结论，他说会不会这些人本身就没有右手，所有人的右手都是假的，是用木头做的，结果抛入湖中之后木质的义手都腐烂了。

　　我听到这里，却完全不这么想，因为所有人都没有右手这个前提太诡异了，我实在想不出有什么情况会这样，我反而感觉是否因为这些人的右手上有什么特征，有人为了隐瞒这些人的身份将手剁掉了。或者是，好像战利品一样，这些人的右手被人收集走了。可是盘马没有提过这件事，难道当年他们抛尸之后，尸体还被捞上来重新处理过？但这个想法随后也被证实不可能，因为在阿贵的叙述中，胖子也想到了这一点，但看那些人的手腕骨，都没有被刀切过的痕迹。那些人的右手掌好像都是自然脱落的，手腕部分的关节都在。

　　在盘马老爹的叙述中，考古队那帮人都是有右手的，显然右手的缺失时间是在他们死了之后，他们实在想不出理由，于是再次潜水去寻找线索。

　　他们在篱笆附近再没有发现什么，胖子怀疑那些骨头沉入篱笆内的古寨中了。

　　之前他们刚开始潜水的时候就有一个默契，就是绝对不进入湖底的古寨中，只在环境比较简单的外围活动。因为寨子内部比外围又深了好几米，而且这种湖底探险危险性很大，湖底的环境谁也没有测试过，说不定有的古寨已经十分脆弱，一碰就坍塌，需要更加完备的潜

魔湖的诡异

121

水设备。

　　胖子等不及了，认为就是过去看看，没什么大不了的，所以这时就有了一些矛盾。由于我不在，闷油瓶又不会说什么闲话，阿贵也不可能反驳老板，所以胖子就潜下去了。

　　这一次，却出现了意想不到的变故。

　　当时的绳子是阿贵从县城里带回的尼龙绳，非常结实，而且买了有三百米，所以胖子一点也不担心，他可以潜到更深的地方。胖子潜下去之后，逐渐深入，和以往一样，阿贵也没有太担心，他看着时间，预备着到点之后，再用劲把胖子提上来。

　　他们约好的时间是四分半钟，因为需要三十秒到一分钟的时间上浮，上浮太快会出现潜水病。

　　在水下潜水，其实四分钟给人的感觉是很漫长的，而在水上是稍纵即逝的，不久阿贵就开始扯动绳子，没承想拉了几下，忽然绳子就绷直了，而且怎么拉也拉不动，好像下面被什么东西咬住了。

　　当时第一个念头就是可能挂在篱笆上了，之前也遇到过这种情况，那些篱笆被水泡了不知道多少年，全都像旺仔小馒头一样酥软，只要用力拉就可以了。阿贵用力扯了几下，果然绳子动了。

　　阿贵快速提拉，可是这一拉，他就发现手感不对了。绳子吃的力气变小了很多，拉起来非常轻。

　　这种感觉说起来有点恐怖，很像钓鱼时鱼儿咬钩之后，和鱼僵持了几秒线却松了，这代表着饵被咬掉了，鱼却脱钩了，而现在，饵就是胖子。

　　阿贵当时冷汗就下来了，越拉他越感觉不对，离水面越来越近，手感也越来越轻。随着逐渐可以看到的水下黑影，他几乎窒息了，等到那影子拉出水面，他发现胖子竟然不见了，他拉上来的只是个头盔。

　　他推测，很可能是这绳子钩在什么地方了，胖子一看形势不对，立即把头盔脱了，然后自己浮上来。之后不知怎的钩住绳子的东西又松脱了。这样说来，胖子很快就会浮上来。

可是，等了一分多钟，没有任何东西浮上来。

他感觉有点不妙了，这不同于其他状况，在水下多待一分钟，普通人肯定溺死了。

当时闷油瓶在岸上，阿贵逐渐慌了，本来挺好的生意，能赚钱不说，在这里只要会游泳就能轻松打发老板，现在一下子出了状况，那是要负责任的。在山里这种小地方，出了这种事情可能会被人传一辈子。

他一边脱衣服，一边朝岸上呐喊，看闷油瓶往湖里跑过来后，他跳入了湖中，抱着石头潜下去，可惜他实在没经验，沉了几米石头就脱手了，又挣扎着浮上来。正好闷油瓶赶到，阿贵把情况一说，闷油瓶立即戴好捞上来的头盔，也跳了下去。

阿贵拉着绳子求神保佑，他没有想到的是，一直等了五分钟，不仅胖子没有上来，连下去的闷油瓶也没有任何动静，那条绳子就那么垂在水里。

他拽起绳子，熟悉的手感又传了过来，等他把绳子拽出水后，发现同样的情况再次出现了，绳子的另一头，闷油瓶也不见了，只剩下了潜水头盔。

我听完后就蒙了，脑子里乱成一团，内心并不接受这些事情，感觉太扯淡了。这种事情怎么可能发生？但同时我清楚地知道阿贵不可能说谎，这事对我来说，简直太可怕了。

我问阿贵这是什么时候发生的事情，他说离现在已经快两个星期了。事发之后他在湖面上等了一天，什么东西都没有浮上来。

两个星期？就是鲸鱼，在水里闷两个星期也死透了。难怪阿贵说他们死了，不管是什么原因导致他们在水里脱下了潜水头盔，死亡是可以确定的。

那天之后，阿贵每天都要到湖面上看一圈，想看看有没有尸体浮上来，但是一直没有尸体。他一度以为湖底有什么怪鱼把他们吃了，但很明显，没有任何血迹和被攻击的痕迹留在那个潜水头盔上。

我看了一下头盔，发现胖子做了很有趣的改动，而这种改动使得头盔在水下很难脱下，这就变成了一件有关"存在问题"的事情。我潜入过水底，知道水底的情形是什么样的。虽然进入古寨中有潜在的危险，但也不会让他们花那么大精力脱掉头盔啊。

我怀疑是潜水病，因为潜水到更深的地方后，吸入氧气的比例似乎要经过调制，否则会形成醉氧，但醉氧不是醉酒，不会醉到脱衣服的。

在水下肯定发生了什么事，使得他们非脱掉头盔不可，而且，闷油瓶也脱掉了头盔，说明这肯定是个不可选择的状况。闷油瓶不会像胖子那样突发奇想。

那么在水下脱下头盔之后，他们为什么没有再出现呢？难道他们遇到的这件事最后导致了什么意外吗？

我长途跋涉，身心俱疲，一下遇到如此棘手的情况，真的有点手足无措。但我绝对不相信他们已经死了，我们一起经历了那么多事情，可以死在任何地方，但我们都绝处逢生了，怎么可能死在这么一次半旅游、半调查的旅途中？

话是这样说，但我仔细一琢磨这个事情，心还是揪了起来，让我立即放弃侥幸的想法。因为我知道，意外是不和你讲道理的，就算你以前遇到过再大的危险，该你死的时候你怎么也逃不过。历史上很多大英雄都是叱咤一生，最后死在了小人物手里。难道上帝玩我，他们两个真就这么殁了？

想了想，我的内心还是无法接受，人也烦躁起来，心说当时在下雨，湖面上的能见度肯定不高，他们也许已经上浮但离阿贵的位置很远，所以阿贵没有看见，之后不知道为何，他们独自上岸了。

不管怎么说，有件事我是必须做的——无论他们是否出了意外，我都必须潜水下去看个究竟。活要见人，死要见尸。

第
二
十
九
章

●

独
自
下
水

　　雨还是那么大，像疯了一样，在杭州这么大的雨是持续不了这么
长时间的。

　　阿贵已经无法再帮忙了，我猜他是怕我和他们一样，他再也经不
起这种刺激了。我和他说了盘马带我来的事，让他小心盘马，虽然我
觉得这一次盘马可能真的崩溃了。

　　他想去撤掉那些死人，我说不要，那些死人在，可以防止盘马回
来，看盘马的样子，是很难说服他了。我真没有想到这人可以凶悍到
这种地步。

　　回到骡子边上，我从上面取下带来的那一套水肺，便急匆匆地往
湖里走。我一分钟也等不下去了，必须去查证一下。

　　因穿上全套装备，加上在海南我已经对潜水非常熟悉，所以此时
我并不紧张，推着木筏冒雨往湖中心游去。

　　因为戴着脚蹼，我很快就游到了湖中心的位置。暴雨拍打着湖面，
千万条雨线带出的是振聋发聩的雨声，这种无法言喻的声音反而让我平
静了下来。我四处寻找当时我们留下的浮标，却发现在这种环境下根本

无法寻找，只得找了一个大概的方位，然后戴上潜水镜，沉入水中。

有了上一次的经验，这一次我稍微从容了一点，因为我知道这种潜水方式绝对沉不到底部，所以准备就在沟的上方悬浮一段时间，借以观察大概的情况。

潜到之前的位置，我再次切断绳子，吐光肺里的气，这样我便不会迅速上浮，同时划动手脚使自己悬浮在一个固定的深度。

有了潜水镜，水下的一切非常清晰，可惜，现在光线暗淡了很多，我用双脚保持平衡，一边尽量沉得更低一点，一手晃动探灯，往深处照去。不久，一个灰青色的轮廓分明的湖底世界比较清晰地出现在我眼前。我划动双脚往前游去。

因为手电只能一部分、一部分地探照，我无法看清全貌，只有凭借记忆在脑海中将我看到的东西连成一片。好在我是学建筑的，有一种特殊的记忆方式，能够把看到的部分在脑海里形成一个整体。

这是一个单色的世界，一切都是暗青的湖水色，往前游了一小段，发现果然如我所想，沟口一直到沟底非常暗，这么一条陡峭的斜坡，都是覆盖着沉积物的木楼。湖底竟然完全不平坦，是一个很深的不规则的水下峡谷，寨子就依山建在峡谷的南坡。

接下来的时间，我不停地上浮和下潜，变换着自己的位置，在短暂的一分钟内观察水底的情况。

更多的细节出现在我眼前，幽冥一般的水下古寨，规模应该和我们来时的瑶寨不分伯仲，有五六十户人家，大多是高脚楼。但能从细节上看出，这些古楼不是近代所建，非常古朴，细节上所体现的瑶族的特征非常明显，不像现在，有很多高脚楼都是土不土、洋不洋的。

对我们原先下潜的位置我还有一些印象，胖子也提过有篱笆的地方。在那一带搜索，很快我就找到了那细小的浮标，同时看到了那些篱笆。我立即沉了下去，水下什么都没有，看不出一点他们存在过的痕迹，也没有任何异样。

第
三
十
章
　●
　老
树
蛰
头

　　胖子和闷油瓶应该就在这个地方遭遇了什么事，因为某个我还不知道的理由，他们解开了连着水面的绳子，然后，就在这几十米深的湖底消失了。

　　没有水肺，他们在水下只能坚持一分钟，这一分钟他们能走到哪里去呢？我不愿意相信什么被水鬼吞噬的诡异说法。按照现实推断，他们在水下最多只能行进二三十米，也就是说，除非当时水下有一艘潜水艇在接他们，否则，他们什么都干不了，也没有任何地方可以去。他们应该就在这附近。

　　但是四周什么都没有，寂静的湖底一览无余。

　　其中最奇怪的部分，是脱掉那个潜水头盔和解开绳子这两个细节。一方面，这个头盔穿戴起来十分麻烦，它的拉链在背后，而且非常长，即使给你从容的时间，要脱掉它可能也得十秒到二十秒，而且要解开绳子，最快也得加上五秒。这二十五秒还是闷油瓶的时间，如果是胖子，他的那种体格和心理素质，恐怕需要更长时间。另一方面，这头盔并不影响他们的行动，被攻击时还能作为防具，所以，于情于理，他们都没有必要脱掉头盔。

到底发生了什么事，使得他们有了脱掉头盔这个念头呢？

从闷油瓶也同样脱掉了头盔来看，这件事肯定不是突发奇想，他的性格非常靠谱，所以脱掉头盔应该是一个非常必要的举动。

我觉得肯定不会多危险，他们从容地脱掉头盔，说明他们遭遇的事不是急迫的、瞬息万变的，比如被动物攻击，或者遇到了怪事之类，反而应该是一件让他们能从容思考，并且做出"可以脱掉头盔，不会有危险"或者"可以脱掉头盔，危险在可以控制的范围内"这种判断的事情。

那么，能肯定的一点是，这件事一定发生在附近。

一步一步的分析让我逐渐冷静下来，看了看石坡下方幽深的水下古寨，忽然感觉到有一股怪异的寒冷从那片废墟中透了出来——他们会不会在这湖底古寨的里面？但是，从这里到达古寨在一分钟内是不可能办到的。他们疯了才会脱掉头盔游到那里去。那等于自杀。

我尝试还原当时的情景，看看四周有没有什么地方是必须解开绳子才能过去的，又或者是必须拿掉头盔才能通过的。

四周都是干净的石滩，我缓缓游动，发现这里的情况非常简单，在强力探灯和潜水镜的视野下一目了然。唯一有可能的，是石坡下方靠近寨子边缘的地方，那里有好几根沉底的巨大朽木。

这几根朽木肯定是当年村外的大树，现在所有的嫩枝和叶子已经腐烂成泥，只剩下粗大的树干还未完全腐烂。无数从它身上掉落的枝丫堆积在周围，形成了一大片枯萎灌木丛般的树枝堆，大量的树枝纵横交错，并被水中的石灰质覆盖得犹如岩石一般。

如果胖子在其中发现了什么东西，他只有解开绳子才可能进得去，因为绳子很容易缠在这些枝丫里，而笨拙的头盔也会让他无法把

老树蚕头

129

頭部靠近去查看。

想着想着，我忽然泛起了一阵寒意，脑子里有了一个很恐怖的念头：当时，也许胖子在这堆枝丫中发现了什么，他解开头盔和绳子去看，结果困在其中，然后闷油瓶为了救胖子也脱掉了头盔，结果也困在了里面，两人于是都溺毙了，所以才会出现不见尸体的诡异结果。

如果真是这样，那我将面临极其恐怖的景象——我会在树枝堆里看到他们两个在水下泡了两个星期的遗体。他们的尸体之所以没有浮上水面，可能是被困在这些鬼爪一样的枝丫中了。

我不敢过去，但我随即逼自己划动脚蹼，因为现在已经无法逃避。

我游到那些朽木上方，保持距离，探灯往下照去，看到下面有一个篮球场大小的区域里，全是白花花的树枝，如同铁丝网般纠结成一片。光线透过那些树枝照下去，下面一层又一层，要是卡在里面，就是大罗神仙也逃不出来。

而在这些树枝纠结中，确实有一些很大的缺口，似乎是有人强行掰开这些树枝造成的，但其中并没有胖子和闷油瓶的尸体。

我找了一圈发现确实没有，才略松一口气，咬着牙逼自己沉下去靠近树枝的表面。

贴近这些树枝，我屏息一看，立即发现这片树枝肯定困不死人，很多树枝都被掰断了，我从断口处看到这些树枝，其实内部已经腐烂得犹如泥粉，用手一碰就断成好几截。它们能保持树枝的形状只因为外面有层薄薄的石灰质在支撑，好比一根根非常薄的石灰管。那东西吃不了力，即使被困住了，稍微挣扎一下就全碎成小的石灰片了。

在这些缺口中，确实有无数的石灰片和断掉的"石灰树枝"凌乱地堆在四周，也许是胖子在这里搜索那些骸骨造成的痕迹。我把探灯凑近往下照了照，却不见什么异常，显然他们什么都没有找到。

我不由得苦笑，如果不是这个原因，我真的想不出这里到底发生了什么。为什么他们在湖底忽然就消失了？难道真如盘马说的，这里有什么湖鬼作祟不成？

那一刹那，我甚至有了一个想法，我想把自己的潜水服也脱掉，看看到底会发生什么，但我仔细考虑了一番，才没有做出这种荒唐事。

这几根朽木的下方就是古寨，我位于俯视的视角，看到的全是瓦顶而看不到内部，探灯打到最大也没用，那一点灯晕透去，反而让古寨显得更加安静而幽深。

我收敛心神，准备继续去四处搜索，探灯就晃动了一下，就在转开头部那一瞬间，我忽然感觉到古寨之中好像起了变化，便又将头转了回去。在古寨深处的某处，不知何时出现了一点诡异的绿光，似乎是一盏晦暗的孤灯被人点亮。

深水下，青色冰凉的光晕似乎是从幽冥中亮起的磷火，朦朦胧胧，我的大脑顿时一片空白，梦魇一般，心跳加速，压得我无法呼吸。

我靠，这是怎么回事？这是什么光？难道这古寨中有人？

难道闷油瓶和胖子在这座古寨里？他们不仅还活着，而且在活动？

可这是在几十米深的湖底，淹没了几百年的古寨，他们没有氧气，怎么可能在水下活这么长时间？就算是手电，两个星期也早就耗尽电量了。而且这种光，有一种无法言喻的鬼魅感，不是手电的，也不像火光。

窒息的感觉越来越强烈，这是当年死在湖底的冤魂还没有成佛，一直在这湖底的废墟中徘徊？这是当年瑶家的灯火，穿越了幽冥和人间的隔阂，在指引亡灵回归鬼蜮的方向？

在这冰冷黑暗的湖底，有一种莫名的冲动，让我不自觉就想朝灯火游去，好比迷路的人在山中看见灯光一般。但是在那一刹那，我灵光一闪，突然意识到，当时，在我所在的位置，胖子和闷油瓶会不会也是看到这一点光才导致了他们的失踪？

这难道就是关键所在？接下来，会发生什么？

我不由得收敛心神，观察四方，怕有什么突然的事情发生。

然而我环视了一圈，四周无比安静，探灯照去，看不出一丝的异样。

我转回头去，看到那一盏孤灯的绿光越来越晦暗。忽然，一股毫无来由的恐慌，在我心中蔓延。

第三十一章 ● 水底的灯光

湖底古寨深处的孤灯不知是从古寨中的哪个位置亮起来的，是在深处，还是在某幢古楼的窗户之中？孤灯的颜色实在无法形容，灯光非常之不通透，似乎被人蒙在一层青暗色的罩子里，朦朦胧胧，不像人间的灯火。

这个诡异的湖泊已经使我很惊讶，这片清幽之下的寂静之地隐藏着太多的秘密。这里到底发生过什么，使得所有的一切都像被诅咒了一样？

在这种幽冥的环境下，我孤身潜入深山中的湖底，没有任何支援，没有任何帮助，第一次感到无比的恐慌和孤寂。这种无助的绝望感比死亡还要让我恐惧。我有一刹那的错觉，想到了深海的一种以灯光捕食的丑恶鱼类，这古寨给我的感觉，似乎是一种巨大的生物，正在使用那灯光吸引猎物自投罗网。

我看了看氧气表，心脏的狂跳使得氧气耗费得很快，那种毛骨悚然的梦魇感始终挥之不去。我强压住自己的恐慌，心中默念道："如果要弄清真相，恐怕必须得以身犯险。如果胖子和闷油瓶现在还活着，那么他们肯定陷在一种非常诡异的情形中，我可能是他们唯一的希望。我既然来到了这里，其实根本没有退路。这青色的孤灯，无论是凶是吉，都是召唤我的指路灯。"

这近乎是自我催眠，但在当时的环境下，我真的不知道从哪里获得了勇气继续深入。我念了三遍，才感觉那种恐慌稍微减轻了一点，将刺刀拔出反手握着——虽然不知道这东西能对幽灵有什么用处，但总算能壮胆。

我划动脚蹼，贴着湖底的石滩往古寨潜去，潜了没多久，古寨中的幽光就因为我角度的下降，逐渐被古楼遮挡，很快便看不到了。四周的黑暗逐渐回拢，深处的古寨再次回到幽冥之中。

我逐渐镇定下来，奇迹般的恐慌开始退却，看来这恐慌似乎完全来自青色的幽光。我心中不由得暂时松了口气，以我的性格，眼看着灯光逐渐靠近会把我逼疯的。

我所处的位置离古寨的边缘并不远，逐渐靠近后，我发现古寨边缘的地方，石滩斜坡上还有不少朽木，有些还立着，有些已经倒塌横亘在湖底。显然这个古寨在被淹没之前，四周大树林立。此处果然风水俱佳。

下潜不到片刻，我便来到了古寨最上端的地方，最近的高脚木楼顶部离我最多三米的距离。因为是从坡上往坡下潜，此时的水深可能已经超过四十米，水压让我相当不适应。"不识庐山真面目，只缘身在此山中"，到了此处，我完全看不到寨子的全貌，只看到密集的大楼盖子，隐约能看到寨子之中的青色幽光就在不远处。同时我看到，在我的脚下，寨子边缘的一处地方，立着很多犹如墓碑一样的石碑。

我略微下潜用探灯去照，发现石碑上结满了水锈，显然这些石板中本来有石灰岩的成分，在水中溶解了，把石头泡得坑坑洼洼，全是孔洞，已经完全看不清楚上面的字。但这不是墓碑，是瑶苗特有的一种石碑。

古瑶有石碑定法的传统，瑶族人在遇到一些需要集体讨论的事项时，会开"石碑会"，会后立一石碑于寨中，称为石碑律。这好比是瑶族的法典，所有人包括瑶王都必须遵守，瑶族人把这种石碑叫作"阿常"。

这种律令的神圣程度超乎我们汉人的想象，瑶人认为"石碑大过天"，不少古时的汉瑶冲突就是因为汉人想动摇石碑律而产生的。而每块石碑都有一个管理人，叫作"石碑头人"，权力很大。

这里石碑很多，如果是石碑律，那上面肯定记载着许多十分重要的事情，可惜字迹已经看不清了，而且很多石碑律牵扯到瑶寨晦涩的古老秘密，所以大多使用无字碑，全靠当事人的自觉来维持上面的规定。

我想如果能够看到这些石碑上的字，也许就能知道这个古寨到底发生过什么事情。

越过石碑群，我再次来到寨子的上方悬浮着，因为挨得很近，湖底那些破败的高脚木楼和木楼间的小道，变得无比清晰。此时，青色的幽光再次显露出来，看不到光源，但是暗淡的光晕就在前方。我的头皮再次开始发麻，心跳得更加厉害，恐慌感几乎没有任何削减，一下又充斥进我所有的感官中。同时，我感到这种恐慌非常异样，它似乎来自我最原始、最深层记忆中的恐惧，无法形容，更无法驱除。我到底在怕什么？

在这种高度鸟瞰一座千年古寨，世界上和我有同样经历的人恐怕不到一百个。看着就在身下触手可及的破败腐朽的木楼，你能感觉像是漂浮在古道的半空中闲庭信步。千年前四周的景象不可避免地在你脑海里形成，随即又被水流和某些情形带回现实，这种交织让人感觉很不真实。

这是我第一次近看这个湖底古寨，我发现整个寨子和巴乃很相似，高脚木楼修建得十分稠密，两层到三层的木楼中间有一些可容三人并行的青石小径和石阶穿插着。这些腐朽的木楼都往一边倒去，看上去随时会坍塌，有些房顶滑塌在旁边的另一幢楼的墙上，形成一道"门"的样子。我在这些门的上方悬浮着游动，看着自己吐出的气泡冒上去，心不由自主地揪了起来。如果潜入寨中，只要有一点意外，这四周的木楼就可能倒塌，如果逃脱不及就会被活埋。在水底被活埋意味着一点获救的机会都没有了。

掠过几幢破败的高脚楼顶，灯光的所在越来越近，我的窒息感也越来越强，看灯光和高脚楼之间的角度，我判断那光来自其中一幢古楼之内，可能是映着窗户透出来的。我正要咬牙硬着头皮潜下去，忽然一暗，那光消失了。

我的精神高度紧张，这一下把我吓得几乎晕厥过去，呼吸管都几乎脱嘴了，但在那一瞬间，我看到了灯光的所在。

那像是一幢非常巨大的复合式高脚塔楼，由好几幢高脚楼组合在一起，大概是瑶族大家族的塔楼，一般是寨子中最富裕的家族聚集形成的。刚才那一瞬间太快，我没来得及看到灯光是从塔楼的哪个窗口透出来的。

我缓缓下沉，探灯照下去，我一下就愣了，天哪！这是什么楼？

这塔楼果然有点不同，它的外沿竟然是石头结构，而且，那瓦顶的飞檐，竟然是徽式的。

这不是瑶族的塔楼，而是汉人的建筑。

我愣了，这是怎么回事？为什么在瑶族的古寨里会有一幢汉式的楼宇？

第
三
十
二
章 ●
瑶
家
大
院

　　苗瑶自古和汉家纷争不断，分群而居，对自己的隐私和血统非常在乎，特别是南瑶，从古到今就是少数民族冲突最多的地方。古时候有三苗之乱，新中国成立前还有客家人村斗，为了一口井、一条河沟，汉瑶、汉苗之间，甚至瑶寨与瑶寨之间都杀得无比惨烈，可以说当时民族之间的猜忌和隔阂是势同水火的。

　　所以瑶汉混居是完全不可能的事情，即使有瑶族人肯接受汉人在寨子中定居，那汉人也必然是住在瑶房内，绝对不可能有瑶王会允许汉人在自己的瑶寨里盖这种耀武扬威的大塔楼。

　　我完全无法理解，这好比我在高粱地里发现一个西瓜！

　　我缓缓下潜，静静地看着这一幢古楼，又发现了更加蹊跷的地方。这座汉式的古楼完全被包在四周的高脚楼内，而且楼顶的瓦片颜色一模一样，似乎是被这里的高脚楼保护起来了。从宅子外面看，根本发现不了里面有一幢这样的古楼。

　　而且看这汉楼的规模，非常奇怪，看上去是一个口字形状，口字中间就是天井，四面是三层的楼宇，底座和外墙全都用条石修建而成。学建筑的明眼人一眼就看得出来，这是明清时南方大户人家沿街大宅的风格，一般都是当地望族修建的家族院落，有好几进深，后面还有园子和更多的建筑，巨大的条石是兵荒马乱时防土匪响马用的。这种无比结实的建筑通常保护着深宅大院里几百号人自锁自持的生活。

　　也就是说，这古楼应该是一幢幽深大宅子的前脸，它的门对着的应该是正中街道，外面的高墙围住整个古宅，四周有大门、小门、照壁，有些门让下人进出，有些可能是沿街做生意的店面，大门进来后有复杂的回廊通往后进的宅院。这种布局最典型的就是杭州的胡庆余堂。

　　但这里只有这么一幢独楼，好像其他部分全部被一刀切断了。整个古宅就剩下一个脑袋。

　　我绕着楼缓缓游了一圈，发现确实如此，后面就是青石板街道，四周都是瑶家的高脚楼，没有任何其他汉式建筑的影子，简直不可思议。

　　这样的情况也发生过，新中国成立后古宅被分到穷人手里，一个楼里住着几十户人家，后面院子的通道就被堵了起来，前后本是一个宅院的屋子就变成了许多个独立的单元。

　　我读了这么多书，尤其对中国古典建筑有深刻的记忆，脑海中无数的概念闪过，却始终无法找到任何令自己信服的解释。外行人会觉得我小题大做，对我来说，却是如鲠在喉。这楼是谁盖的？为什么要盖成这个样子呢？

　　那青色的灯光就来自这幢汉式的古楼内，就在我到来的时候，忽然熄灭了，难道是这宅子中的"人"发现了我这个不速之客，又或是告诉我，这就是我的目的地？同时我想到，这是汉式的宅院，也许其中的鬼魂也是汉人，那么也许能念在同族的情分上放我一马。

　　不管怎么说，看来我必须进入这古楼中一探究竟，无比的疑惑甚至让我不那么害怕了。

我浮到天井的上方，下面犹如巨大的黑黢黢的井口，我把探灯开到最亮，往下照了照，既没有看到能发光的东西，也没有看到杂物。

我不再给自己恐慌和想象的时间，逼自己定了定神，便翻转身子，头朝下摆动脚蹼，往天井潜了下去。四周的空间一聚拢，光线就亮了起来，我调了光度使得眼睛能够适应，完成后，人已经降到了天井院内。

感觉一下就不同了，四周是漂浮的白色颗粒，是因为我下降鼓动水流而漂起来的，下面是积满沉淀物的石桌石椅。探灯往四面照去，天井的四角各有一根大柱子，中门两边各有两根，一共十二根大柱子。往内都是木石的回廊，再后头就是房间，都是雕花的窗花，腐朽坍塌，全被覆盖成白色，看上去无比残旧。

木门木窗腐朽脱落，但是奇迹般地，我发现这里的房屋结构竟然还算完整，可能当时使用了相当上乘的木料。

我转动探灯，看到四面都有门，前面是通往前堂的后门，后面是通往后进院子的门，两边则通往侧厢。我看到四面门口的柱子上都挂着对联，对联的木料不如木柱子那么好，完全扭曲了，长着真菌一样的木花儿，其中两个门的对联半截已经掉在地上烂了，只有前堂后门的保存最完好。

我摆动脚蹼，把前堂后门对联上的附着物擦掉，发现是这么两句对联——

　　已勒燕然高奏凯
　　犹思曲阜低吟诗

这是很普通的对联，但我看得出其中的意思，是说这座楼的主人，有军功在身。

这楼的主人是当兵的？我心说，看这规模，应该是个军官。

前堂的后门已经坍塌成一团烂泥，一处窗框裂出了几条大缝，手一碰就成片碎成齑粉在水中如烟雾般翻腾，让我感觉这些东西随时会烟消云散。手电从缝隙里照进去，里面无比杂乱，都是坍塌的木梁和一些无法形容的杂物，可见内部已经被损坏得十分厉害。

我隐约能看到中间的回壁，回壁是房间中立的一面墙。风水中，气从门进来，不能让它直接从后门出去，中间必须有一块墙壁挡一下，这样你要从后门出去，必须绕一下，叫作绕梁，使得气走得不那么快，而在屋内盘踞。还有一说是，这样一来后面的开口就从南北向变成了东西向，更利于走财位。

这样其实是有道理的，人家从大门进来，一下就能穿过前堂看到你后面天井里的情形是很不利的，万一你有什么隐私活动，或者不愿意见这个人，那你躲不掉，所以有块回壁，就给了人周转的空间，就算有强盗进来，也能有时间躲一下。

我小心翼翼地游了进去。之所以先进前堂，是因为我看到了对联，想到了一件事情：广西、广东大户人家的前堂大部分都有牌匾和灵牌阁楼，那里的牌匾往往和主人的身份有关系。所以我决定先去前堂看看，找找线索。

进到里面，一开始以为不会太大，但是猛地一看，我就傻了眼。

探灯四处一照，我发现整个前楼内部已经完全腐烂了，木质的地板全部坍塌，往上看没有天花板，能直接看到最高的楼顶，没腐烂的只有石头部件和一些巨大的粗木梁。大量的杂物掉落在楼底，残破不堪，整个楼的内部空间犹如路边拆迁得只剩骨架的老楼房，又或者是一个巨大而简陋的脚手架。

我悬浮着把探灯往回壁的上段扫，基本上都烂没了，在回壁的上方，只能看到一块牌匾，也腐烂得非常厉害。我游上去，小心翼翼地抹掉上面的附着物，里头的颜色已经完全褪去了，只剩下土色凸起的字的轮廓，隐约能分辨出那是四个字：樊天子包。

我看不懂是什么意思，不过落款却让我眼皮一跳，那是：张家楼主。后面是年月日款印。

这种牌匾有可能是别人送的，如果不是，主人又是大儒或者风雅人士，大多会自己写。这边的瑶寨之内，不太可能有瑶人能写汉字，还能写一手这么漂亮的毛笔字。这是十分漂亮的瘦金体，我做拓本这么多年，能看得出其书法的功力十分深厚。那么这个张家楼主，很有可能就是这幢古楼的主人。

"张家楼主，"我心中自言自语，"张家？"

张起灵，张张张张，是巧合吗？

脑子里浮想起之前发生的一切，这里有大量的线索，和闷油瓶有若隐若现的联系，我心说，难道这里和闷油瓶有关系？

有意思，我暗道："牛人做牛事，这奇怪的古楼，该不会是闷油瓶的老宅吧？这个张家楼主，是闷油瓶的祖宗？"

想想还真有这个可能性，这个张家楼主能在山中修这样的大宅，显然家底雄厚，又能写一手书法，这里的对联又极度附庸风雅，怎么看都应该是自比儒商大家，是胡雪岩那样的做派——这样的人家为何会修这么一幢奇怪的楼在远山的瑶寨之中？

是遭人迫害来这里隐居，还是另有所图？我忽然有一点小兴奋，觉得古楼之中一定发生过大量的故事。如果真和闷油瓶有关系，那这一次真的来得值了。

可惜这里再无其他可看的东西，前堂之中应该陈列了很多字画，现在肯定全部腐烂了，要是有更多的文字就好了。

看来只有一个房间一个房间地看过去，找找所有的蛛丝马迹。看了看氧气表，氧气还剩一半，要抓紧时间了。我准备先退到天井再想想去哪个房间最合适。

正想摆动脚蹼，忽然后脑一激灵，我的背后亮起了一团幽冷的绿光。

第
三
十
三
章

●

绿
光

我几乎是条件反射地转过身去。透过前堂的后门，我看到天井对面的后堂里亮起了一团诡异的绿光，光线从腐朽的雕花窗透了出来，朦朦胧胧地在水中"弥漫"。

绿光诡异非常，和之前看到的如出一辙，而且距离如此之近，我发现那光线有一些非常难以察觉的抖动。这种抖动让整个天井都青惨惨的，鬼气森森，似乎一下子进入了另外一个空间。

我咽了一口唾沫，遍体冰凉，心中的恐惧难以形容，就连脑子也有点不太好使了。

看来该来的还是来了，想躲是躲不了的。

我尽量让自己镇定下来，一边朝后堂靠近，一边告诉自己，既然已经到了这里，就已预见到这种情况，之前同样的情况我也遇到过不少，不也照样平安无事，我就不信这次能比之前的可怕到哪里去。

从前堂出大门，过天井到后堂，只有二十步不到，不知是因为我浑身僵硬，还是时间感觉错误了，我足足游了五分钟才到。

后堂大门紧闭，但是窗户那里有几扇雕花窗扇完全塌落，里面绿光弥漫，但是看不清楚。我小心翼翼地往里照了一下，光扫过的那一刹那，照出的一团阴影让我在瞬间停止心跳，我以为那是一张青色的女人脸，结果只是一个影子。

后堂和前堂完全是一样的情形，除了地面上堆积的腐烂坍塌物，几乎空空如也。后堂的中间也有一块回壁，森然的绿光就从那横壁之后隐隐约约地透了出来。

这景象很像聊斋故事中的情节，在破败的古宅，点着油灯的书生正在夜读，女鬼飘然而至，在宅外看着屋内的灯光。只不过现在换了一个位置，书生在外看着屋内的火光。这光是这种颜色的，屋内还真有可能是一个当时淹死的女鬼。

我将这后堂上上下下打量了一遍，弄清楚了大概的结构，以便万一发生冲突我能够迅速跑路。正准备从窗户进入，突然我看到，那青色光团又迅速暗淡了下去，最后熄灭了。

我看到那光一暗，心中一紧，好像被人掐住了脖子一样，屏住了呼吸。

它察觉到我了？

我的脑子里闪过非常多的画面，猜测那回壁之后，会是什么样的情形。那个"水鬼"，它察觉到了我的到来，那它肯定会潜伏起来，准备突然袭击我。

忽然我感觉不对，自己完全没有胜算，如果就这么过去，万一真是水鬼，那我不是找死？

我现在孤立无援，也没有人知道我在这里，不说这后面是不是水鬼，就是我的脚忽然被卡住了，或者氧气忽然耗尽，我都肯定会死在这里，而且几百年都不会被发现。我真的就这么豁出去了吗？是不是应该再仔细想想？

我一下就泄气了，刚才的勇气烟消云散，又不敢进去了。

我在想，是不是我被恐惧弄昏了头，现在这种情况也许我完全不应该进去，正确的做法应该是先退回去寻找后援。这么一想我心里就更加没底了。

可是，如此一来，之前我所做的事情就都白费了，闷油瓶和胖子他们完全没有踪迹，就这么消失在了这个湖底。我如果上去，还有可能再次下水吗？我还有勇气再经历一遍刚才的过程吗？恐怕没了。就算再来，退却过一次的我恐怕也不可能再坚持到这个地步。那么，也许闷油瓶和胖子，就真的在我的生命中完全消失了。

这时我开始想念潘子，如果他在这里会是多么大的推动力，我和他们这些人果然不同，原以为自己经验丰富，但是勇气这种东西好像和经验没有多大关系。

在天井里，我只要退开几步，摆动双腿，一直往上，不出几分钟就可以脱离这古怪的湖底古楼，眼前的一切都不用再考虑了。我停在那里，犹豫不决，因为我知道无论是往前，还是往后，只要迈出第一步，我就不可能停下来了。

这时，我看到了一样东西，那是一个清晰的手印。

这手印印在窗框上，由于刚才实在太紧张，我竟然没有发现。

这里到处是沉淀物，这个手印这么清晰，显然是不久前才留下的。是我的手印吗？我凑过去比了一下，看到那手印的两根手指非常长。这是闷油瓶留下来的。

我愣住了。按这个手印的位置，我比画了一下，正好是掰开窗框的动作——闷油瓶在这里掰过窗框？

从这里到我下来的地方有很远的距离，他脱掉了头盔，在没有氧气的情况下怎么可能行进这么长的时间？难道他也成了水鬼？

我心中的不可思议之感越来越甚，想到闷油瓶，我心里忽然一定，心说我不是答应过要帮他的嘛，如果他变成了水鬼，大不了我死了也变成水鬼，那水鬼三人组也不会太寂寞。如果不是他几次救我，我早就死了，如今只是为他冒一下险，有何不可？我的命就这么值钱？

我勉强镇定了下来，说实话，这么说并不能让我减轻恐惧，甚至让我更加害怕。此时我浑身几乎不受控制地颤抖，根本无法抑制，但心中的信念如此强大，使得即使在这种恐惧下，我还是从窗户游入了后堂内。

进入之后，我想到这样是不是不太礼貌，是不是得先敲个门，这样人家兴许念在我知书达理的分儿上，放我一条生路。随即我抽了自己一嘴巴子，让自己镇定下来。

后堂和前堂里的情形一模一样。我一点一点地绕过那回壁，绿光并没有再亮起来，在几乎要看到回壁后的情形时，我停了停，因为我的手抖得连探灯都快拿不住了。

因为颤抖无法抑制，灯光都随着我的节奏抖动，使得眼前的回壁看着像要倒下来，我只好用另一只手帮忙，游了最后一段。同时在我的探灯光照射下，后面的情形已经一览无余。

那一瞬间我全部的神经高度紧绷，内心已经做好了看到任何恐怖情形的准备。当后面的情形真正出现在我面前的时候，我感觉脑子里的血管几乎要绷断了。

然而探灯照去，那里只有一片白色的坍塌物，其他什么都没有。

我靠，我有一种被人戏弄的感觉，在极度的紧张下，我并没有因为什么都没看到而立即放松下来，反而持续绷紧。

环顾四周，我发现整个内堂是完全封闭的，后面空空荡荡，通往后进大院应该只有一道大门。我刚才在外面看过，门外面就是大街了。

如果发出绿光的东西在这里，它肯定还在这里，一定是躲起来了。

绿光

我屏息游了过去，做出防御的动作，看向坍塌物的下方，看看是否压着东西，但由于太过杂乱，看不清楚。这时我忽然看到唯一立着的东西，在后堂回壁后的角落里，有一道屏风。

屏风不知是用什么材料制作的，竟然没有腐烂，但是其中的枢纽已经无法支撑，歪歪扭扭地倾斜在一起，没了正形。我的探灯照去，头皮一下子发麻起来。我看到，在屏风之后，映出了一个古怪的人影。

第
三
十
四
章
●
成
真

我一下就僵住了，双腿发软，整个身子都脱力了，不敢再动一下，目光也不敢离开，探灯就一直照着那个方向。

在强力探灯的穿透下，人影相当清楚，让人毛骨悚然的是那个人的姿势。这个人的姿势非常怪异，整个人几乎是直立在那里的，整个肩膀是塌的，我第一感觉是这个人和我一样浮在那边，但似乎那人影纹丝不动，只有窖尸才会那样。

当时的那种窒息感已经到了极限，这可能是我到现在为止遇到的最匪夷所思的事。这要是在陆地上，能有无数种解释，可这是在湖泊的水底，水深几十米的地方，这个影子幽幽地立在那里，一动不动，绝对不是什么潜水员。

这到底是什么东西？是妖怪，还是水鬼？

没有人能不用氧气瓶在水下生存，也没有人可以在水下这么站立。我心里发毛，这次真的撞大运了，被阿贵说准了，恐怕真是个水鬼，由不得我不信了。

想到水鬼，我立即想到了之前我们在寻找的那些尸骨：这是考古队的那些人死了之后在水里尸变的粽子，还是之前这个村子被淹之后的亡灵？闷油瓶和胖子的失踪，是中了这东西的招了？

如果是粽子还好办，我全副装备怎么也不可能比它跑得慢，要是鬼魂，我恐怕就得做它的替死鬼了。胖子他们如果遇难，也不知道会不会出来帮我。

我完全不知所措，不敢前进，又不敢转身，因为怕一转身，这东西立即扑过来，我宁可看着它把我杀了，也不想忽然感到背后有异，只能死死盯着那个影子。

然而，我僵直了片刻，却发现那个影子纹丝不动，那种不动非常奇怪，犹如石雕，连一点移动都看不到。同时，我有了一种更加奇怪的感觉，这个影子，我好像在哪儿见过。

这种感觉奇迹般地越来越强烈，似乎是潜意识在指引着我，我鼓起勇气向前游去，那个影子在屏风上的形状却开始一点一点变化。

冷汗又不可抑制地流下来了，我看着那影子的变化，那种似曾相识的感觉越来越浓，甚至一度压过了我的恐惧。游了大概七米的距离，那种感觉已经到达一个极点，就在那一瞬间，我想了起来。

我的老天，这个影子，这个屏风，不就是楚哥那张照片里的那个影子吗?！

在来巴乃之前，我收到一张照片，照片是三叔的老朋友楚哥寄给我的，上面拍摄的是一幢古旧建筑内部的情形，里面就有一道屏风。而屏风的后面，也有一个人的影子。回忆起来，这人影，竟然和我现在看到的一模一样。

因为那张照片后面写了格尔木的鬼楼，我当时判断照片拍摄的是格尔木鬼楼里的情形，现在看来我错了。难道那张照片后的注释不是注释那张照片本身的，那张照片难道拍摄于这里？

但是当时那张照片并没有任何水下的痕迹，也就是说，如果拍摄的是这里，那么照片拍摄的时候，这水下的古寨还没有被淹没。

那种照片最早也得是二十世纪三四十年代的东西，难道这个古寨被淹没的时间，其实并没有我想得那么久远？

照片……影子……水底……难道楚哥给我的那张照片蕴含着我不了解的深意，而我只是把它简单地当成了一张普通照片？他给我那张照片，就是想让我来寻找照片上的影子吗？

我的脑子一下清明，随后又被无数的诡异念头充满。

让我脑子一片混乱的是那个影子。那张照片中，那影子的姿势如此怪异，而现在这个影子，几乎和那照片中没有丝毫差别。

如果那张照片拍摄的是这里，那就是说在拍完照片后，这影子没有任何移动，一直在这里。那就不可能是水鬼，因为当时这里还没沉在水里呢，这影子应该是个死物。

我愣在那儿，忽然来了一股勇气，找了一块砖头，摆动脚蹼，朝屏风游了过去。快到屏风的时候我把砖头往屏风上一砸，心说去你的。但还没说完，我就后悔了。

屏风已经被水泡得根本吃不了力，石头砸在屏风的柱子上，屏风一下就垮了，腐蚀物像雪花一样漂了起来，朝我扑面而来。我立即后退，拿着探灯去照，但是一眼看去全是漂浮物。我用手拨开漂浮物，把探灯往前照去，混乱间，从漂浮物中出现一个东西，一下朝我扑来。

我的心脏感觉要炸了，挣扎着往后退，同时拿着军刺乱刺，刺了十几下，什么都没刺到，嘴巴里的呼吸器反而掉了。

我手忙脚乱地抓回去，眼前的漂浮物已经被水流冲得散开了，我面前只是一根白色的浮木。

我骂了一声，一脚踢开，用探灯去照屏风后影子的位置。

那影子还立在那里，漂浮物稀薄了一点，它的真面目已经或多少地显露了出来。

那是一个人形的东西，有头，有手，有脚，站立在那里。浑身是白色的附着物，呈现出一个非常僵直的动作，好像是一具僵化的死尸，被吊起来后，不知怎么蜡化了，尸体被包裹了起来。又好像是石像，非常难以形容。

它的面部完全被覆盖，也不知有没有表情，但看着确实是个死物，因为它如果能动，身上的附着物肯定不会积得如此之厚……

这是什么玩意儿？我心中的疑惑更深了。

第
三
十
五
章　●　影子的真面目

　　我看着那人形，莫名其妙地鸡皮疙瘩起了一身。

　　第一眼的感觉，其实是石像，但随即我意识到不可能，因为那东西的形态太过逼真了，感觉就是一个被吊死的人被固化了。在那个年代，就算有人要雕刻这种惊世骇俗的东西，也不会如此写实。南部地区虽然有很多邪神，但是大多很夸张，如此写实的实在诡异。

　　一路过来的怪事如此之多，让我不敢轻视，搞不好刚才发出绿光的就是这东西，位置看上去也正好。

　　我靠近那人形，游近之后蜡化死人的感觉更加明显，同时，我发现它的右手自手腕处断了，右手缺失了。但不是铸成这样的，而是被破坏的。

　　小样儿，想学维纳斯没学到家啊！我迟疑了一下，小心翼翼地用军刺刮掉上面的白色沉积物，想看看它本来的颜色。

　　刮掉一块一看，我吃了一惊，这东西本身的颜色竟然是黑红斑斓的花色。但不是非常鲜艳，而是暗淡地纠结在一起，好比霉垢一样的东西。继续刮，我发现这些黑黑红红斑驳的霉花，原来都是黑铁上的铁锈花，这东西竟然是铁的。

不会吧，这是具铁俑？我壮着胆子用手捏了一下，发现果然是实打实的铁，有些地方可能淬炼得好，还没有腐烂。我甚至能看到上面雕刻着非常精致的花纹，其他表面完全生锈的都是暗红色的斑点。

我逐渐意识到什么，立即将所有的附着物都从它身上刮下来，一具造型非常奇特的铁俑就那么出现在了我面前。我惊呆了，因为刚才这东西给我的印象，是造型逼真但表面简陋。但现在看来，这东西的表面是经过打磨抛光的，虽然现在已经锈得不成样子，但我能肯定它之前的样子非常精致，浑身都能看到优美的花纹。这是一件艺术品。

同时，我摸着那些花纹，发现和我们在闷油瓶床下发现的铁块上的花纹完全一样。我明白了，那些考古队在水下打捞的东西，就是这个！那些铁块，就是这种铁俑的碎片。

这东西算是文物吗？有考古的价值吗？

一想到闷油瓶说过这些铁块非常危险，我就留了个心眼儿，不再去触碰，而是保持距离仔细观察。

我对铁器毫无研究，但对镏金铜器的认识颇深，铁俑，我在古玩市场见过，属于锡铁器，都是小件，从来没见过这么大的。一来古时候铁很贵，这么大的铁俑不说用铁，就是耗费料都非常惊人；二来铁器不容易保存，太容易生锈。我知道有非常多的明代铁佛都是中空的。

如果这东西整体的做工都和闷油瓶那铁块一样，那就基本是实心的，里面可能没包着东西，但也不会太中空，那这玩意儿可能非常重。这么重的东西，难道是佛教的大铁法器，镇什么妖用的？

我胡思乱想，知道怎么也不可能想出个所以然来，这里的事情没有头绪，怎么琢磨都不会有用处。

我本想看看铁俑身上的花纹，但是锈得实在太厉害了，根本看不清，其他地方也看不出什么名堂来。想到盘马说铁块很多，我心说，难道这里不止这一个铁俑？但四周空荡荡的，什么都没有，这种东西这么大，也不可能被压在那些坍塌物下面看不到了。他们那些铁块，是从什么地方打捞起来的？难道这里每间瑶寨之中都有这种铁俑？铁俑分布于整个寨子，还是藏在古楼的其他地方？

我下意识地转头，看到了后门。

在那张照片里，屏风的一边，我看到过一个走廊，我调整了一下自己的位置，发现照片上走廊的地方，在这里就是后堂的后门。

在普通的老宅中，这道门后应该是第一进大院，因为这里只有一幢古楼的前脸，所以通过这道门之后应该就出去了，外面应该是古寨的青石板街道，不可能是走廊啊。

我看着这道后门，记忆中照片里的门框和这里一模一样，无疑拍摄的地点应该在这里。怎么会出现偏差呢？难道在拍摄照片的时候，这里有走廊，但后来被拆了？我发现我的时间观念完全混乱了，看来照片拍摄的时间、古寨沉没的时间，我都必须重新考虑。

我走近，发现雕花的门完全没有腐朽的迹象，我拉了一把，发觉这雕花的门是仿木的，其实是铁门。再用探灯一照，愣了一下，我没有看到外面的青石路，这门后面真的是一条走廊，但并不是平的，而是倾斜往下，通向地下深处，走廊两边的情形，和照片上的一模一样。

我愈加肯定照片拍摄的地点就是这里，心中一个激灵，心说不会吧？如果是这样的结构，这后堂的后门连着走廊，走廊通往地下，难道这古宅是有后进的，而这后进的大院就修建在地下？

第
三
十
六
章
　
●
　
后
半
部
分
在
地
下

　　我的想法完全被颠覆了，这幢古楼不光位置不太对，连结构都如此诡异，通往后进的门后，竟然是一条通往地下的走廊。难道后面的整个大宅子，全都修建在地下，而设计者做了手脚？可能后堂实际的长度，和房间内部的长度不一样，别人进来，看到这门就以为是后门了，其实这门离后门还有一段距离，中间就做了隐秘的走廊。

　　大门开在地面上，其他宅子修在地下，这是宅子吗？这简直是老鼠窝。这宅子的设计者太有想象力了。

　　我忽然想起了一句话，是三叔很久以前和我说的，叫作"深山里盖别墅，不是华侨就是盗墓"。这儿算是深山了吧，这深山中的古宅，难不成是个盗墓的假楼？好比我经常听说有人在古墓上头修一猪圈，然后以这个来掩护盗墓一样。

　　表面上看起来，实在太契合这种说法了，从走廊下去，可能就是他们正在盗掘的古墓，这些铁俑就是他们从古墓中挖掘出来的陪葬品。

但是仔细一想就知道不可能，因为盗墓贼的脾气我最了解，最有实力、性格最古怪的盗墓贼，也不可能为了盗墓而修建一条这么结实的走廊，那一看就是非常有经验的工匠修建的永久性的石街，不是临时的。况且，为什么要在瑶寨里修汉式楼宇，假如这种做法是为了隐蔽，不让人注意盗墓活动，那在瑶寨中搞一个汉楼，不是更加显眼吗？

　　我推测，最好最有效率的办法，应该是在这里修建一个瑶族的高脚楼，然后在晚上直接挖一个洞下去，因为在这里修建一幢如此高大结实的汉式古楼，耗费的时间和金钱，在当时可能远远大于一个古墓的价值，也太张扬了，完全没有必要。

　　非要这个说法可行，只有一个可能性，就是这下面的东西，价值大得无比惊人，而且极难进入，可能要二十年、三十年的经营。那就另当别论。但是我也基本能肯定，这下面不可能有什么大墓，因为这是山区的低洼地，所有的地下水全往这里走，根本没法修过大的墓葬。

　　从我学的一些建筑知识来看，我现在还能肯定一件事情，这个建筑似乎是为了某种特殊的用途而特意修建的，它所有的特征应该都是为这种用途服务，我不知道这个用途，所以无从判断，但是这种用途的核心部分，应该在地下。

　　我看了看氧气表，氧气已经所剩无多了，最多还能坚持十五分钟，我没有时间再耗着，看这道走廊，好像并不太深，能看到十几步下已经放缓了，下面也是青砖的地面。

　　那青色的光没有再出现，也没有任何的危险气息。我想就算是水鬼，好像也没有什么恶意，它好像在指引着我一步一步向前，如果要取我性命，我恐怕早就死了。

　　之前的经历让我觉得自己有点窝囊。我定了定神，小心翼翼地打开那扇门，朝走廊漆黑一片的下方游去。到底部之后，我拿探灯一照，立即吸了口凉气。我发现下面是一间砖头砌成的地下室，不大，非常狭长，长度很夸张，我在这里看不到地下室的尽头，在砖室的两边，摆着很多铁架子，上面一具一具地平躺着无数铁人。

这有点像龙窑子，两边的铁俑好比刚烧制好的瓷器，全部陈列在这里。在我黄色的探灯光下，这些铁俑好像一具具尸体，大有国外大教堂秘藏地下室的感觉。稍微一估计，这里最起码有六百具铁人。

这里的沉淀物少了很多，很多铁锈斑斓起了锈鳞，看着像腐烂的黑色尸体。一路看过去，我发现铁俑的动作都不一样，而且，非常诡异的是，所有的铁俑都没有右手，所有的右手都被破坏了，断口很不规则，似乎是人为的。

难道这里以前是一个铸铁人的工厂？

之前的极度恐惧已经让我麻木了，我警惕着四周，继续贴着地面往前游。一直到了房间的尽头，并没有我想象的地下庭院，而是一面封闭的墙，我只在尽头的砖石地面上看到了一口井。

在地下室挖一口井，在水源充足的广西，那是脑子烧坏了的做法，我看到这口井边修有凹陷的便于攀爬的阶梯，就知道这下面肯定有东西。

此时我对盗墓贼的预判开始动摇了，这太像假楼盗墓的迹象了。也许真的是一个古墓，也许就是有这么一个老瓢把子，性情非常古怪，喜欢花大价钱在古墓上面盖超级豪华的房子，甚至盖得比下面的古墓还豪华，还希望把房子造得极度与众不同，让别人越觉得奇怪越好。

也许就有一座皇陵修在了地下水超级丰富的地区，海里都有人修呢，凭什么就不许人家泡在水里。

我拿探灯往井里照去，如果这是一个盗洞，那么这样的结构可以确定，这个古墓非常难以进入，所以需要修筑一条走廊以便大型机械或者很多人同时工作。这个古墓应该在别人的房子下面，他们只好采取迂回的办法，而不是直上直下。如此这般，这伙人肯定不全是专业的盗墓贼，很可能是一个人非常多而且鱼龙混杂的队伍。我忽然感觉很像当时那些盗墓军阀的作风。

军阀在当地势力极其庞大，在瑶寨里修个楼没有人敢说不，同时，他们和瑶苗关系又很紧张，如果让瑶人知道他们在寨子里盗墓，难保不会把民族矛盾激化。

他们一方面要快，一方面要藏，如果地下的坟墓巨大，他们为了节约时间，就可能会修一条结实的走廊方便大量人员进出。我忽然想起那副对联，心说这张家楼主有军功在身，还真有这个可能。

我想来又觉得自己挺厉害的。只见井下幽深，看不出什么名堂来，我背着氧气瓶没法下去，便准备把身子撤回来，这时候，井下又幽幽地亮起了绿光。

我心里咯噔一下，心说又来了。这一次我能看到光离井口很近，只有两三米的距离。我想用探灯照，没想到还没反应过来，那绿光一下动了，竟然一瞬间朝我冲了过来。

我立即举起军刺，心说来真格的了，但是那绿光来势太快了，我还没做好动作，猛的一下，绿光犹如流星一般闪过我的耳边。

那一瞬间，我什么都没有看到，但立即肯定那不是什么幽灵，好像是一个什么发着绿光的动物。

我立即转身，只见绿光已经闪入了边上一个铁架子里，一下就灭了。我用手电去照，只一闪，那绿光像和我的手电呼应一样又亮了起来。

我看到了那东西的真身，那是一只灰色的无比肥大的犹如四脚蛇一样的东西，有我的胳膊长短，正趴在一个铁俑的头上。让我觉得奇怪的是，它身上绑了一个什么东西，仔细一看，那是一个手电，正幽幽发着绿光！

第三十七章 ● 胖子的小聪明

　　我不知道这东西是什么，好像是一种大个儿的娃娃鱼，我以前还在老家吃过这东西，但从没见过这么大的，看着非常瘆人。那手电我一看太阳穴就一跳，正是我们之前裸潜的时候用的那个老黄皮手电。

　　这肯定是胖子他们带下来的，而且看那娃娃鱼身上的线，也肯定是人绑上去的。难道这是胖子他们的杰作？

　　我脑子一转，一下就明白了是怎么回事。没有人会莫名其妙地这么干，胖子这么干，很可能是想让别人注意到这条娃娃鱼。

　　难道他们被困在了某个地方，通过这种方式来求救？

　　打死我也没想到，那青光竟然是这种东西发出来的，手电的光怎么变成绿色的了？

　　一下我整个人就放松了下来，浑身都松了劲，人顿时瘫软了。看来我想得没错，他们在水下必然有奇遇，他们现在很可能还活着，只是被困在了某个地方，正在通过这种方式求救。这个地方很可能有空气，但是为水所隔断。

虽然不知道胖子和闷油瓶在水下到底经历了什么，他们是怎么到达那个地方的，但能知道他们可能还活着，我感觉太好了。而且以胖子那种鬼精的性格，那娃娃鱼上面可能有他们近况的线索。

那就得把这东西逮住，我在水下手脚很不灵便，看那东西游动的速度，逮它恐怕够呛。娃娃鱼是水中一霸，咬人非常厉害，而且这只个头儿也太大了，恐怕一口下去我的手指都交待了。

但是再够呛我也得试试，我举起军刺，缓缓地游过去，尽量放慢，但是只靠近了一米多，嗖的一声，那东西猛地一摆尾巴，闪电一般游出去六七米，停到了砖石的另一边。

我靠，我骂了一声，这东西就算在岸上用鱼叉都不一定能叉中，不要说我现在在水里用手捉了。不过，好在它看似温驯，没来攻击我。

我还想尝试，继续缓缓地靠过去，这一次我几乎挨近它了，但就在我伸手的一刹那，那东西又闪到了另外一个地方。

我意识到在水下不可能抓到这东西，这东西滑动尾部形成的水流很有劲，可以想象它的爆发力有多大，即使把它抓在手里，凭我的力气很有可能也抓不住。

氧气灯已经发出了警报，我有些急躁起来，用手电四处照，想找找有什么东西可用来当工具。但四周什么都没有，那些铁俑重得要命，就算有用我也举不起来。这时候我想到我带的那把军刺，这东西现在可是我的精神支柱，虽然从来没用过。

我本不想伤它，怎么说它也是一个生命，但到了这个时候，我心中急切，也管不了那么多了。人的恶性一上来，什么怜悯都是空话。我再次游过去，举起军刺就想把它刺死，就算刺不死，它受了伤也无法游得这么快。

这一次它停在了铁架子的脚下，趴在上面的青砖上，我屏住呼吸，犹如浮尸一样缓缓漂了过去，一点一点地靠近。就在离它只有半条胳膊远的地方，我犹如电影慢放一样，极度缓慢地举起了手里的军刺，举到差不多的位置，便想刺下去。

可能是我那时候的杀意被娃娃鱼感觉到了，嗖的一下，它就往前挪了几厘米，这时我心一狠，军刺扎下去，一下刺在了它的尾巴上。

那东西尾巴上全是肉，疼得卷了起来，力气果然非常大，我的军刺几乎脱手。我追了上去，一下就抓住了上面的手电筒。但是在水下阻力太大了，一下没抓实，它把尾巴挣断了，飞也似的游出去六七米，这一次不再停下来，而是往砖室的另一头逃去。

因为没了尾巴，它的速度明显慢了下来，我摆动脚蹼往里追去，好几次都差点抓到它，但是在水里，这一抓的精确度实在太低了。每次都在我认为肯定会抓住的情况下被它逃脱，连追了十几米后，我在水下潜了这么长时间，体力跟不上了。

我死死地咬住呼吸器，用手拉住那些铁架子借力，勉强跟着，忽然青光一个转弯就不见了。顺着那青光消失的弧度我扑了过去，一下就看到它消失的地方，墙壁上的青砖空了个洞，我伸手进去，摸到了它身上的手电筒。

但我怎么抓也抓不出来，它肯定用脚死死抓住了里面的砖壁。

我蹬起双脚，顶住砖石的两边用我的体重往后拽，只觉得手上忽然一松，手电筒被我拔了出来。

我一个跟头甩翻了出去，撞在后面的铁架子上，好不容易才稳住姿势。往手里一看，原来绑着手电筒的绳子，正是胖子旅行包上的那种尼龙线，那东西吃不了大力气，断了。

用探灯照了照洞，就看到娃娃鱼窝在里面，看样子似乎不肯出来了，我也懒得理它。

我把手电筒放在探灯下，去看胖子是否还做了手脚，一下就看到那上面果然刻了几个字：SOS，跟着虹吸潮。

我把手电筒翻过来，后面还有一行小字，但是看不清楚了。

第
三
十
八
章　●　玉
脉

　　这几个字刻得非常粗糙，字形丑陋，但是刻得极其用力和清晰，手电筒都被刮得变形了。这可能就是手电老是一明一暗的原因。

　　而手电筒的玻璃罩上，贴着厚厚的一层防水胶布，胶布的颜色是绿色的，那青光就是这么来的。我不由得暗骂，死胖子把我魂都吓没了，就是有搜索队看见，恐怕也会吓死。

　　这几个字的意思非常明白，就是告诉我，他们还活着，但是需要救援，找到他们的线索就是虹吸潮。

　　手电还能发光。这种手电的用电时长最多不会超过十小时，手电的光线还这么亮，也就是说，很可能距离绑到娃娃鱼身上的时间不长，他们一定还活得很好。我不由得佩服胖子的机智，这家伙真是不得了，这娃娃鱼现在才出现，显然他是判断我会在这个时候下水。

　　可是，这个地方离他们失踪的地方起码有一千多米，他们是怎么做到不用氧气瓶而到达这里的井下的？

想到这些我就不愿意细想，我整个人都清明了，心里那块大石头终于落地了。虽然不知道他们在水下发生了什么，但他们肯定还活着，其他的也就不重要了。现在首先必须把他们救出来。

我们之前在岸上看到虹吸潮现象的时候，已经推测这湖底可能与地下河有相通的口子，现在看来我的推断是正确的，而他们被困住的地方似乎就在这口子附近。但胖子说顺着水流，虹吸潮还没有开始，怎么可能有水流呢？

我甩掉手电筒，用手去感觉四周的水流，冰凉的湖水让我的手一片麻木，感觉一些粗糙的东西还可以，要敏锐地感觉水流完全不行。而且就目测，水流完全是静止的。我想了想，有了一个办法，我抓了一把铁人上的沉淀物，让它漂浮在水中，在探灯的光线下，这些白色的悬浮颗粒一下扩散了开来。

我仔细看着这些颗粒，看它们在水中渐渐平静下来，然后，极度缓慢地，这些颗粒都朝着井口移动。

果然，这里有股非常缓慢的水流向井口的下方。

看见这种缓慢的运动，显然虹吸潮还是存在的，只不过微弱到肉眼无法察觉，而且看水流的方向，现在虹吸潮另一边的气压可能很低，使得这里的水流往那里吸。

我看了看氧气表，还有一些时间，我只带了这一套氧气设备，如果这一次不找到他们，可能就要等阿贵把其他设备运进来后才有第二次机会，那就是两天到三天后，我必须确认他们能不能坚持那么多天。如果有可能，这么短的距离，我希望能够把他们一次带出来。

我估计了一下时间，在氧气表为零之后，里面的压缩空气还可以坚持二十分钟，只要把回程的时间控制在十分钟左右，我能用来探索的时间最少还有十分钟。

事不宜迟，我解开身上的氧气瓶，用手提着先沉入了井中，然后一头栽了下去。

井内非常狭窄，好在挖得笔直，我一路往下沉去，看着高度表，很快气压已经超过七个大气压，深度快接近九十米了。

　　我头朝下，身体的不适感已经达到了极限，之前我精神非常紧张才没有感觉出来，现在稍微轻松了一点，那种令人极度窒息的压力所带来的恶心开始在我的喉咙口泛滥。

　　我知道绝不能吐，我体内的器官里有气体，一吐之后因为压力的关系，秽物有可能吐不出来反而冲入气管。我硬生生忍住，几乎是使出我全身的力气把注意力转移到了探灯的光斑处。

　　不久后我看到四周的青砖都消失了，露出了岩石的脉络，显然他们的建筑工程只做到这里，底下就是单纯的挖掘。这时我开始感到不妙，我听到了一种奇怪的声音，从井的深处发出来，同时，我感觉到四周水流的速度在一点一点变快。

　　我越听越感觉不对，这好像是非常湍急的水流声，正想停住好好听一下，忽然我下面的氧气瓶像被一股力量拨动着，抖动起来。我是用牙齿咬住呼吸器，然后呼吸管挂着氧气瓶的，本来就很吃力，氧气瓶这一抖动，我一下没咬住，呼吸器就从我嘴巴里脱了出去，往深处沉去。

　　我立即冲上前去抓，好在我做了保险措施，有条带子挂在我的脖子上，我想拉着带子把氧气瓶拉上来，没想到氧气瓶沉下去一米多不到，忽然以极快的速度消失在我的视野里。

　　那一瞬间我看到了井的底部，原来井道下面是一条与井垂直的水道，水道中的水流非常湍急，一下把氧气瓶吸走了。我刚想大骂，氧气瓶连着我脖子上的带子一下被抽紧，突然勒了起来。

　　那力道之大，几乎一瞬间就要把我的脖子勒断了，我整个被扯着往激流里拉去，我牙一咬想用脖子的力量把氧气瓶拉出来，但只坚持了几秒就知道不可能。而且因为颈部的血管被卡住，脑部开始供不上血了。

玉脉

我心中臭骂胖子，怎么没把这个写出来？又想单手把带子解开，但是解开了我不也得死？

此时我已经快无法思考了，只得手脚一松，往下一沉，顺着水流前进再说，反正胖子也让我顺着虹吸潮前进。

还没等我有什么感觉，忽然一股极大的力量把我往下拉去，半秒钟后我已经被拽进了水道里，打着转儿被水流带着走。我刚想保持住姿势，肩膀就连连撞上水道四周。

好在这水道有两三人宽，而且常年被激流冲击，十分光滑，要是有什么犄角旮旯儿，这两下肯定皮开肉绽。

也巧，我的氧气瓶在水里打转，也转到了边上，稍微一个迟缓就和我撞在了一起。我此时已经气短，几乎坚持不住了，不管三七二十一就拽住了它。好不容易在湍急的水流中找到了那条蛇一样的呼吸管，我立即塞回嘴里，还没吸上一口，忽然一个急转而下的下坡，我直接几个大翻转，脑袋一路像弹球一样弹着洞壁下去了。

这一摔直接把我摔蒙了，好长时间不知道是怎么回事，就是本能地死死咬住呼吸器，也不知道往前被带了多久，忽听一声巨响，前面的氧气瓶撞到了拦着水道的什么东西上。

我一下清醒过来，刚想保护脑袋，却根本没时间反应，随即也撞到了那东西上，一声闷响，我被撞得七荤八素。我没有氧气瓶那么有弹性，一撞之后只能被水流死死地按在那里。

一摸之下我发现那是铁栅栏，用尽全身的力气转过身来，摸着栏杆发现没有缺口，心说这里难道就是我的目的地了？抬头一看，四周却没有任何通道，全是结实无比的岩壁，好像是死路一条。

我还不相信，调整了一下姿势，用探灯仔细去照四周，照了半天，确实没有。

真奇了怪了，胖子说顺着虹吸潮就能找到他们，怎么现在是死路一条？

一想，我忽然出了身冷汗，心说糟糕，难道胖子所在的地方是在这水道中段？我刚才被撞得浑浑噩噩已经错过了？

刚才速度太快了，我根本没想过去看四周的情况，而且也不可能有这么快的反应速度，能在这种情况下发现什么出口然后立即进去。

好在我感觉自己被冲下的时间也不长，那个入口如果在这通道里，应该离我不远。

这里比较宽敞，我背上氧气瓶，尝试顶着水流抓着附近的岩石往回走。才走了两步，我意识到有点要命，水流太快了，就是有手抓的地方我也得用尽全身力气才能移动，更何况这四周的岩石壁光滑得要命。

我用尽各种办法，尝试了各种角度，最后都失败了，最成功的一次我离开了铁栅栏十步，但脚一打滑立即被打回原形。之后我就筋疲力尽了。

被水流压着，我越来越感到不妙，这地方看着似乎很普通，但绝对是个绝境，我被困在这个牢笼般的地方了。

我不由得有点恼怒，心说胖子怎么没把这细节写下来？这次要真出不去，就被他害死了。

看了看氧气表，数值已经无法显示了，显然随时都可能用完，我有点慌了，把住铁栏杆用力摇动，想看看能否拆下来往里走，结果发现铁栏杆全都是用铁浆浇在石头缝里的，结实得要命。铁栏杆后面一片漆黑，用探灯照去，发现后面的水道急剧下降，水流更加湍急，也许因为这个才在这里修了铁栏杆，怕人被卷入后面更加狭窄的水道里。

一时间我真的觉得慌了，连呼吸器都有些咬不住，我立即深呼吸，告诉自己要镇定。

以前我总是能在被困的时候想出办法来，人是一种只要有一点希望就能发挥出巨大潜力的生物。我开始迅速思考，同时不停地看着四

玉
脉

165

周，不停地去摸，想找到一丝希望。

一开始我还信心满满，认为肯定天无绝人之路，但让我绝望的是，这一次和以往都不同，虽然这里是开放式的，但这里的环境十分简单，我摸了半天，发现自己不可能战胜水流，也不可能拆掉铁栏杆。

我继续思考，但是心里已经隐约出现了一个念头：这次我逃不掉了。

我必死无疑。

第
三
十
九
章

●

奇
洞

接下来的那几分钟，我这辈子都不会忘记。

在这个一片漆黑的水道中，没有任何怪物，没有任何恐怖的东西，虽然我的意识还不想承认，但我的潜意识已经很明确地知道，自己在很短的时间之后必然死亡，真真切切地死亡，这一次我逃不掉了。

这种可怕的感觉，用语言根本无法形容。

我忽然感到后悔，后悔自己之前做的所有决定。我想告诉自己不能放弃，要争取到最后一刻，但我的内心已经完全绝望，脑子不受控制地出现各种各样的念头。我开始走神，一下想着当时如果浮上水面，现在会是什么情形；一下想着如果我死了，我的家人会是什么反应。后悔和恐惧让我脑子一团混乱。

因为氧气表早就没有了数值，所以我无法确定什么时候会窒息，我只能一边做最后的努力，一边等着那一刻的到来。

到最后的关头，我几乎是期待着那窒息的感觉一点一点出现，随着能吸入的气体越来越少，一切都被拉长了。恐惧让我痛哭流涕，根本无法镇定，我的脑子里就只有一个念头：我要死了。

很快，氧气完全耗尽，我还是不停地吸着呼吸管，但是什么都没有了，我憋着最后一股气，一直憋到极限，在剧烈的痛苦下，我下意识地用了嘴，一股酸呛猛地冲进肺里，顿时我整个人抽搐了起来。

但这是在水下，我没有第二口气来呛出肺里的水，呛了几下之后，那种酸麻已经弥漫到了整个肺里，只感觉胸口抽搐得要炸开一样。

我无法形容之后的感觉，我也不知道我挣扎了多久。

慢慢地，这些感觉远去了，我忽然觉得四周安静了下来，眼前的光慢慢缩小，耳边听到了一些奇怪的声音，好像有人在说话，又好像是耳边的水声。

然后一瞬间，一切都暗了下来。

那一刻，我以为自己死了，再没有任何转机，果然我没有死在什么粽子手里，反而是淹死的。爷爷说得真的很对，既然死在粽子手里是死，淹死也是死，为何人会怕粽子而不怕水呢？人真是矛盾的动物。

好在最后的平静感觉还不错，如果所有人死时都安详、宁静，那么，死亡在最后并不会让人感到恐惧，反倒是死亡前的那段时间难熬一些。

所以等我再次苏醒过来，我最开始的感觉是有一丝诧异，但有很长一段时间，我失去了一切思考能力，所以这种诧异我无法理解，我根本不知道这代表着什么。

逐渐地，我的意识恢复过来。

首先来找我的是疼痛，剧烈的疼痛一开始是出现在手上，然后慢慢扩展，最后是肺部的剧痛，好像肺里有一张铁丝网，我一呼吸就感觉人又要晕死过去。

我把所有的精力都放在抵御疼痛上，也不知道过了多久，才发现自己适应了，接着，其他的感觉才逐渐复苏。

之前经历的一切这时才开始出现在我脑海里，我从防城港回来、下水、湖底古寨中奇怪的青光、奇怪的汉式古楼、井下铁人、最后的窒息，等等，一点一点我都想了起来。我心中就奇怪，自己当时必死无疑，怎么又醒了过来？

有一刹那，我感觉那些好像是梦，我是不是一直在这里睡觉，那淹死的情形是我的噩梦？但浑身的疼痛让我知道不可能，自己应该是出于什么原因获救了。

我尝试着动一下手，发现非常艰难，但能感觉到四周的潮湿，像在一块湿润的岩石上。耳朵和眼睛有了反应，我听到耳边有声音，逐渐清晰起来。那是有人在哼歌，而且那是胖子的声音。

歌唱得极其难听，但我一下激动起来，立即用全身的力气想转头去看，结果疼得我叫起来。

歌声瞬间停了，我听到胖子叫："醒了醒了！"接着我看到眼前亮了起来，一张长满了胡楂的肥脸出现在我面前。同时，我也看到了闷油瓶站在胖子身后举着火把。

我看着这两个猪头，起初还不敢相信，接着我听到胖子开始说话，我的脑子还不能很好地理解他说了些什么，但我清楚地意识到，这不是幻觉，我真的看到了他们两个。

我一下子百感交集。之前那种剧烈的恐惧、希望、担忧，各种情绪到这时候忽然放开了，我忽然不知道怎么表达才好，想流眼泪，嘴角却不由自主地笑起来。

一个人经历了那么多的事，无比孤寂之中的剧烈恐慌，那种从死亡边上擦身而过的绝望，再然后发现自己安然无恙，这种狂喜是能让人疯狂的。我之所以百感交集却不是因为这个，我心里想的是：不管现在是什么情形，我终于又和他们在一起，终于不是一个人了。这种感觉太好了。

奇洞

一边抽搐一边笑肯定非常怪异，胖子显然以为我抽风了，立即把我扶了起来，二话不说抽了我两个耳光，同时一双大手用力敲我的背，对我道："喘气，喘气！深呼吸！"

胖子下手极重，我的脑子立刻嗡了一声，之前的情绪失控一下就被打没了，被他一敲，我忽然感觉到强烈的恶心，开始呕吐和咳嗽，也不知道吐出来什么。

吐完后，我艰难地转头看向他们，视力越来越清楚，四周各种各样的声音变得更有层次感。

"怎么样？还难受吗？"我听到胖子问我。

我怕他再敲我，立即摆手，但说不出话来。

胖子明显松了口气道："谢天谢地，你醒过来了。老子以为你这次得成植物人，那老子罪过就大了。"

"这到底怎么回事？我怎么没死？"我下意识地问道。

"这你得去问阎王爷。"胖子道，说着就把我扶起来靠到了石壁上，让我放松。

我已经完全清醒了，又看向他们，两个星期不见，他们两个人好像在小煤窑当过黑工一样，都只穿着内裤，非常狼狈，一脸的胡子，而且都瘦了不少。让我松了一口气的是，虽然他们的样子很狼狈，但是气色不错，显然没有受伤。

转头看四周，远处亮着小小的篝火，不知道是用什么搭的，照出了四周的环境。我发现这里是一个开凿出来的扁平的洞穴，大概有三十平方米大，站起来脑袋可以顶住洞顶，四处在渗水，像下雨一样，地面上都是湿的。四周的岩石呈现出一种墨绿相间的颜色，在探灯的照耀下很漂亮。另一边还有一个半人高但很狭长的洞口，像是被刀捅出来的，不知道通向哪里。

"我靠，这里是哪里？你们出了什么事情？把我担心死了，我还以为你们挂了。"我骂道。

胖子咧嘴道："这说来话长，我们还担心你找不到我们。怎么？你是不是看到我那通信员，才找到这里的？"

说起那"通信员"我就来气，恨不得一下掐死胖子，但是心有余而力不足，只好作罢，骂道："你那通信员太不敬业，差点把我搞死。"

"我靠，我能找到那玩意儿就算不错了。"胖子立即问我道，"你快说说，你是怎么到这儿来的？"

我听了好不来气，心说你问我，我怎么知道？我就道："我不知道，我不是你们救上来的吗？"

胖子本来很兴奋，我一说，他突然面色凝重了起来："我们救了你？"

"是啊！"我把我找到那娃娃鱼，下到井里的经过和他说了一遍。

胖子听后露出了很古怪的表情，接着他回头看闷油瓶，闷油瓶坐在胖子后面的石头上，面色阴晴不明。

我奇怪道："怎么？有什么问题？难道不是你们救了我？"

胖子缓缓摇头道："那你是怎么到这儿来的，你完全不知道？"

我一头雾水："知道什么？"看着他们的表情，我忽然感觉不妙，立即道，"到底怎么了？我身上出了什么事？"

胖子颓然坐到地上，骂了一声娘，似乎一下就被击倒了，叹气道："你不知道，我们就更不知道了。"

我不由得恼怒，骂道："到底怎么回事？你玩什么哑谜？快告诉我。"

胖子打了个手势，让我问小哥，我看向闷油瓶，听他道："大概五小时前，你出现在你现在躺的地方，深度昏迷，几乎没有了知觉，我们对你进行了简单的抢救，然后，过了五小时你醒了过来。"

我等着闷油瓶说下去，但闷油瓶闭嘴了。

"没了？"我诧异道。

"没了。"闷油瓶闷声道。

"你没说你们是怎么救到我的。"我道。

胖子看着我："你没听清楚重点，我们没有救到你。五小时前，你就出现在你现在躺的地方。"胖子一字一顿，"出现，也就是说，原来那地方什么都没有，突然你就躺在了那里。"

我皱起了眉头，花了一些时间才明白他的意思："你是说，我是自己出现在这里的？"

胖子点头："我和小哥一直在另外一个洞里，那里比较干燥，但是我隔一段时间会到这儿来取水，所以发现这个洞里忽然多了一个人的时候，我吓了个半死。但你胖爷我立即就认出了你，然后把小哥叫来一起把你抢救了回来，你当时已经咽了气，你真要找个救命恩人，那你胖爷我还是有资格客串一下的。后来怕你身上有什么骨折，我们一直不敢移动你，就在这里等你醒过来。"

我看胖子的眼神就知道他不是胡扯，顿时陷入了沉思，这真是我没有想到的发展。

我本以为昏迷之后有什么奇遇，被胖子和闷油瓶及时发现，然后获救了，现在看来不是这样。但我不可能在昏迷的过程中自己到达这里，也不可能直接瞬间移动到这儿。这是怎么回事？

难道，救我的另有其人？有另外的人把我救起来，送到了这里？

那里是湖底的废弃井道，不可能有人打酱油路过，那就是说，有人在跟着我？

我和胖子说了我的想法，问他有没有这方面的痕迹，但是胖子和闷油瓶没有任何反应，似乎并不认同。

胖子苦笑起来，拍了拍我大声发泄道："老天，这是不可能的。如果有人能把你带到这里来，那么它首先不可能是'人'。"

"为什么？"我问道。

胖子苦涩地笑了笑道："你能站起来吗？我带你在这个洞里走一圈，你自己看，就知道问题出在哪儿了。"

第
四
十
章
●
洞
里
的
问
题

　　胖子说得神秘兮兮的，而一边的闷油瓶始终没有说话。我不知道胖子
到底在搞什么鬼，但闷油瓶的态度告诉我，他并不否定胖子的说法。我心
中的疑惑达到了顶点，决定先不去计较这些，先和胖子去看看再说。

　　想是这么想，但是心有余而力不足，我被胖子扶着，哆哆嗦嗦
的，要死死钩住他的脖子才能不摔倒。

　　我所在的这个洞只有三十多平方米，其实没有什么看头，火把转
了一圈，看到的都是人工开凿的痕迹，其他什么都没有。唯一特别的
就是上面墨黑色的痕迹，不知这里的岩石中含有什么矿物质。

　　我跟着他蹚水猫腰，通过那一道好比刀砍出来的通道，走到了另
外一边的洞里。这里别有洞天，比我们待的那个洞起码大了两倍，里
面堆满了东西。都是一些生锈的工具、木头架子、背篓，还有堆起来
的青砖，边上有很多我不认得的石磨一样的东西。

　　让我吃了一惊的是，这个洞的角落摆着几个高达洞顶的架子，上
面躺满了那种铁俑。

而这个洞里的洞顶和墙壁上，布满了墨绿色的条纹，在探灯的照射下，更加清晰，散发出琉璃一般的光芒。

在洞穴的中间，有一个倒放的罐子，上面是一尊神像，不知道是什么神，前面还有祭奠的香炉，很简陋。

"这到底是什么地方？"我诧异道，这看着好像是一个还在挖掘中的石室，工程只做到一半，工具和原料堆了一堆。

"我们猜测，这里应该是一个矿坑。"胖子道。

"矿坑？"我看着四周，"什么类型的矿坑？"我看着那些铁人，"难道是铁矿？"

胖了摇头："这比铁矿可值钱多了，你来看。"他指着上面墨绿色的条纹，"你能摸出这是什么石头吗？你想想这附近盛产什么。"

我不是很明白胖子的话，但一摸这石上的纹路，感觉它温润光滑得出奇，简直像女孩的脸一样。胖子没有瞎说，这石头确实不一般。想着，我脑子里闪过一个概念："我靠，难道这些石头是……翡翠？"

胖子点头："我不是内行，但是我看就算不是翡翠，也不会是太差的玉石，这里应该是一条非常好的玉脉。"

我"啊"了一声，脑子忽然一跳，想起了之前在湖底古寨看到的各种奇怪现象。

这个山洞看来也是那奇怪古楼地下的一部分，之前一直觉得这里的山里会有什么，感觉最有可能的就是古墓，没想到这里会有一个玉石矿。

这真是没有想到，不过至此也想通了，这里有一个隐蔽的玉矿，和古墓是差不多的道理，而玉矿的价值，完全不是古墓可以比的。黄金有价玉无价，如果拥有一个玉矿，那就是富可敌国。这么一来，上面这么严密的布置，一下就合理了——如果是为了偷采玉矿，别说盖一座楼，就是盖一座城堡都不会亏。

甚至可能在这里盖这座古楼，连瑶王都有股份，用特权实施保护。因为玉矿的价值太大，没有任何组织能抵抗这种诱惑。至于为什么要藏起来，是因为如果被任何地方势力知道，肯定立即发兵来打，这东西换成钱能买多少鸦片烟土啊。

"这里发生的事我看恐怕都和这玉石矿有关系。为了这东西，再恐怖的阴谋诡计也不算离奇。因为价值实在太大了。"胖子道。

"那这些东西是怎么回事？"我看着角落里放置的铁架和上面十几具横躺的铁俑，问道，"难道这些也是工具？他们嫌工头太苛刻了，把锄头修成工头的样子，然后天天砸？"

胖子半笑不笑，似乎没什么力气开玩笑，道："我不清楚，不过你看这些东西，都是铸铁的工具，边上还有铁托子，我认为这些铁人和我们走大货一样，是用来运东西的。这些矿石挖出来，直接封到铁俑里拉走，到当地再熔开。当时兵荒马乱的，这种铁俑一来可以防止路上出现意外把玉石摔碎；二来上面有雕花的花纹，放锈了再打碎，可以说是收来炼铁做子弹的。"

"哦！"我吸了口气，心说原来是这样。我靠，看来蛇有蛇路，他们这种人一看就明白，我还觉得无比纳闷。我不由得有点失望，原来以为这铁俑背后还有更深的故事。

转念一想，又觉得有点不对，那些考古队打捞这些铁块，难道就是为了打捞其中的玉石？

不太可能，玉石的价值虽然大，但是以当时的国力，应该不至于穷到让考古队去打捞玉石，难道这些玉石还有其他的用处？

胖子只是笑笑，我看他的表情并不轻松，贴着洞壁缓缓走了一圈，我继续道："不过，看这个矿洞的规模，他们好像没有挖掘出多少，开采的广度不高啊。"

"玉矿本来就不会规模很大，这不是问题的关键。"胖子将我扶得正一点，"你胖爷我想让你看的不是这些东西。"

我转头继续看四周，并没有看到其他吸引我的地方，问道："那你想让我看的是什么？"

洞里的问题

175

胖子举起火把，问道："你没发现吗？这里没有任何出口。"

胖子一说，我陡然一震，前一秒还没抓住他的意思，但后一秒立即明白了。

我环视整个洞穴，这一看我的冷汗就下来了。确实，这两个洞都不大，刚才看的时候，我没有看到出去的地方。隔壁那个三十多平方米的小洞非常简单，肯定没有出口，这里稍微大一些，环视也没有看到任何洞口。

我脑子有点乱，立即转身，胖子扶着我又将两边的洞穴走了一遍，这一次我完全在找有没有出口，看完之后，我遍体生寒，几乎无法说话。

果然，胖了说得没错，这里没有任何出口——这里所有的洞壁，都是整块的岩石，我连一条缝隙都找不到。

"这是怎么回事？"我看向胖子，"怎么会这样？"

胖子一脸的苦涩，不说话。

我下意识地去看洞穴的顶部，因为如果洞壁没有，那么就有可能在洞顶。

洞顶非常矮，伸手就能碰到，环视一圈，和岩壁一模一样，什么都没有，是整块的岩石。

胖子叹了口气，摆手道："不用看了，这儿的里里外外、上上下下、每寸每毫我们都找过了——这两个洞是完全封闭的。"

我无法接受："怎么可能？"

胖子叹气道："我不知道，但这确实是事实。这个洞，好像……"他顿了顿，语气有点迟疑，"是全封闭的，好像是从内部被挖掘出来的。"

我呆了一呆，摇头道："绝对不可能，如果是这样，那我们是怎么进来的？"

胖子让我靠在洞壁上，看了看随后跟过来的闷油瓶，摇头道："我们不知道。"

第
四
十
一
章

●

封
闭
空
间

在无比诡异的气氛中，胖子和闷油瓶把他们经历的事情跟我说了一遍，我原以为会听到一个非常复杂的故事，没有想到，他们说得无比简单。

我离开之后他们的行动和我预计的差不多，没什么好说的，他们用阿贵带给他们的那些简易器械进行打捞，岸上的那些尸骨，是他们在那些枯树的枝丫里找到的，可能是虹吸潮的关系，大件的尸体最后都卡在了枝丫里。而抛入水中的装备在另一个地方，所以都被挂在了那排篱笆上。

他们失踪前最后一次下水，胖子是第一个失踪的，他记得当时他已经准备上浮了，就在那时，忽然看到，有东西在他手电照射的范围里闪了一下，似乎是什么金属。

胖子下水本来就是为了打捞东西，自然被吸引了过去。等他游到那里，却发现那边什么都没有，只有一些大块的石头。

当时他头盔里的氧气差不多耗尽了，他也不能仔细看那些石头的缝隙，以为闪光的是小块的金属或者玻璃，也就没有在意，接着准备上浮。

就在这时，他忽然感觉到有什么东西咬了他一下。之后他立即觉得手上一阵麻痹，在几秒内这麻痹感就传遍全身，他心说糟糕，立即想冲上水面，但已经来不及了，瞬间他就昏迷了过去。等他醒来，他已经躺在了这个山洞里。

闷油瓶比他稍微复杂一点，但也差不离。当时他是去找胖子，所以下水很急，入水没多少时间，他感觉有点不对劲，想回头已经晚了。在水下，闷油瓶的身手再好也有限。

他的原话是："我感觉背后有东西动了一下，要回头已经晚了，醒过来的时候，我也出现在这个地方了。"

我心说，奇怪，怎么可能发生这种事情？一下就失去了知觉，然后醒来发现自己出现在另一个地方，这好像是外星人干的事情。难道这里是飞碟内部？

我再次看向石洞，四周全是岩石，如果这是飞碟，也是石器时代的飞碟。

我感觉事情越发不靠谱起来，胖子和闷油瓶被什么东西"咬"了一下，失去知觉。如果是中了什么生物的毒，那么就该淹死，但他们反而出现在这里了。这怎么看怎么不像神秘现象，太像是人为的了，像有人把他们迷晕了，然后搬到这儿来的。

但是，如果是人为的，又怎么解释我们现在的处境？这是一处完全封闭的山洞，什么人能穿透岩石把我们塞到这里来？

胖子想着当时的情形，还带着疑惑："我很想不通，当时我们在水下视野还不错，被扎了之后，昏迷之前我有一段时间是清醒的，当时我立即四处看了，什么都没有。"

我道："也许是一种虫子或者鱼，个子比较小，它只要贴在你的背上，你就发现不了。你身上有伤口吗？"我问道，心说不可能平白无故地疼一下，如果是被东西刺了，肯定会有痕迹。

"刚醒的时候我就看了，没有任何痕迹。"胖子让我看了看他被刺的地方，上面确实什么都没有，"我觉得不太可能是虫子，你想，连小哥都中招了，什么虫子敢咬他？"

我啧了一声，这事情太邪门了，讲不通啊，所有的环节都讲不通，完全不像"人"能做到的事情。难道真是湖神在耍我们？

胖子继续和我说，这里唯一能出入的地方，就是外面洞穴顶上的一条手腕粗细的裂缝。那条娃娃鱼就是从那儿发现的，外面大量的渗水也是从那裂缝而来。他们这两个星期吃得太少，大部分靠喝水缓解饥饿感，两人都瘦了一大圈，皮都挂了下来。为了不消耗体力，他们几乎都是静坐着不动。

外面另外一边还有一些当时开凿剩下来的木头架子，可以用来烧火，他们每天只烧一点，好在这里氧气不成问题。

之前我突然出现，他们以为我是看到娃娃鱼身上的标志，找到了他们，并且知道了进出这里的方法，没想到我也不知道自己是怎么进来的，害得胖子空欢喜一场。

说起这个，我吸了口气，想起一件事情，问道："既然你们是突然昏迷的，为什么会让我顺着虹吸潮走？你们怎么会认为顺着水流就能到这儿？"

胖子道："是声音，我不知道这个洞所在的位置，但我知道肯定在虹吸潮的口子附近，因为到了晚上，外面的渗水就会有规律地收缩，幅度非常大，声音非常明显，好像呼吸一样。只有离虹吸潮非常近的时候才会有如此大的幅度。如果你发现了娃娃鱼，我把你引到虹吸潮的口子附近，娃娃鱼是地盘动物，你一放掉它，它立即就会顺着它熟悉的路线逃跑，这时你就可能会发现通往这里的裂缝。"

我听了暗骂，原来是这么回事，这也太理想主义了。胖子的想法完全没有依据，事实证明顺着虹吸潮是死路一条，但是我既然没死，也不想再埋怨什么。

听完之后，我颤颤悠悠地站了起来，虽然我绝对相信胖子，但强烈的冲动还是让我想自己看看这个洞穴，仔细贴着这些石头看看。

胖子看着我叹气，摇头道："别浪费体力了，天真，你想想，我和小哥在这里困了两个星期，这两个星期我们能干什么？胖爷我刚开始也完全不信，我一直认为可能有暗道。我一直找，一点一点找，你知道把一块石头看一千遍是什么感觉吗？我看到最后几乎要吐了，但是，没有就是没有。"

胖了的表情非常痛苦，我能想象那种感受。但是我不自己看过，心里总是感觉空空的，就让他别管我。

我吃力地沿着岩石壁走了一圈，这次看得非常仔细，胖子说得一点也没有错，这里的岩壁确实是整体，偶然有细微的裂缝也是自然形成的，连刀也插不进去。最大的裂缝是外面洞穴的洞顶，但也只有胳臂粗细，源源不断的水从上面流下来，地上全是大大小小的水坑，这些水又顺着底下的岩石缝隙流下去。

我想着这个洞穴的位置是在哪里，会不会在我溺水的那个地点附近？看这些凿痕，和那口井下部的岩石痕迹很相似，肯定是同一批工匠凿出来的。

那么我们就是在湖底地下山脉的岩层中了。我到底不是学地质勘探的，只知道一些力学知识，其他的就完全没概念了。

敲击这些岩石，都是无比沉闷的声音，似乎也不可能有暗道，而且闷油瓶在这里，如果有暗道应该早就发现了。

又去看那些堆积在一旁的东西。刚才粗看下角落里有几个石磨一样的东西，走近了仔细看，那好像是铸铁的炉子，里面还有铁渣滓，一边是放着大量工具的架子，锈得不成样子。

那是一尊大概只有啤酒瓶高的泥塑神像，好像是关公，又好像是别的菩萨，我从来没见过，不知道是不是少数民族的神灵。我尝试着搬动一下，不知道是因为我身体完全无力还是它太重了，它居然纹丝不动。胖子就道他早就搬过了，下面没有通道。

走回胖子那里，我再次确定胖子说得没错，虽然我之前也相信他，但此时的确是发自内心的。不知不觉地，我的心里生出了一股焦虑感，这是人对封闭空间本能的反应。

我一边脱掉身上的潜水服，企图尽快恢复体力，一边问胖子，他们在这里这么长时间了，有什么推测。

胖子摇头："我之前觉得自己最靠谱的推测，就是我们都死了，穿透岩石进入这个洞穴的，是我们的鬼魂。"

我苦笑，胖子说这话的意思我明白，他不是真的想说他认为我们都死了，他想说的是，其他的推测都比这更不靠谱。确实，这是没有前因后果的事，推测需要线索，但现在什么线索都没有，一切只能假设。

这时我看向一直不说话的闷油瓶，他表现得和之前不同，有点古怪，一直不怎么动，也不怎么说话，注意力好像不在我这里。我问他道："你怎么想？你对这儿有什么印象吗？"

闷油瓶靠在角落里，转头看向我，淡淡地说了一句："我没有印象，但是我知道，事情才刚开始。"

第
四
十
二
章

·

假
设

我听了一愣，胖子也"哎"了一声，看向闷油瓶。显然他也是第一次听到闷油瓶说这个。

我问道："为什么这么说？"

闷油瓶看着那神像，淡淡道："不管是什么东西在作怪，那东西是有意识地把我们带到这儿来，是有目的的。"

我点头。我也是这种感觉，因为这种行为怎么看怎么像是人为的。无论是不是人，或者什么神秘力量，它似乎是有思维的。否则，我们不会是现在这种处境。

闷油瓶继续道："它的目的肯定不是要杀死我们，它把我们带到这儿来也不是想要困死我们。显然，我们被困在这个洞里，肯定有其他的原因。"

胖子问道："是什么？"

闷油瓶摇头："我不知道，但是，肯定会有事情，继续在这洞里发生。"他面色阴沉地看一眼我们，又看了看那神像，"而且，恐怕不会是好事。"

我想了想，觉得很有道理，不由得感觉到一阵寒意："那我们现在应该怎么办？是不是该做些防范措施？"

闷油瓶摇头，继续看着那神像，淡淡道："我们只能等着。"

我看着他的表情和动作，一下就明白了，为什么一直以来，他似乎对我的到来都表现得心不在焉，甚至不说话，他的注意力肯定是在四周，在整个洞穴上。他在等待接下来会发生的事情。

这样想着，我也紧张起来，浑身不自在。

胖子道："如果那作怪的东西目的不是杀死我们，那么，接下来发生什么，我们总不至于送命吧。如果要杀我们，何不换个地方？"

我苦笑，不送命，那会是什么事情？难道这里会突然出现个大汉把我们强暴？我摇头道："这没有什么必然的关系，我们现在活生生的未必是好事，你吃醉虾不也是图个新鲜吗？"

胖子吸了口凉气，想着确实悚人，就有点郁闷，骂道："老子最恨这种摸不着、想不明白的东西了。你说咱们三个人是不是八字犯冲，怎么碰一起老走这种窑子？实在是个魔障。还有那阿贵也是的，啥也不知道，如果有点提示，我们也能提防点儿。"

"对。"我皱眉。胖子说得很对，这件事我们之所以一点头绪都没有，甚至无从推测，似乎就是因为这样，我们现在的处境是莫名其妙出现的，在我们的已知里，肯定缺少了某一样非常关键的东西。

我们的调查从村子开始，一点一点延伸，所有的信息都是由上一级的信息带出的。我们现在知道了铁块的来源就是那些铁人，知道文锦来过这个湖畔，也确定了考古队被人调包了，也知道了湖下古寨的一些秘密。虽然其中的线索有些还没完全连上，比如说这些铁人到底是怎么回事，但只要继续调查下去，我相信这些信息都会连起来。

但是，在这里发生的事情，我们的困境，和这些信息都没有关系，也就是说，我们在村子中了解到的这么多线索中，完全缺失了一块。

我们是在哪里漏掉了呢？

刚才我问胖子他的推测时，发现这件事完全没法推测，因为没有任何可以佐证的线索。我想着这些，对胖子和闷油瓶说："我们应该把我们知道的东西从头理一遍，这个地方和整件事肯定有联系，全部列出来，说不定能找到点什么提示。"

胖子叹气，指了指地上，上面有他用石头刻字的痕迹："我之前理过了，我实在想不出来，你要理也好，你读的书多，应该比我好一些，我理到后来头都痛了！"

我看着那些字，是胖子专用的枚举法，他把所有的可能性全部写了下来，包括所有的线索，然后在那里画圈，想找到其中的联系。

我道："咱们这一次碰到的事情和以往不同，所有的信息都是碎片，你这么写，越写越乱，我先理一下，然后咱们从一个概念开始，看看能不能像搭积木一样把整条线搭出来。"

我捡了一块石头，在旁边的地上写上了几个关键词，从我们进村开始，把我们陆续发现的东西和后续的部分全部连起来。

铁块——铁俑的碎片——湖底的村子——不知是何用处——到处都有——似乎有危险——散发奇怪的味道

照片——烧毁

盘马的说法——考古队被调包——尸体找到——打捞铁块——目的？

水下的古寨——汉式古楼——地下通道——大量铁俑——玉矿？

封闭的矿洞——铁俑——同样的凿痕

A、B——刺痛——昏迷

C——窒息——昏迷

我写完后，把那些已经确定的东西全部划掉，最后就变成：

不知是何用处——似乎有危险——散发奇怪的味道
——目的？
——大量铁俑——玉矿？
封闭的矿洞——铁俑——同样的凿痕
A、B——刺痛——昏迷
C——窒息——昏迷

这样一来，我们能确定和不能确定的东西，全部列了出来。接着，我开始将其中一些因素连起来，道："首先，我们肯定，古寨里的汉式古楼的主人姓张，我们暂时叫他张家楼主。"我看了闷油瓶一眼，"这人有军功，而且是个国学大家，可能是当地的军阀，当然也可能是其他背景，和事情的核心没有太大关系。

"在某年某月，这个叫张家楼主的人，由于某种原因——同样，这种原因我们不需要知道——发现了这寨子底下有一个玉矿，在巨大利益的诱惑下，他伙同这里的瑶王盗挖，在瑶寨中修建了这座结实的汉式楼宇，供他的手下使用。楼宇修得这么坚固，显然他们在这里的盗挖时间非常长，可能准备几代人干下去。

"我们现在所处的这个洞穴，看开凿的痕迹，应该就是他们挖掘的矿洞，至少是其中之一。"

说完我看向胖子，问他有什么要补充的，胖子摇头，我道："好，事情到这里一切正常，也都符合常理，这就和我们现在的处境有了矛盾。显然我们现在所处的矿洞是全封闭的，我可以这么说，从一切正常到现在的处境，这期间，发生了一件事情，使得这个矿洞发

假
设

185

生了这么莫名其妙的变化。"

胖子点头道:"别说得这么文绉绉的,实话就是,这洞后来出了事情。"

这一部分,是最初的假设,也比较确定,我将其作为起点写了下来,然后在边上打了一个问号:"这里出了什么事情?肯定不会是突然封闭,因为如果是这样,肯定会有人困死在这里。"

"非也,你想,我们进来都是莫名其妙的,他们说不定后来找到了出去的办法。"胖子道。

我摇头,心说那些都是当时的矿工,那个年头的矿工是什么文化素质,他们能想到办法,我想不到?而且,即使能想到也不会这么快,他们当时有工具、有体力,很可能会有"砸"出去的想法,那么地面上应该会有大量碎石的痕迹。

不过我当时不在现场,不好下肯定的论断,所以就没有反驳胖子。我们咬着嘴唇,开始想各种能往里套的假设。

还没想上两圈,闷油瓶就开口了,他淡淡道:"矿洞中的神像,是瑶族的雷王神,是凶神,一般不会公开供奉,除非这里发生过十分可怕的事。"

我们都愣了一下,胖子道:"我靠,你怎么懂这玩意儿?"

闷油瓶不回答,继续道:"这东西在这里,说明事情不是突然发生的,至少发生事情后,他们还能从外面拿来石像在这里供奉。这件事虽然很可怕,但是不至于把他们吓跑。"

我想了想,觉得有道理:"设立一个神像,表明他们还想继续挖掘下去,这个神像用来在这里镇压什么。事情虽然可怕,但只是心理上的恐惧,不会威胁到他们的生命安全。咱们可以换位思考,如果我们是矿工,什么情况下,我们也会这么做?"

胖子吸了口冷气:"这听上去怎么这么耳熟?难道,他们在这里挖到了什么不吉利的东西?"

我也点头，我几乎是同时冒出了这个念头，因为经常在老家听到这种传言，什么工厂动工，结果地基一挖，挖到了乱葬的死人骨头，然后就摆个关公放那儿镇一下。

"这里是岩层，这种狗屁地方他们能挖到什么？"胖子道，"难道是霸王龙的化石？"说完他"哎"了一声，感觉自己的说法挺有可能的，"你想，他们挖着挖着，突然挖到这么个史前怪物，肯定吓个半死，以为挖到妖怪的骨头了。"

我拍了拍他："同志，有空多读点书，恐龙化石的年代和玉的年代差了好几亿年，如果这里有恐龙化石，好比这里挖出肯德基全家桶一样。"

"那你说是什么？"胖子不服气道。

我们想了想都摇头，这东西其实根本没法想。如果说合理，这种岩层里能有什么既合理存在又让他们觉得不吉利的东西？我真想不出来。这里合理存在的东西只可能是石头，难道是一块让他们觉得不吉利的石头？如果说不合理，那么什么东西都有可能。

胖子走到那神像面前，问闷油瓶："小哥，这雷王神凶到什么程度？是不是和咱们的钟馗一样，是抓鬼的？"

闷油瓶摇头："雷王是专门克制邪神的。"

瑶苗神话和汉族的不同，其中很多邪恶的东西都是神，是和正义的神平起平坐的，普通的神干不动他们。

胖子啧了一声："也就是说，钟馗只是公安，这雷王是纪委书记。"他在一旁的篝火里拣出三根细柴，插进香炉里，拜了拜："雷书记，不好意思，小弟们之前有眼不识泰山，一直没认出您来，这点东西不成样子，但也算是个形式，咱们就当是张白条，要是我们能出去，小弟们一定把香油补上。我知道你搞纪委工作很多东西收了不方便，回头您把您夫人电话告诉我，咱们跟您夫人联系……"

我心说，这家伙也太不靠谱了，道："你也不是瑶族人，人家怎

假
设

187

么可能会保佑你？你就别浪费你的柴火了。况且只有上级给下级打白条，哪有下级给上级打白条的。"

　　胖子道："你懂个屁，你在杭州交税，去北京就不交税了？我这不叫白条，叫期权，咱们这叫先打个招呼，好过以后后悔。"

　　说着他转过身，那细柴因为头重脚轻，带动香炉，一下子倒了下去，香灰全撒了出来。

　　胖子立即回身扶住。我笑道："你看，人家清正廉明，不收。"

　　胖子啧了一声，把细柴掰断一半，重新插进去，然后把撒出来的香灰用脚擦平。

　　他擦了几下，随着香灰被涂开，我忽然看见，在他脚下的岩面上，出现了一些奇怪的线条。

第四十三章 ● 挖出来的是什么？

　　我觉得莫名其妙，立即靠过去，把胖子的脚拨开仔细一看，果然，有一部分香灰嵌入石头表面细微的缝隙中，形成了一些线条。而且，很明显，这些线条非常圆润，不是石头表面本身的纹路。

　　我一个搞拓印的，自然知道这是一种拓印原理。这是用非常细腻的粉末来显示出地上浅痕的方法，类似于很多间谍剧里必用的，用铅笔涂抹便笺纸得到上一页的信息。显然有人在这神龛前的岩面上，刻过什么东西。

　　我兴奋起来，一下把香炉倒翻，把里面的香灰全部倒在地上、岩面上，开始用双手涂抹。立即，地面及岩壁开始出现更多细微的线条。

　　"这是……"胖子也立即发现了异样。

　　"这应该是挖掘这个洞的工匠刻下的东西。"我道。

　　"我靠，雷书记这么快就显灵了！"胖子道，"效率比咱们凡人高多了。"

"你先别说得那么快。"我道，同时把这些灰全部抹均匀了。

胖子蹲下来帮忙，闷油瓶也凑了上来，我们把香灰涂抹到一大片区域。很快，一片歪歪扭扭的文字出现在我们面前。

这些字每一个都有象棋大小，全部是繁体，刻得无比潦草。有些是模糊不清的，但数量颇多，有三四十个，大大小小的，看笔迹，确是一个人所刻。

文字是汉字，但其中有些字我从来没见过，应该是方言发音。胖子疑惑道："难道之前的工匠和我们一样，也在这岩石上讨论过东西？"

我摇头说不是，这些文字是连篇的，显然刻的人写的是一整段话，不过刻痕非常浅，和我们一样，应该是用石头简单地在岩石上划出来的，没有用到雕刻工具。

是什么样的一个人，出于什么目的，在这神像前写下这些字呢？我无从猜测，但关键点应该在这些文字中。

于是我辨认了一下，文字是竖着读的，除去认不出的，我仔细地一个字一个字辨认，然后用石头重新刻在一边。

是一句很简单的话。

十一月又七日。

东墙，自左七尺，有十六。

西墙，自左三尺，有七。

北墙，自左五尺，有十。

南墙，自左六尺，有四。

细数，须三日内掘出复工。

"这是……采矿计量的记录？"我迟疑道，心说这是什么？

其语感，好像是一处留言，一个工头离开之前，留给下面人的一点提示，并且有一个嘱咐：细数。这似乎是上级写给下级的。

"东南西北？"胖子看了看四周，"是不是玉脉的分布记录？"

我摇头，玉脉的走向完全是自然形成，一点规律也没有，只在一个剖面上定什么左几尺没有任何用处。这个"有十六""有七""有十""有四"，好像是一种数量的标记，他们在数墙上的东西。

我看了看东墙，上面什么都没有，只有玉脉和岩石自然的褶皱，那种深色的玉脉之复杂，简直有如岩石中的血管，根本无法用"十六"这么小的数字来表示。而且他最后有一句——须三日内掘出复工，似乎是说那"十六""七"所代表的东西，阻碍了他们继续开采。

是什么呢？难道是那种石脉中无比坚硬的岩精？但是岩精坚硬得要命，且重达百吨，怎么可能三日内掘出？

我们都站了起来，走到东面洞壁的最左边，然后用手指量了七尺的距离，看看那部分有什么东西。

七尺之后，还是岩石的表面，那里是无数墨绿色的痕迹，什么都没有。

我和胖子面面相觑，其实，这里的岩面我们看得非常仔细，看过无数遍了，就算不这么看，我们也知道，表面上看不出什么来。

"会不会他上面写的东西已经被挖出来了？"

有这个可能，但是我想了想，脑子里有了一个很怪的念头。我回到神龛前，把地上的香灰收拢起来，放回香炉里，然后拿到那块岩壁前，抓了一把在岩壁上开始涂抹。

一开始什么都没有，但是涂了几遍，果然，上面出现了线条，好像是一个什么轮廓。

"哎？"胖子惊讶道，"你怎么知道的？"

"那种留言太含糊了，肯定是一个汇总式的最后留言，他们肯定会在岩面上也留下记号。"我道。我立即继续涂抹，很快，有很多连续的线条在石头上显现了出来。

那是一个不规则的多边形轮廓，形状很怪异，无法形容。

我和胖子对视了一眼，我们都咽了一口唾沫，往后退了一步。我从身上解下我的强力探灯，打开。那个轮廓非常明显，好比我们画画打草稿的时候，先用直的线条勾勒出物体大概的外形一样。

但是，我们并没有从岩石的脉络上看出任何和这轮廓有联系的形状，这个形状好像是随意画在岩壁上，用来做切割时的参考。

即使如此，我还是感觉遍体发冷，因为我脑子里很多碎片开始自发地进行各种各样的组合。我的内心似乎已经知道了一些东西：这岩壁里肯定有东西，否则，这个轮廓不可能刻在这里。他们要把里面的东西挖出来，所以在这里做了大概的标志——但是，为什么我们看不到？

难道是我们的方法不对？我想着立即问："你们谁知道，他们采玉矿的时候，会有什么特别的过程吗？"

胖子摇头："不是用炸药炸吗？"

闷油瓶却道："先用火烧，然后用冷水泼，使石头自然裂开。"

"用水泼？走，去打水！"我立即道，也不知道自己到底想证明什么，但心中有一股极强的直觉，知道自己肯定是碰到关键了。

说着我冲到另一边的洞里，把脱下来的潜水服裤管打上结，然后往里面装水，再背回去，和胖子两个人抓着往岩壁上泼，连泼了十几次，岩石的颜色立即因为渗水而变深。

我们退后几步，看着那岩石的表面因为泼了水，玉脉的部分变得模糊起来，那些普通岩石也因为水的关系，变得光滑而通透。原来这些石头也是玉石，只不过含量可能不同，所以在那些墨绿的翡翠边上衬得像普通岩石一样。

同时，我们看到在那块岩壁中透出了一个若隐若现的影子。

那是一个人影。

第
四
十
四
章

●

石
中
人

　　刚分辨出的那一瞬间，我还以为那是自己的影子，但我动了一下，发现那影子并不跟着动。

　　我们三个犹如掉入冰窟中，看着那玉脉中的人影，都有点站立不住。

　　"这是什么玩意儿？"我轻声自言自语道。

　　"鬼才知道。"胖子用同样的语气回答我，顿了顿，"好像……好像是个人？"

　　"怎么可能是人……如果是人，他是怎么到这岩壁里去的？"我道。

　　胖子看了看我，哆嗦着问我道："你有没有听说过石中鱼的传说？"他刚说完，我身上冒出了一连串鸡皮疙瘩。

　　石中鱼是一些志怪小说中经常出现的故事，就是说一块完整的山石，被人打开之后，发现里面是空心的，里面有水，水中还有一条活鱼。没有人知道这鱼是怎么进到石头里的，也没有人知道这鱼是怎么活下来的。因为石头中没有任何食物。

山石已经存在千万年了，这种现象往往被认为是神迹。石中有鱼，既然鱼不是从外面进去的，那么就是在石头里产生的。传说吃了这种石中鱼能长生不老，也有人说吃了立即毙命。

石中鱼的传说很广泛，各地都有，似乎不是杜撰的。胖子现在突然提起，我当然知道他是什么意思。但知道归知道，我无法相信这种说法能用到这里。

"不可能。"我道。

"既然石中可以有鱼，为什么石中不能有人？"

我吸了一口凉气，看着那岩石中的人影，还是摇头："不可能，这肯定只是看着像人的阴影。"

"是不是继续泼就知道了，那地上写的，这东西不止一个。"胖子道。

我们立即故技重施，很快把四面墙全部泼上水，随着所有的岩壁都被浸湿，我毛骨悚然地发现，在这附近的岩壁里，嵌满了人形的影子，他们有各种不同的姿势。洞壁的内部，好像全镶嵌着人。

我们数了一下，和地上记载的完全一样。

"真是见鬼了。"胖子重新坐下来，"难怪要我们雷书记出马，这是怎么回事？"

"难道是昆仑胎？"我想起以前听说的天地生精的说法。难道这里是个宝穴，这里的翡翠在某种神秘的力量下人化了？

胖子摇头："昆仑胎到底只是个传说，而且据说都是非常大的山体，这些影子形状诡异，我看不是什么好东西。而且……"他看向一边那个躺着铁人的架子，"我刚才可能判断错误，你看这些影子的动作，是不是和那些铁人非常像？"

我已经惊讶得无法说话，胖子面色惨白道："我知道这很惊悚，不过我看这里的这些工具都是铸铁的，忽然就想到了这种可能性。"

我看着那些人影："你是说，这些铁人不是运输工具，而是用来封印他们挖出来的这些影子？"

"恐怕没有这么简单。"胖子纠正道，"这些铁俑，恐怕是他们处理他们挖到的东西后的作品。他们先在岩壁上面打孔，然后往里面灌入铁浆，把里面的人冻住，然后再砸出来。"

我想到在古楼的地下室里看到的无数铁人，起了一身鸡皮疙瘩，心说如果是这样，这里得挖出了多少这种东西，于是强笑道："这些都只是我们的推测而已。"

胖子面色苍白，显然他自己都觉得自己的想法很恐怖，他道："其实有一个办法，就是，咱们现在把这块石头砸碎，看看里面的影子到底是什么东西。"说着他指了指一边的石工锤。

我摸着面前的岩壁，感觉非常厚实，这岩石不是那么容易打裂的。忽然想起了以前的镇妖传说，中国古代不是老是说，老天镇妖，喜欢把妖怪镇在山下吗？我靠，难道这些影子是妖怪？要是这样，我们把它放出来，岂不是自己找死？

伴随着那种悚然，我生起了强烈的好奇心，同时又摇头："以前的工匠用那么费劲的方法来处理这些影子，显然这些影子的真身可能非常骇人和不祥，甚至非常危险，我们还是不动为妙。"

胖子听我这么说，把头转向闷油瓶，像是征求他的意见。

闷油瓶死死地盯着那些影子，没有回答他，而是对我们道："我们和它们……其实一样。"

石中人

195

第
四
十
五
章
●
这
里
的
石
头

　　"为什么这么说？"我纳闷道，但是刚问完我已经明白了闷油瓶的意思。

　　在某种意义上说，我们和这些石头里的人影处境是一样的，只不过它们的空间比我们更小而已。我们同样也被困在石头中，好比那些活在石头中的怪鱼一样，只不过可以肯定的是，如果若干年后我们被发现，绝对不会是活蹦乱跳的。

　　想到这个，我心中有些凛然，道："多少还是有些不一样的，至少我们现在有这么大的活动空间，而且活着，活着就有无限的可能性。"

　　闷油瓶淡淡道："我不是这个意思。"

　　我"啊"了一声，有点意外。以前一直感觉和他有一种默契，但是在这里，我感觉有点跟不上他的想法了。他想得好像比我快得多。

　　我问道："你是不是有什么想法？直接说出来吧，我们都听听。"

他看着我："你们有没有想过，如果这里没有被挖出这么一个矿坑，我们现在是什么处境？"

我想了想，感觉大脑有点迟钝，还是不明白他的意思，但是胖子的面色马上白了，我听到他骂了一声："我靠！"随即，我也明白了，我后脑的头皮就麻了起来。

如果这里不是一个矿坑，那么这里会是什么？

这里就是岩壁，大山的内部，如果我们以同样的方式被莫名其妙地带到这里，那么现在，我们就可能是嵌在岩壁中，和那些影子一模一样。

我不寒而栗，这是一种什么感觉？如果我醒过来，发现自己被镶嵌在大山深处的岩壁中动弹不得，知道自己要这样直到死亡，那太恐怖了。

闷油瓶道："反过来想这件事情，也许，我们现在活着，完全是一个巧合。"

我默默点头，我们碰到的怪事也许是这山中的一种神秘现象，在这山里可能不是第一次发生，如果当年没有人在这里挖了一个矿坑，这件事情同样会发生，那么我们现在的处境恐怕将更加匪夷所思。

胖子咽了口唾沫，看着那些人影，道："那么，这些就是我们的前辈，是以前和我们碰到同样事情的受害者？"

"这也只是一种可能性。"闷油瓶道，"不过，我宁可相信是这样。"

我明白他的意思，他是指如果这是一种奇怪的自然现象，那么他之前的推断就可能是错误的，那不管处境多么不利，至少暂时是安全的。

胖子就问道："天真，你读的书多，你推测看看，这可能是怎么回事？要是如小哥说的那样，这可能是什么情况？"

我失笑道："这种事我书读得再多也没用，你要用读书能学到的东西来解释，那就是物理学的概念，我们可能掉进了两个空间之间的裂缝，一下子从一个地方塞到了这里。不过在现实中，这是绝对不可能的，就算真让你进入一个天然形成的空间裂缝，你再次出现的地方会是另一个宇宙，出现在同一个区域的可能性小到无限接近于零。"

其实世界上有很多这种传说，在一些非常特别的地点，比如百慕大，都说有这种现象，但我绝对不相信这里是这种情况。因为，胖子和闷油瓶在湖底失去意识的过程，完全不像是被"自然现象"搞定的。

那太像是被人使用什么东西暗算，所以，我很赞同闷油瓶之前的看法，带我们来这里的力量，它绝对是有意识和有目的的。

胖子却不以为然，他道："可能性小到无限接近于零，并不等于零。"

我道："用科学来解释，就只有这一个解释，如果不是这样，那么我们面对的情况就完全是另一个范畴了。"

胖子陷入了沉思，自言自语道："咱们老祖宗留下来的传说里，有没有这种事情？"

我想了想，我从来没有在任何笔记小说中看到岩石里出现人影的记录，当然，也许是我涉猎还不够广。

胖子接着道："传说刘伯温墓附近的山里，有人只走了一天，出来的地方就离进山的地方相距一百多千米。好像在一瞬间他从一个地方被带到了另外一个地方，他们把这种现象叫作'山鬼背'。他们以为自己是被山鬼背着走，所以不知道自己走了多少路。也有人叫'走山'，说是山在走路，你说会不会这里也有类似的现象，不过走的方向不一样。"

我摇头，这说法不成立，他们是在山的表面，我们现在在山的内部，不是什么背和走。我们是被山吞了。

而且，这事有一点蹊跷，就是这个矿洞是封闭的，四周没有任何崩塌的地方，但这个矿洞本来肯定是有入口的，这个入口哪儿去了？如果是"山鬼背"或者"走山"这两种非常特殊的自然现象，不会连入口都消失。

这里发生的事情要更加复杂，而且透着一种非常奇怪的感觉。

想到这里，我又想起了盘马的说法，他说这个湖里有魔鬼，我此时竟然有点相信了，好像只有魔鬼才能做出这么匪夷所思的事情。就算没有魔鬼，我看这儿的山或者湖，总归有点不太平常。

水分逐渐蒸发，那些影子逐渐淡去，很快就看不清楚了，我用脚把在地上刻的"铁俑"划掉了。接着我们又琢磨了半天，还是没有任何结果。

岩壁恢复了原样，我们的感觉却变了。知道离这四周岩壁五六拳的地方，有东西嵌在里面，我忽然感觉到一种强烈的被注视感，让人心神不定。这种感觉刚才没有，显然是心理作用，但是无法驱除。

三个人都闷头在想，偶尔胖子蹦出一个想法，都被我否决掉。

我想了很多的可能性，但都不靠谱，最后，我把刚才想的事情又从头琢磨了一遍，包括所有细节，看看还能否带出什么来。

首先是考古队的目的，在现在看来，琢磨这个已经不是非常贴近主题了，但如果如胖子说的，这些铁人的作用是铁封这些影子，那么，考古队的动机倒是可以解释——他们要找的东西，就是这些影子的遗体碎片，当然，我们不知道这东西对他们有什么用处。

矿工在开采玉矿的时候，挖到了这些人影，能肯定的是，开采并没有中断，对玉石的渴望使得他们一边祭祀雷王神，一边继续挖掘。

之后，到了某一天，有某个人在雷王的神像前留下了这条信息。

看这里的留言和石壁中人影的情况，显然这个人留完言后，他留言的内容没有被执行，可能他离开之后，开采就中止了。

使他们中止开采的可能性非常多，可能是战乱，也可能是灾害，当然也可能是这个矿洞的入口莫名其妙地消失了，甚至，那些矿工也遭遇了和我们同样的情况——这里可能不止一个矿洞，他们可能困在了其他的地方——可以有任何的可能性。能肯定的是，这个玉矿的故事，到这时候就结束了。

之后，就是我们的故事。

乍一看，这件事情非常清晰、合理，但我要弄明白整件事情，仔细再想，就发现其中出现了一个很难察觉的矛盾。

这个矛盾来自逆向思维：如果采矿的所有活动都没有发生呢，那么这里会发生什么？

没有人发掘玉矿，就没有矿坑，那么，胖子和闷油瓶在水下是否也会遇到那件事情？

如果这里的采矿活动不发生，那么，我们现在所处的位置，就是实心的岩壁。

如果把我们带到这里来的力量是一种自然现象，那么，即使这里是岩壁，这件事情也同样会发生。因为这种力量是天然存在的。我们只是这种奇怪现象的受害者之一而已。

但是反之，如果这不是自然现象呢？那么，如果这个矿洞并不存在，这件事情，还会不会发生？

我感觉可能就不会发生了，因为闷油瓶和我都认为，这件事情背后有着某种意识，这种意识的目的肯定不是杀死我们，那么，带我们到这里来的这种行为背后，必然有着我们不知道的目的。实现这个目的的前提，就是这里必须要有这个矿坑，否则我们就被困死了，等于是被杀死，对它没有意义。

根据这些推断，我们把事情分解开，一方面能知道，那个意识是知道有这个矿洞的存在的。

而另一方面，这个矿洞并不是经过规划的，它存在于这里是个偶然，那也就可以证明一点：那个意识的神秘目的产生于这个矿洞形成之后。是先有了这个矿洞，才有了这个目的。

那么，这事情就变得很牵强，有点讲不通了。假设这股力量，我们称其为"魔鬼"，某一天它在这里溜达的时候，忽然发现这里出现了一个矿坑，它一琢磨，发现可以利用，然后就这个矿洞生出了一个目的，然后再使用某种手段，将我们抓来，困在这里，以便它实现目的。

　　如果是这样的过程，那它这个目的怎么看也不会是什么正经事。

　　这种行为起承转合，有板有眼，目的性和操作性太强了，简直和人的思维完全一致。我并不排斥这个世界上可能有某些神秘力量存在，但是我认为这种力量肯定是超然的，不会如此功利和浅薄。

　　但如果这不是魔鬼，是一个人，那就不一样了。如果有一个人知道这里有一个矿坑，他发现其可以利用，然后设计了一个阴谋。他使用了某种手段，将胖子和闷油瓶在湖底弄昏迷之后，用一种非常巧妙的方式带进了这里，以便实现他的计划。那听起来就非常合理。我们不会觉得这个人不靠谱，还会认为，他这么处心积虑，之后必然有更大的阴谋。

　　有一个哲人说过这么一句话，当所有的不可能都排除后，剩下的东西再不可能，也是事实。这也是我一直感觉这件事情很奇怪的原因，因为我在其中，闻到了一股浓浓的"阴谋"的味道。

　　也就是说，弄不好，我们最后还是在一个"人"设置的阴谋里。只是这个阴谋太巧妙了，使得我们无法理解。

　　我看着闷油瓶，他一定早就意识到了这一点，所以根本不来参与我们的假设。但他没有进一步的行动，显然也是因为，这终归只是一种感觉，我们无法进行任何的实证。

第
四
十
六
章　●　异
变

接下来的几天，一切都没有变化，我刚开始无法适应挨饿的生活，饿得天昏地暗，但三天之后，人体自动转入体内消耗，我逐渐精神起来。

没有任何事情发生，时间好像凝固了。我想起武侠小说中，很多痴男怨女被困于绝境，等他们重返人间，回忆过去，往往都会发现，在绝境内的这段时间，是最快乐和安详的。

然而实际情况完全不是这样，篝火压到最低，四周只有不断的水声，火光下的岩壁呈现非常暗的黄色。这山洞中的封闭感让人无时无刻不觉得焦虑，我学闷油瓶每天在那里打坐，才勉强熬得下去，否则非疯了不可。

胖子那种性格更是待不下去，我都不知道之前那两个礼拜他是怎么熬下来的，但他几乎每天都会想个新花样出来。我们在这几天里，用香灰一点一点把四周的石壁都抹了一遍，希望找到一些别的痕迹。

确实，地面上有很多划痕，看来这里的人在休息之余经常会在地面上画一些东西，我们看到了简易的棋盘，还有很多字，但都没有任何价值。

　　只有其中一条让我觉得有点意思，那是刻在洞壁前面的地上，大概是一个矿工休息时刻的，刻了好几个，都是同一个人名，叫赵翠姐，估计是相思所致。看到这个，我不由得想起了地面上的阿贵，估计他也崩溃了。

　　到了第三天，我不由自主地对自己的想法产生了怀疑，想着，如果这么漫无天日地待下去，会不会最后什么事情都不会发生，又或者那个魔鬼已经把我们忘记了。

　　闷油瓶还是老样子，我的军刺被他拿去了，横插在了腰间，他几乎不动，一整天都靠在篝火边上，看不出有一丝焦虑。

　　虽然他之前就一直是这副样子，但我感觉这一次他镇静得有点过分，我有时候甚至有错觉，他知道即将会发生什么事情。

　　这种平静一直持续到第五天的半夜——也许是半夜，如果我的手表还准——忽然起了变故。

　　我醒过来屙尿，浑浑噩噩的，这时候，忽然发现闷油瓶不在原来的位置上。

　　我吃了一惊，下意识往四处看，发现他站在一边的岩壁前，正看着什么。

　　胖子还在一边打呼噜，我察觉到不妙，看了看表，随后将他踢醒，两个人走了过去。

　　走到岩壁前一看，我们愣住了，只见岩壁中的人影竟然又出现了。

　　我心说，闷油瓶半夜看这种东西干吗？再一看，却发现岩壁并没有湿。而且，那岩壁中诡异的人影，看着和之前有些不一样。

　　我拿来矿灯，把整块岩壁照亮。

異
変

刹那间我吸了口冷气，只见岩壁中所有的影子，现在都能清晰地看到了。在强光下，这些影子竟然感觉比之前离岩壁表面的距离近了很多。

"我靠，这是怎么回事？"我骂道。

闷油瓶淡淡道："它们在朝我们移动。"

第四十七章 ● 怪物

　　墙壁中的影子确实在向我们靠近，而且连动作都有奇怪的变化，头往前诡异地伸着，好像努力想从石壁中探出来。

　　"移动？"胖子没睡醒，还没明白是什么意思。

　　"之前它们埋在岩壁中三尺左右的地方，现在只有一尺不到了。"闷油瓶道，做了一个手势，"五天时间，它们朝我们前进了两尺多，再有一天半……"他顿了顿没有说下去。

　　我知道他的意思，再有一天半，这些影子就可能从岩壁中出来了。

　　"我靠，难道它们是活的？"我毛骨悚然道。

　　闷油瓶摇头，直勾勾地看着影子，似乎在和影子对视一般。

　　我的睡意一瞬间消失无踪，拿着探灯四处照了一圈，四周全部是影子，身上鸡皮疙瘩都暴了起来。我心里想着，这些影子到底是什么东西？如果它们从墙壁中出来……我靠，想着我头皮直发麻。

　　走了一圈，我忽然意识到了什么，立即道："我靠，难道这就是那个东西的目的？"

　　"什么目的？"胖子还是迷迷糊糊的。

　　"我不清楚，但也许是一种仪式，我们是祭品；或者这是一种饲喂，我们是食物；或者这是种捕猎，我们是诱饵……总之，我们是为这些影子准备的。"

　　胖子皱了皱眉，才醒悟过来，呆了呆，骂了一声："我靠，不会吧。"

　　我说什么不会，看那些影子诡异的形状，肯定不会是F-CUP的美女，那么它们被我们吸引，肯定不会是什么好事。

　　我登时心乱如麻，不知道应该怎么办。我看向闷油瓶，却见他入定了一样，不知道在想什么。

　　这时，胖子忽然从一边的工具堆里掏出一把石工锤丢给我。

　　"干吗？"我问。

　　"先下手为强。"胖子沉声道，"打到它们连妈妈都不认识。"说着就要去砸。

　　我一把抓住他，道："这些是什么东西都不知道，你砸几下不一定砸得死它们，反而把它们从里面放了出来，到时候看你怎么收拾。"

　　胖子骂道："我真受不了你这个笨蛋，你不会砸条缝出来先看看。"

　　我还是感觉不妥，看向闷油瓶，闷油瓶仍然不理我们，胖子以为这是他也同意了，举起石头锤，朝一个影子就砸了下去。

　　胖子许多天未吃饭，体力不支，第一下，只砸出个小凹坑来，但是，这里的石质非常脆，一下就裂出了细缝。

　　胖子呸了几口，随即又是一下，顺着那墨绿色的玉脉，竟然裂进去一条深缝。瞬间，我们全都闻到一股从石头里传出来的非常浓烈的气味。

味道之浓烈，让人几乎无法呼吸，我们都不由自主地后退了几步。胖子还想再砸，我再次把他拉住。

因为我已经看到，裂缝的深处露出一团东西。

我们捂住口鼻，等那气味稍微消散了一些便靠了过去，胖子拿起矿灯，往里面照。

起初我们只看到墨绿色的一团，好像也是岩石，但无法辨别那是影子的哪个部分。我们本来没有多么害怕，但等我们凑近的一刹那，裂缝中那团东西转动了一下，接着我看到一只有眼白的眼睛从裂缝后面转了出来，一下看向我。

那一瞬间，我几乎窒息，那只眼睛没有任何感情，也没有任何定向，但你就是能知道，它在看着你。

在裂缝中，这情形实在太诡异了。

我和胖子不由自主地吸了口冷气，两个人都炸了。胖子咽了口唾沫，手里的锤子立即举了起来。我们两个立即确认了，这东西肯定不是人！

我不敢再看，猛然把头转开，胖子也不知道该怎么办了。

我看着他，心说你不是要打得它连妈妈也不认识吗？胖子猛摇头，我刚想说点什么，突然从裂缝里发出一声婴儿般的叫声，无比尖厉，同时，一只极细的爪子猛地伸了出来，一下抓住了我的脖子。

速度太快了，来不及反应，我已经被扯向裂缝，狠狠地撞在岩壁上。

闷油瓶这时反应比胖子快，一下扑过来抓住我的后领，另一只手中的军刺朝裂缝捅了进去，刺到那只爪子的手腕上，连刺了三下，那东西才放手。我一下摔下来，迅速被胖子拉离了裂缝。

怪物

207

　　那只爪子又猛地伸了出来，连抓了几下都抓空了，胖子抡起锤子，砸了几下，也不知道有没有砸到，那爪子又缩了进去。

　　我们惊魂未定，喘了半天粗气，胖子道："我靠，他奶奶的是个狠角色。"

　　一边闷油瓶已经头也不回地走到篝火旁边，拿起一个筐，抄起一盘火炭，道："帮忙！"

第四十八章 ● 火炭

我一看就知道闷油瓶想干什么，还没等仔细去想是否妥当，他已经把一盘火炭全部倒进了砸出来的那条缝隙中。

缝隙离里面的东西还有些距离，胖子紧随其后，又是一盘，后灌入的火炭就把已在缝隙中的往里推了进去。

顿时从石头中传来一阵阵声音，酷似婴儿啼哭，尖锐得要命，凄惨无比。按道理说，把这种恐怖的东西弄死应该不会有太大的心理压力，但我听着还是感觉心揪起来了，相当不忍。到底它现在完全处于弱势，属于任人宰割的情形。

胖子也是心有不忍，一脸的犹豫不决，不知道是否该继续灌入火炭，唯独闷油瓶，面若冰霜，毫不犹豫地继续灌着。

空气中弥漫着一股奇怪的味道，我十分熟悉它，那就是之前铁块中的"死人味道"，想不到它确实代表着死亡。我能看到那石壁中的影子在不停地抖动，接着逐渐停下来，原本凄厉的叫声已经模糊不清。

我自幼心软，虽然刚才差点被抓住，但这么活生生地把一个人形的东西弄死，心中还是无比难受。

胖子倒没有我这么迂腐，虽然也有点犯嘀咕，但是并不扭捏，干笑几声道："来生投人胎，别投错地方了。"

最后，那影子一点动静都没有了，只剩下石头上那个缺口，仍在冒着青烟。

我颓然坐倒在地，长出了一口气，刚想缓一下，闷油瓶道："还没有结束。"

我抬头一看，瞬间明白了他是什么意思，另一边的岩壁上，还有三个影子，已经离岩壁的表面非常近了。

"我们一定要这么干吗？"我道。

闷油瓶没有回答，只是看了一眼胖子，胖子点了点头，举起锤子和凿子，走向另外一个人影。

我不想再看，就坐在那儿没动，胖子念了几声阿弥陀佛，又动手开凿。很快，刚才发生的事情又重演了一遍。胖子满头是汗，转到第三个的时候，他也受不了了，在那影子前站了很久，问闷油瓶："小哥，咱们能不能歇歇再干？"

闷油瓶摇头，看了看四周，冷冷道："不用再干了，没有时间了。"

我们转头一看，顿时凛然，不知道什么时候，四周岩壁中的影子已经全部贴着岩壁显现了出来。

一眼看去能数得清的，又多出了起码十具，而且我们几乎能用肉眼看见，这些影子正朝石壁的表面缓慢移动。

这是怎么回事？难道他们发现了我们的企图，加快了速度？

我又站了起来，闷油瓶拿起我的军刺，反手捏住，胖子抄起石工锤，我手无寸铁，看了看，从地上抄起一根钎杆。三个人背对背靠着，注视着四周。

胖子已经兴奋了起来，他这种人如果真的要干仗，不管对方是施瓦辛格还是石头妖怪，他绝不会尿一下。他骂了几声，说道："我靠，也好，我真受不了在这儿待下去了，与其饿死还不如这么光荣地死，咱们大干一场。"说着忽然想起了什么，一脚把那神像踢飞，"不给面子，老子拜你不如拜空气。"

我心跳得极快，不由自主地颤抖，但又出奇地并不是害怕。我对胖子说道："这么死有什么光荣的？你在这儿谁知道你是怎么死的？"

我刚说完，忽然脖子后面一凉，有什么东西落到了我的后脖子上。我吓得赶紧往后跳开，摸出来一看，是一些岩石的碎片。

我脑子一跳，心说我靠，忘记了头顶也是石头，抬头便看到离头顶不到两拳的地方，岩顶已经开裂，从缝隙中出现了一个浑身绿色的东西。

我们立即让开，几乎同时岩顶裂了，一团绿影猛地从上面挂了下来，之后就是一声凄厉的叫声。

在探灯光下，我根本没有看清那东西的全貌，只看到一个影子摔下来，在我的探灯光圈里停留了半秒，一下就闪开，撞在了我们的篝火上。

瞬间篝火就被撞散架了，火星和炭火被撞得到处都是，集中的光线完全被撞散了，四周顿时一片漆黑，只能看到无数小的火点还在燃烧。

这个变化我们始料不及，我用探灯追着那东西照，但是只能扫到几个残影。

胖子反应最快，立即抄起地上一根还燃烧着的柴火，但是刚拿起来火就熄灭了，剩下一截暗红色的炭。

火
炭

211

"狗日的！"胖子大骂，"的"字还没完全吐出来，我就听到他一声闷哼，好像被什么东西扑倒在地，接着就是一连串扑打的声音。

我循声用探灯照去，看到胖子和一个东西扭打在一起，我转开去照闷油瓶在哪里，手电一转没找到闷油瓶，却一下照到我背后有一张无比狰狞的面孔。

我转探灯有一个惯性，所以那脸只在我面前出现了一瞬间，那种冲击力远大于直接看到。我顿时屁滚尿流，条件反射下连连后退，大叫："又出来一个！"

但害怕归害怕，同时我的钎杆已经朝那个方向扫了过去，闷响一下后敲到了什么，但没有吃到力气。钎杆是全铁的，非常重，我单手无法再打第二下，只好抽回来，再用探灯去照。还没照清楚，我背后被猛地一撞，整个人摔了出去，直接滚到地上，探灯一下脱手不知道飞到哪儿去了。

我爬起来便知道糟糕了，什么都看不见，这下麻烦了。此时就听到闷油瓶大喝了一声："趴在地上，不要动！"接着又是一声凄厉的惨叫，一团东西重重摔在我的身边。

我抱头缩到一边，距我身边几拳的地方传来嘶叫声连连，接着，黑暗中就听到"咔嚓"一声颈骨折断的声音，惨叫声戛然而止。

另一边胖子那里还没结束，就听到他一下一下用力捶着："靠，敢偷你胖爷的桃，敢偷你胖爷的桃！"

他捶一下就是一声惨叫，连捶了四下，那边也没了动静。

胖子呸了一口，我看不清他那里的状况，但四周一下安静了，我问道："都解决了？"

还没说完，边上闷油瓶厉声道："别说话，听！"

我立即屏气，听到在黑暗中传来了无数爬行的声音。数量之多，无法估计。

第四十九章 ● 有三十五个

　　虽然我什么都看不到，但能想象四周是什么情形，那些石头中的影子，肯定已经将我们团团包围了。

　　我开始回忆我在地上看到的话：十六，七，十，四，一共是三十七，如果刚才那两个已经被烧死了，那么，我们要面对的，有三十五个。

　　我看不到他们的情况，不知道胖子他们有没有挂彩，所以我没有多害怕，同时已经没有精力胡思乱想。我死死地抓着钎杆，注意力全集中到了耳朵上。

　　胖子离我们很远，很可能已经被隔开了，身边没人他有点沉不住气，我听见他的呼吸声非常紧张。我也替他紧张，但是同时很卑鄙地压低自己的呼吸声，心说都去找他，都去找他。

　　没有僵持多少时间，果然是胖子那里先炸了起来，胖子一声闷哼，大叫了声："我靠！开干！"呼的一声，不知道他砸到了什么，那边一片混乱，有东西叫了起来，同时四周好比惊飞的鸟群，响起了嘶叫声，乱成一锅粥，全部朝胖子去了。

我抡起钎杆想上去帮忙，上前两步不到，我就撞到了一团东西上，滑腻腻的。没等我反应过来，忽然黑暗中一声尖啸，劲风四起，我一下被撞翻在地，身上几个地方立即传来剧痛。

我用手一抓，抓到一只爪子，但是立即脱手了，我用手乱挡，很快手就被抓得一塌糊涂。

不过没几下，只听一声闷响，那东西被人踹了出去，我手忙脚乱地爬起来，却被身边的闷油瓶按住肩膀，轻声喝道："不要说话，你不要动！"说着他像一道劲风就朝胖子去了。

我心中的感觉很怪，既想上去帮忙，又感觉闷油瓶的话不能不听。他的手一拿开，我忽然感到肩膀上不大对劲，一摸之下才发觉，刚才被他按住的地方竟然全是血。

那种血量不会是他自己划的手臂，肯定是受了重伤。我心中凛然，刚才那些搏斗，黑暗中听着似乎闷油瓶占尽了上风，但显然他也没有讨到多少便宜。

另一边传来胖子撕心裂肺的惨叫，不是占据上风，而是被逼入绝境的怒吼，听得人魂飞魄散。

很多时候我都会想象，如果我们三个人中的一个出现意外，其他人会是什么心境，但想归想，只要闷油瓶在，我总感觉不可能出现这种事，但是现在，这种感觉烟消云散了，我顿时感觉胖子很可能会在这里被干掉。

"退到墙边上去！"闷油瓶的声音出现在胖子的位置，随着他话音落地，我听到那边更加混乱，惨叫声、倒地声、胖子的叫骂声，混成一团。

我脑子里一片空白，最后都无法思考，抱着我的钎杆无法动弹，只能听着那边的动静。我已经知道我上去也没有用，那边的情况之混乱不是我可以理解的，如果不是身手极好的人，凑上去甚至会被胖子误杀。

也不知道这种状态持续了多久，忽然，四周的声音都消失了，一片寂静。

我不敢动弹，也不知道是什么情况，是他们都死了，还是所有的石中人都被干掉了，又或者，两者都是？

我仔细地听了一会儿，忽然"啪"的一声，探灯在一边亮了起来，我转头一看，闷油瓶站在一边，一手架着胖子，一手拿着我的探灯。

我松了口气，看着他一瘸一拐地和胖子走到我的身边，把胖子放下，自己也倒地坐了下来，两个人浑身都是血口子，淌着血。

在几乎遍布全身的血污中，我看到他身上又出现了麒麟文身，这一次，不仅是肩膀上，他的上半身几乎都出现了黑色的文身图案，无比复杂。细看之下能发现，那是麒麟脚下的黑色烈火，似乎已经燃烧了起来，蔓延到了他的全身。

我看得目瞪口呆，他却把探灯递给我，抓着我的手，把探灯指向墙壁上的一个口子，那是那些石中人出来的裂口。

"这些是这种东西活动形成的通道，我刚才看了一下，这个通道也许可以通到外面。"他道，"你带上工具，快点离开这里。"

我立即点头："你先休息一下，我帮你检查一下伤口，如果没事，我们马上走，我还以为这次我们凶多吉少，我真服了你了，没想到你厉害到这种程度。"

闷油瓶往后面的石壁上一靠，淡淡道："我和他，走不了了。"

"你在说什么胡话。"我骂道。

闷油瓶忽然朝我笑了笑，淡淡道："还好，我没有害死你……"

我愣了一下，只见他一阵咳嗽，吐出了一大口鲜血。

"你……"我的脑子嗡了一声。他微笑着看我，头缓缓低了下去，坐在那里，好像只是在休息，但是，四周完全寂静了下来。

第五十章 ● 脱出

看着他安静地坐在我面前，我心中的滋味无法形容。

我不知道我脑子里想了什么，肯定有无数念头在涌动，但是，我什么都感觉不到。

愣了片刻我才醒悟过来，立即哆哆嗦嗦地去摸他的手腕。

我很害怕会摸到一具完全冰冷的尸体，所以，伸出这只手，几乎用了我全部的力气。

但还好，还有一些体温，虽然脉搏非常微弱，几乎感觉不到。

我转头去看胖子，发现胖子的肚子破了一个大洞，肠子都挂在了外面，脉搏更是微乎其微。

他们身上的伤口还在流血，都是划伤，显然是那种东西的长爪子划的，伤口密集，可以想见那是无比惨烈的搏斗。

流血过多、心力衰竭，死亡几乎是无可逆转的。我有一些绝望，无助、懊恼、悔恨，各种无法形容的感觉一起涌了上来，眼泪几乎要从我的眼眶冲出来。

但不知道为什么，不知道从哪里来的魄力，我在那一瞬间把这些感觉都推了出去，忽然冷静了下来。

我自己都被这种突如其来的冷静吓了一跳，像是心中有另外一个自己，暂时否决了我要来的情绪。不知道在经历这种时刻时，其他人是否有我这样的体会，但就在此时我脑子里忽然无比清醒。

他们还没有死去，我自然不可能就这么离开，又不能在这里眼看着他们死。我必须做点什么，尽我最后的努力。

我站了起来，开始琢磨怎么办，我首先找来了香灰，把他们最深的伤口全都抹上，把血暂时止住，然后把胖子的肠子一点一点地塞回肚子里。

那种感觉我不想记录下来。弄完之后，我拿来潜水服，撕成几条绑成绳子，拿来一旁的木框绑了一下，做成一个拖曳式的担架，把他们绑了上去。

"就是死，你们也给我死在地面上。"我咬牙道。

弄完后，我拿好探灯，拿起一旁的军刺，看了看四周。地面上全是绿色的液体，也许是那些东西的血液，更多的是血肉模糊的肉体，一片狼藉。

我没有细看，也不敢细看。我又看了看四周的岩壁，想看看闷油瓶说的洞口。只一眼我就呆住了——那石壁之内，竟然隐隐约约地还透着影子，而且比刚才看到的更多，但远比刚才看到的要小。都是一些小孩的人影。

我看了一圈不禁毛骨悚然，当即不敢耽搁，拖着他们，就朝着闷油瓶说的那个口子探了进去。

胖子本身就极重，加上闷油瓶的重量，我费了九牛二虎之力，才把他们拖了进去。

果然如闷油瓶所说，那口子里是条通道，那些东西好像可以腐蚀

脱
出

217

这里的玉石，在玉中慢慢移动。四周全是上好的玉脉，如果有任何玉商在这里，肯定会疯掉。

但是，他们如果是在玉中自然形成的，那这条通道应该是封闭的。我用力拉了片刻，发现这条通道很长，同时，我看着通道的岩壁，感觉很是不对，岩壁的四周，不时出现一张模糊的面孔，好像是岩石中的"人"正聚拢过来看着我爬行。

好在我的神经已经绷紧到了极点，索性不管，咬牙拖着胖子和闷油瓶，只顾自己爬着。

这通道没有任何分岔，但是非常曲折，有些地方甚至是垂直的，我足足爬了十几个小时，几乎累昏过去，还没有到头。

也不知是多久之后，探灯的光都快灭了，这时我忽然听到了水声，我几乎是发了狂似的往前奔去，忽然手下一空，我没按到我想象中的地面，人差点摔下去。

探灯勉力一照，我面前竟然出现了一个断层，是一道不规则的山体的裂缝。

裂缝不宽，我两只脚撑开就能保持平衡。裂缝上方，水如瀑布一样跌落下来。

我喝了几口水，探灯往前照，前头再没有通道，这里好像是这通道的起点。那些玩意儿可能是从这裂缝爬下去的。我上下左右照了照，好家伙，裂缝断层的表面全是像被蛀出的洞，而且全在同一面。这些东西跟山里的蛀虫一样。另一面什么都没有。

我放下胖子和闷油瓶，也没空管他们到底现在情况怎么样了。我攀着那些洞一个一个爬下去，看看哪个洞可能通往外面。

其实也完全不知道怎么辨别，只能一个一个地探，忽然我感觉到哪里有风吹进来。我心中一喜，立即循着感觉找去，果然找到了一个有空气流通的洞口。

有门儿。我心说。我又爬了回去，解开一条绳子，把他们一个一

218

个地送下去。

我饿了好几天，其实没什么体力，这一路极端的煎熬，到中途时，经常一用力就觉得天旋地转，并且开始干呕。这是体力极度透支的迹象，我觉得我随时可能会晕过去。

最起码又用了六七个小时，这么几步路的距离才走完。我缩了进去，之后，又是天昏地暗地拖曳和爬行。

我能肯定，在这个过程中，四周肯定发生了很多事情，因为我耳边到处是奇怪的声音，但是，我没有任何心理波动，麻木得一塌糊涂。就是这个时候我死了，可能也就这样了。

也不知道爬了多久，前面忽然出现了光，这时候我连加快速度的力量都没有，只是行尸走肉般爬着，爬着。最后一瞬间，我听到了风声和水声，看到了久违的地面。

我几乎反应不过来，还没等辨别出这是什么地方，忽然看到几个人出现在我四周，我抬头一看，是几个面色阴鸷的村民模样的人。他们将我从洞口拽了出来，接着我发现他们这些人我一个也不认识。在湖滩另一面的一座山坡上全是人，入耳全是长沙话。

我的身体极度虚弱，一被拉出来就头晕目眩的，接着有个人带着一群人朝我走了过来。看天色是晚上，而四周灯火通明，全是汽灯，有人拿着对讲机在不停地叫喊："找到了，找到了！"

带着一群人向我走来的人，很快就到了我的视野内，我远远地看着，惊讶地发现，那人竟然是我二叔，他后面跟着潘子，他们一脸急切，但是没等他到跟前，我就失去了知觉。

第五十一章 • 二叔

醒过来的时候，我发现自己已经回到了阿贵的房间里，云彩在一边照顾我，外面非常嘈杂，我是被吵醒的。

我并没有受什么伤，只是体力不支，所以这一觉睡下去，人已经没有大碍了。我坐起来，云彩看到我，立即给我递了水，然后到外面去叫人。不久，潘子走了进来问我感觉怎么样。

我没有看到我二叔，没回答他的问题，劈头就问："胖子他们怎么样了？"

潘子告诉我，已经在第一时间把他们送到医院去了，现在还没消息。他让我放心，如果他们死不了那就是死不了；如果不幸挂了，那也没有办法。

我听了稍微安了一点心，送医院去了至少还有点希望。接着，我问这是怎么回事，潘子神秘兮兮的，什么也不说，只说我家二叔不让他和我多谈这些事，二叔现在还在湖边，等他回来会亲口告诉我。他让我多休息，说完就出去了，外面似乎非常繁忙。

阿贵家附近的几个高脚楼都被二叔包了下来，我看到很多二叔、三叔以前的伙计，足有二十多个。想起那天在湖边看到的，估计这次来了几百人。阿贵早就从崩溃中走了出来，穿针引线地忙活。但我问他情况，他什么都不知道。

　　我没有办法，只好照办，一直在阿贵家里休息了两天，身体大概复原之后，二叔才从湖边回来。

　　和二叔一起出现的还有好些人，竟然有长沙的几个表叔。有几个是跟着三叔混的，都是我们家族里有头有脸的人物。我心说，这是怎么回事？怎么吴家人都到这儿来了？

　　我没敢立即问，因为二叔和那些亲戚的脸色都不好看。和他们寒暄了一下，我发现他们看我的眼神都很古怪。

　　二叔的气色很差，折腾了一番后亲戚们散了，二叔看了看我，钩住我的肩膀问我身体没事了吧。

　　我点头说没事，低声问他是什么情况。他看了看我，叹了口气，拍了拍我的肩膀，示意我跟他去逛逛。

　　我们来到村旁的溪边，一路逛来他也没说话，一直走到那幢烧毁的老房子前，二叔才道："你的E-mail我已经看到了。"

　　我心中已经感觉这可能和我的E-mail有关系，看着他等他继续说下去。他顿了顿，才道："你相信你E-mail里写的内容吗？"

　　"这叫我怎么说呢，我想不信，但是我不敢不信，因为我想不出别的可能性了。"我道，"你和三叔认识了这么久，你没有发现什么异样吗？"

　　二叔点起烟看着我，皱着眉头不说话。

　　我道："这是别人说的，三叔没亲口否认，所以，我不是没有怀疑。"

　　二叔看着我，几口就把烟吸完了，顿了顿，忽然道："你不用怀疑了，我告诉你，这确实是真的。"

　　"确实？"我道，"你怎么确定？"

　　二叔慢慢道："这件事情，我们早就知道了。"

　　我呆立在那里，看着二叔，不敢相信自己的耳朵。

二叔看着我，继续道："小邪，有些事情没有你想得那么简单，但也有很多事没有你想得那么复杂。"

"如果你们知道，你们怎么还让这事发生了？"我问道。

二叔站着不语，做了个手势，让我继续走，顺手递过来一张东西。

我接过来一看，是一张照片："这是？"

"在烧掉那幢房子之前，我留了一张，我想，现在给你看，比在当时给你看要合适得多。"他道。

我愣了一下，一下蒙了。房子？烧掉？我靠！不会吧！当即就道："二叔，那是你干的？！"

我还想说话，但是二叔摆了摆手，让我看那张照片："那些事情，我们就不提了。"

我看了一眼，那是一张非常普通的黑白照片，也是一张合影，再仔细一看，上面是一个陌生的中年人，正和文锦说着什么，后面是考古队的其他人。

中年人不是以往见过的照片中的人，他非常白，非常清瘦，但是我看着有些熟悉。

"这就是楚光头想让你看的照片。"二叔道，"我找了一张最能说明问题的留下来，想着如果最后还是没办法，还得让你知道，一张物证比我的嘴巴要能说明问题得多。"

"就是这个？"我无法理解，"这照片有什么问题？"

"你不认识这人是谁吗？"他道，指了指那个陌生人。

我看着那个白而清瘦的人，忽然想起来他是谁，不由得"啊"了一声："怎么会是他？他不是……"

这个人和我们的故事没有联系，但他不是无关紧要的人，如果他和文锦那一队出现在一张照片上，那文锦他们这支考古队的规模，就不是我想的那样了。

我们继续逛，二叔道："我不能告诉你细节，但我可以给你讲个故事，小邪，有些时候，有些事情，它就是一个故事，仅仅是一个故事。你要不要听？"

第五十二章 ● 开心

　　我点头。二叔又点了一根烟，道："你读的书不比我少，《史记》中的《秦始皇本纪》你读过吧？"

　　我又点头。《史记》是搞古董的人的必修课，我自然读过。他继续道："《汉书》呢？"

　　我再点头。他道："你有没有发现我们中国古代的这些皇帝，都有一个惯例，无论是大皇帝、小皇帝，草头天子还是正统皇室，在功成名就、寰内太平之后，都必然会有一种行为，就是求长生。"

　　"追求永生是帝王的终极梦想，我觉得不奇怪，我要是一辈子不愁钱花，想杀谁就杀谁，想娶哪个女人就娶哪个女人，那我唯一的追求恐怕就是将这种生活继续下去。"我附和道。

　　二叔完全没有理会我的话，只是继续说道："如果翻开史书，你会发现，这种惯例太难打破了，而且越是开国皇帝越是变本加厉，比如秦始皇、唐太宗。"

我点头，确实是这样。人性是传承不变的，不管你站在什么位置，到了一定的时候，你一样会看到死亡向你靠近。

"但是，所谓长生的秘诀和传说，越靠近现代越模糊，很多帝王都认为会有长生术的线索存于古代方士的墓葬里。所以，自然会有一些队伍帮皇帝进行实地勘探，这种队伍往往挂羊头卖狗肉。"他看着我，笑了笑，"而这些队伍里的人，当然是民间最厉害的高手，自古土夫子、南北地仙、摸金校尉有不少都被招安。而且，在某些时候，强权压力下，由不得你不效忠，为了你家里的老小，你只能低头。

"不过，很可惜的是，这种事情始终见不得光，所以历代这些人最后都没有好下场。在这种队伍中，总有人想摆脱那种无孔不入的控制，而且长生这种事，不仅对那些帝王将相，对这些寻找者也有着巨大的诱惑，当他们真的发现一些线索时，心中不免会有些自己的想法。

"这些想法，他们往往会告诉自己的兄弟或者家人，这些人都是见过风浪、在刀尖上滚的人，胆子都很大。于是，他们会制订一些计划来实施这些想法。这些计划有些失败了，有些成功了，有些也不知道是失败还是成功，但能肯定的是，这些计划一旦被发现，那么，这些人的末日就到了。"

他停了下来，勾住我的肩膀道："但是，有些计划能瞒很长时间，甚至经历了改朝换代，这时双方已经达成了某种共识，没有人希望它被捅出来。"说着看了看我，"特别是'它'。"

我不敢说我完全听懂了二叔的故事，但是，我明白了他想说什么。

说实话，我完全没有想到，事情的背后会是这种范畴的东西，难怪楚哥会和我说，不能再查下去了。沉默中，我重新把二叔说的和我之前的一些推测连了起来，我居然发现，很多事情一下就变得合理起来。

我问道："那么，这里的事情，也是'它'所进行的活动中的一处？"

二叔点头："恐怕是，所以我很早就知道这个村子的存在，一听潘子说你来了这里，我就觉得不妙，立即叫潘子带着人过来了——凡是那批人去的地方，都必然凶险万分。"

"那你知不知道，这里到底是什么情况？那些到底是什么东西？"我问二叔。

二叔想了想，道："那些，可能是密洛陀。"

"密洛陀？那是什么玩意儿？"

"密洛陀是瑶人的祖先，在他们的神话里，他们的第一个女神，是从山中产生的。我估计这种怪物就是密洛陀的原型。"他从口袋里掏出一块铁块，"这个女神第一次造人，造出来的东西就是铁人，但是铁和女神的神力相克，所以没成功。当时那些矿工用铁封石中人，显然都是听过这种传说的瑶人，你的估计应该差不离。"

我点头。二叔继续道："至于这东西是怎么产生的，恐怕没人知道。听你的描述，这件事很像一个宗教仪式，你们被当成祭品等在那里。那些东西存在于山底很深的地方，要弄下去得花很长时间，我感觉你们碰到的事可能是别人安排的。"

二叔也有同样的感觉，证明我的直觉没错，但是我道："可是，我说了，那个矿洞没有任何出口。"

他想了想，拍了拍我道："我以前和你说过，已经发生的事，不管你看到的现象如何，它就是发生了。你既然进去了，那必然有入口，你找不到不能说没有，入口肯定在那里。"

我苦笑，之前胖子和我说的时候我也是这种想法，但找不到就是找不到。

二叔的对讲机响了，他接了后只嗯了几声就挂掉了。我继续问他："来找我为什么带这么多人？这也太夸张了，他们现在在湖边干吗？"

二叔面色铁青，只道："是有一些事情。这一次，多亏你，否则我们还找不到这里。不过来这里的目的我现在还不能告诉你，等事情被证实了，你自然会知道。"他看着手表，"这里的事情才刚刚开始，而且，我们的时间不多了。"

"是和三叔有关吗，或者，和'它'？"我问道。

二叔笑笑："你很快就会知道了。别急，到时候你就知道你所经历的这些事情是多么微不足道了。但是，你现在不要问，也不要去打听，你要找那小哥的过去就尽管去找，但是，在我这里，你少来你那套，我和老三不同，我不会让你乱来的。"

二叔没有和我再说什么，和三叔不同，我不会和二叔磨什么嘴皮子，那完全没用，但我也知道，他会说到做到，说事情证实了会告诉我，那就不会食言。

他说他还要在这里待一段时间，我可以在这里等，去其他地方走走也行，不过以后要随时汇报行踪，不让我再乱跑了。

因为惦记着胖子和闷油瓶，我在一个星期后离开了村子，去了防城港的医院。云彩和阿贵带着我找到了他们的病房，两个人都没事。

医生说，其实两个人受的伤都不算致命，只是失血太多并且发生了感染，好在这两个人体质都非常好，而且我用香灰，在止血同时有隔绝细菌的作用，所以只输了血就救过来了。那些香灰真的非常关键，如果他们再多流一掌那么多的血，可能就连大罗神仙也救不过来了。

用香灰止血是我听电台评书学来的，没想到真的管用，看样子评书还真得多听听。

看到胖子的时候，我几乎老泪纵横，这么几天不见，他的身体又肥回去了，一点也不像刚从阎王殿走了一遭的样子。

胖子看到云彩来了，一下又找不着北了，就要下床标榜自己是不死之身。

他们大概问了我之后的情况，我把我怎么把胖子的肠子塞进去，怎么把他们从那里拖出来都说了一遍。胖子听完后一愣一愣的，说难怪他最近总觉得自己的肠子走向不对，一想大便就打饱嗝，说你别给我塞反了。

说着这个，我们开始聊这整件事情，我拿出一张纸给胖子他们看，在阿贵家我已经按照记忆把古寨的平面图画了下来。

但是如此讨论也没有什么结果，胖子就闹着要带我们去吃病号饭。

等了片刻却不见云彩有动静，回头一看，发现她正看着那张湖底平面图发怔，没有一点反应，显然是被什么吸引了。

我有点意外，因为那平面图画得很简单，其实没什么好看的。我和胖子对视了一眼，胖子问她道："怎么了，大妹子？"

云彩嘟起嘴巴，抬头道："两位老板，你画的这个湖底寨子，和巴乃好像啊。"

第五十三章 · 很像的寨子

　　巴乃就是阿贵他们住的那个寨子，也是一个典型的瑶寨，不过我们住了没几天，所以对村里的地形没什么概念。云彩这么一说，我真有点意外。

　　"哪儿像了？"胖子把那图接过来，"你们这儿的村子不是都差不多嘛。"

　　云彩也不敢说死，把图递给了阿贵道："阿爹，你看看。"我们也立即凑了过去。

　　阿贵看了看，一开始似乎也不理解，云彩把图换了个方向，然后和他用当地话说了几句，阿贵才恍然大悟，挠了挠头对我们道："咦，还真是有点像。"

　　我来了兴趣，到底我们不是本地人，对很多细节我们都不及世世代代生活在这里的人敏感。而且女人又特别细心，就让云彩也指给我们看。

本来，我以为可能只是单纯因为湖里的山势和巴乃四周的山势很像，所以导致村子不可避免地有一些倚山建筑会比较相似，但云彩和我们一说，我就倒吸了一口冷气。

云彩所指出的相似的地方，我完全没有想到，竟然是路和篱笆。云彩告诉我，她看图的第一眼就很明显地发现，我画的这个"湖底古寨"中的道路和篱笆的走势，竟然和他们的寨子一模一样。这才让她意识到了异常，然后她才发现村子的其他部分，也有很多地方是非常相似的。

我不可能回忆起巴乃寨子全部的青石路和台阶的走向，但是阿贵房子附近的路我有记忆。一参照，发现果然如此，只要把平面图换一个方向，我就能立即找到阿贵家边上的几条小路，交叉方式和图上的真的非常接近。

我的背上一下全是冷汗，这就有点过了。这张平面图描绘的是一个沉在湖下的寨子，而湖底的古寨距今可能有上千年的时间了，但现在我们发现，湖底的寨子和一座现存的寨子，有着无数的高度相似点，这都是什么事啊！

这是巧合，还是有着什么玄机？虽然我努力压制自己那种莫名的毛骨悚然，但还是不可避免地打起了哆嗦，因为我的直觉告诉我，这里可能有大问题。

我吸了几口气把鸡皮疙瘩平复回去，然后让云彩把所有的相似点都给我指出来，我必须判断那些相似点有没有可能是因为某种特殊的合理原因形成的。

可能当时我的面色有点吓人，云彩看我这么认真也开始害怕，不敢说话了。胖子拍了我一下让我不要吓到小阿妹，我才意识到自己失态了。

我们从村口说起，一直说到村尾，越说我的心底越凉，我立刻意识到，这不是任何偶然可以做到的。从村口几个装饰牌坊的位置，到

很像的寨子

里面大量青石路、篱笆，还有房子的排列，真的极为相似。要造成这样的情况，只有一个可能，就是这个湖底的古寨和巴乃，是由同一个设计师设计的。

可是，村子怎么可能由设计师来设计？村子都是自然形成的，由几千年间所有的村民自发进行调配，寻找最适合建房的地方，寻找最合理的路线，慢慢形成的道路和房屋布局。

最让我在意的是道路的高度相似，村子一旦形成，特别是山村，道路是在很长时间内都不太可能改变的东西，所以叫作"古道西风"。对道路，村民做得最多的是翻修，不可能把整条道路去掉重新开一条，所以我们在很多山村里走的道路，大部分在两晋的时候就存在了。即使在杭州，那些山上的石道，都是很早的时候由寺院里的和尚修造的，现今也只是被政府不断地翻修。

所以，巴乃村子里的古道和湖底古寨的道路高度相似是极不寻常的，甚至可以说是诡异的，对我这个学建筑的人来说更是，脑子里各种以前看过的东西在不停地翻滚，我却不知道自己想找什么。

胖子还没有意识到我想得有多深，问我："天真，你以前听说过这种事吗？"

我摇头让他别问我，这不是单纯的"听说过"。出现两个相似结构的建筑群，历史上这种事情只有一个人干过，那就是汪藏海。他负责设计的曲靖城和澳门城是完全一样的，但那是城市级的范畴，城市是可以被规划的，村庄则完全不同，我从来没有听说过哪里有两个完全相同的村子。

而且，如果两个村子都存在，还可以说是奇观，或者是某个隐世高人的恶趣味，但是，现在一个存在，一个竟然沉在湖底。

不管我怎么告诉自己，不要往复杂的方向想，但直觉总是告诉我，这里发生的事情绝对不是单线的，我现在手里掌握的碎片只不过是那个"真相洋葱"的最外层。

胖子见我没什么反应，又去问闷油瓶，闷油瓶也没回答他，他似乎对这个不感兴趣，只是看着图发呆。阿贵躲躲闪闪道："咱们的传说里，都说村子原来不在那地方，而在羊角山里，会不会真像胖老板说的，这下面的寨子就是我们的古寨，村子不是被火烧的，而是被水淹了，然后咱们的老祖宗就到外面相似的地方按照原来的格局修了一个村子，反正那里的山和我们外面的山差不多啊。"

我对他道："除非你们的老祖宗对堪舆学有很深的学问，否则，就算有意仿照也很难仿照到这种程度。"

这种相似程度，必须在原村没有被淹没的时候就进行精确的规划测量，当时的瑶民还处于较落后阶段，不可能有这种技术手段。

云彩嘟嘴道："老板，你凭什么看不起瑶民？说不定当时真有那么一个人呢？"

我苦笑，不是我愿意这么想，而是如果真这样，那么这事就复杂了。我道："即使有这么一个人也说不通，因为没有任何必要，瑶文化对建筑的规划并不苛刻，何必要搞得和以前的村子一样呢？这个村子的布局并没有什么特别的隐含意义。"

中国有很多村子都是高人建设的。比如说浙江有个俞源村，就是刘伯温根据星象而造，整个村子是一个巨大的星盘。但现在这个湖底古寨的平面图非常没有规则，凭我的阅历，我看不出有什么蹊跷。

"你怎么想？"胖子问我道，"你肯定有点什么想法。"

确实，我有一些推测，但推测其实是没有用的。于是我摇头："我只能肯定地说，这是故意而为，而且花了大力气，因为普通的人就是想修也修不到这种相似度。"

我感到难以理解的是，这种明显的事，当地竟然没有传说。

阿贵有好几代的记忆，他们的村子，年代也非常久远了，也就是说，这种复刻行为发生在很久以前，但从张家楼里的一切来判断，这个玉矿开采的时间不会太晚。湖水的倒灌应该是在玉矿之后，否则矿

很
像
的
寨
子

231

不可能修起来。

三件事情——复刻、湖水的倒灌、玉矿的开采，发生的时间应该是：复刻早于玉矿开采，早于湖水的倒灌。

也就是说，在玉矿开采之前，那个湖是不存在的。村子没有被淹没，即使已经荒废了，它也在那里。

那么，当地人应该就会知道，这里有两个一模一样的村子。就算其中一个后来被水淹了，即便年代久远，也至少会有传说。

而且，这种传说的辐射范围会很广，就是往外几十里，其他村里也会有所流传。

阿贵却说没有任何传说提到过湖底的寨子，这个隐秘的古寨好像是一个意外，竟在历史行进中完全被人遗忘了。

第五十四章

•

镜像阴谋

　　当然这种遗忘可以是偶然的，事实上不知道有多少传说湮灭在历史中，但这种湮灭一般都是大规模的，不会单单只有一个传说消失了。传说断代的地方，要断的也是那一历史时期完全空白，没有任何信息。

　　所以我总觉得这其中有猫腻，这个寨子里的传说和老故事不少，没有明显的断代，却单单没有任何关于"本来有个一模一样的古寨，但是被水淹没"的传说，是否有人不希望这个传说流传？

　　关于这种复刻，我其实有一种非常强烈的直觉，它告诉我这是一出"镜像阴谋"。

　　"镜像阴谋"是日本推理小说中的一种常用诡计。这种诡计的核心是隐瞒，也就是说，阿贵他们的村子是假的，这个假村是为了不让别人发现真实的村子已经消失而建造的。

　　让我有如此强烈直觉的原因是盘马老爹说的魔湖的故事，我当时的推测其实也是一种镜像诡计，老的考古队被抹掉了，一支来历不明的新队伍神不知鬼不觉地替代了这支队伍，这就是"镜像"。

这也可以解释为什么他们会有大火烧了老寨的传说，因为当时的寨子肯定不全是在峡谷的坡上，山里的村子会有很多零星的楼房分布在离村子较远的地方，这些楼水淹不掉，但一定要销毁，就可能使用了山火，为了掩盖山火的痕迹，他们才使用了这种说法。

这种诡计的背后，那就是大阴谋了，并且可能极度血腥，因为村里的人必然会被全部屠戮，杀人者很可能假扮成村民，住进了假村之中，实行他们下一步的计划。

这个诡计发生在很久以前。若干年后，这里又发生了玉矿的事情，之后村子又被淹没了。

一个地方发生这么多的事，显然，这里的村落、山川河流肯定隐藏着什么。

这听着实在太玄乎，感觉不太可能，所以我很抗拒往这个方向思考，反正也无法求证。现在我们只能压制住这些疑问，等待之后进一步的调查结果。

大脑已经完全不够用了，我刚想喝点东西透透气，胖子却又发出一声"啧"，指着图问我："天真，你这样看看，你画的图像什么？"

我凑过去，就发现他拿笔涂黑了一些地方，很快我的平面图就变得斑驳。等他拿起来放到太阳下面，我就愣了。

我发现被他稍微一加工，整个村子的平面图竟然变成了一只动物的样子，有眼睛和爪子，而且我仔细一辨认，立即认了出来，那是一只麒麟。

"越来越好玩了。"胖子喃喃道。

我浑身的汗毛都立了起来，直接能看到的是那麒麟的样子，和闷油瓶身上的很像。

我靠，难道真的来对地方了？我心说。脑子里几个概念不停地闪动，麒麟、文身、平面图，忽然我有一个念头冒出来。

我立即拿着图走向闷油瓶，他看着湖面发呆，已经穿上了T恤，我上去对他道："快快，把衣服脱了！"

他愣了一下，面露不解，我把手里的图给他看，这样或那样不停地解释，他还是不理解，但还是按照我的意思把衣服脱了下来。

我看着他磨叽的动作真是心痒，真想一脚把他踹翻，马上贴上去看，可等他脱了衣服我才想起来，他身上的文身平时是看不见的。

我问闷油瓶这是怎么回事，他告诉我，这种文身是用一种带刺植物的汁液文出来的，平常都是透明的，只有体温超过一定温度后才会突然变成黑色。古时候苗人多有湿热病，这种文身常用来检测小孩子的体温。

当然，要体温超过一定的温度也可以是因为剧烈的运动。闷油瓶在剧烈搏斗或者激动的时候，体温都会升高。

不同的浓度对温度的敏感不同，所以闷油瓶在极端剧烈的搏斗之后，身上所有的文身就会显现出来。

胖子弄来热水袋，我们逼着闷油瓶烫他的胸部，果然，黑色的文身慢慢显现。胖子就道："我靠，这招好啊，我以前作弊怎么不知道这个。"说着我开始仔细看他的文身和我画的地图。

"你看看这古楼的位置。"胖子道，他指了指塔边上路径的走向，"如果巴乃和这个村子是一样的，那么这湖底古楼的位置，正巧在小哥那高脚木楼的位置上，如果贴在小哥身上，就是麒麟的眼睛。"

"哦？"我心中一动，细细一看果然如此，心说胖子果然心细——这有什么深意吗？

胖子道："这样看来能肯定一点，就是小哥，你肯定和这个很有渊源。"

镜像阴谋

　　我"喊"了一声，说："这不是废话吗？"

　　胖子道："非也，这对我们指导意义重大，以前我们只是估计，大概这里会有一些线索，现在我们可以确定了，估计和确定是两个完全不同的概念，我们今后的做法也会改变。"

　　我点头，这倒也是。而且，这个村子的事情才刚刚开始，我们有的干了。

　　胖子接下来和我们讨论了一些指导方向："这事算是有眉目了，我们也不用那么急，反正这村子不可能忽然又没了，我们肯定得继续待着做个系统的调查。另外，周围的村子我们也得一个一个去打听，看看能问出什么来，这是个很长的过程。我看，我们要在这里再待上一段时间，整理一下，然后得回去带点东西过来，接下来可能要长住。"说着他就对云彩咧嘴笑："丫头，咱们相处的时间长着呢。"

　　云彩也笑笑，但是眼神不自觉地瞟向闷油瓶。

第五十五章 ● 不速之客

　　接下来的事情其实没有必要记述，但和之后的发展有些关系，所以也提上一提。

　　二叔在五天后离开了，我不知道他们在那里是否还找到了什么，总之他什么都没有告诉我，但和我约定回杭州再和我好好聊一次。

　　胖子和闷油瓶得到救治之后，很快就出院了。我们并没有立即回杭州，而是再次去了巴乃，胖子断定闷油瓶和那里有关系，在没有得到更多线索之前，我们可能要在那里长住了。

　　我们在四天后又去了那个湖边，在湖中心我们祭拜了那些骸骨，给他们立了坟丘。

　　盘马老爹再也没有出现，这让我很是内疚，但是想到他的罪孽，感觉这也是一种命数。

　　拿着我的专业打捞设备，我们继续进行细致的打捞，希望得到更多的线索。更多的东西被陆续捞了上来，但并没有发现什么特别关键的。接下来，我们准备进入古寨仔细查看那座张家楼的情况。

但就在这个节骨眼上，所有氧气瓶的氧都耗尽了，我们必须去更换。

也巧，最后一天潜水完成，在我们准备上岸返程的时候，湖边出了变故。

当时我们还在湖中心，刚浮上来胖子就招呼我们，抹了一把脸，指向岸边。

我朝岸上看去，发现岸上不只云彩他们，还出现了好多人，竟然正在搭建帐篷。

"我靠，怎么回事？"胖子奇怪道，"这里变旅游景点了？怎么又来人了？"

我喘了几口气，仔细观察，发现来人中有很多是寨子里的村民，云彩正在和他们聊天，而其中有一些人穿得很城市化，不知道来历。更多的人正从我们来时的小路下来，牵着好多骡子，骡子上全是包裹。

这批人我一个都不认识，绝对不是二叔回来了。我们都觉得莫名其妙。

慢悠悠地游回岸上，我越发觉得事情有点古怪，因为看到那些人带着好多只骡子，大包小包的好多东西。几顶大帐篷已经搭了起来，石滩上一片忙碌，几个人只是略带惊讶地看着我们，没有人过多地理会我们这几个穿着裤衩从水里出来的人。

我们完全不知道该如何反应，走到云彩和阿贵边上，我忽然看到了一个人——在盘马老爹家里碰到的那个满嘴京腔、五短身材的家伙，他正在吆喝那些当脚夫的村民干这干那，一脸飞扬跋扈的样子。

这种人我在道上见得多了，想起当时听到的，他应该是跟着一个北京老板来这里的，那么这些人可能都是那个北京老板带来的。难道他们也问出了盘马老爹的故事，准备到这里来找东西了？人也太多了点吧。

他看到我们，也算是见过一面，就和我们打了招呼。我也懒得多想，回了礼从他身边经过，到了云彩那里，问这是怎么回事。云彩轻声说，几个村里人告诉她，有一个大老板雇了他们搬东西到这里，具体情况那些人也不清楚。

这局面比较尴尬，我不希望事情这么发展，但这湖是公家的，你也不可能说不让别人来。这批人的目标是那种铁块，我不知道他们是知道那些铁块的真相，还是单纯就是求财，所以也没法作出对策。

之后他们的人源源不断，六七顶帐篷搭了起来，所有人都是一口京腔，让我恍惚间觉得来到了后海边上。

我们坐下来，一边休息一边警惕地看着他们做事。这其实挺郁闷的，好比你在球场上打球，打着打着忽然来了一堆人，都人高马大，而且人数比你们多几倍，这时候你只能乖乖下场休息。

我一边暗骂一边仔细观察他们运来的东西，看看能发现什么线索。

不看不知道，一看我的心就直往下沉。我发现那些大包裹里，竟然有好几个水肺，好多东西看起来都像潜水设备。

"人家是有备而来的。"胖子哼了哼，"他们知道水下面有东西。"

我脑子转了一下，对胖子道："会不会是北京有什么老瓢把子来这里淘货了？那些人你认不认识？"

胖子道："北京多的是掮客倒爷，潘家园里没几个是亲自下地的，我想可能性不大。这些人不会是四九城里混的，我看也许是咱们不知道的人。这年头，各地都有新势力。"

"你在北京人脉广，你看有一两个认识的吗？"我问道。

胖子摇头："我咋看都没一个脸熟的，你让我再仔细看看，不过这些人的京腔有点怪。你等等，你胖爷我去打听一下，看看能不能问

不
速
之
客

239

出他们老板是谁。"

胖子这就朝忙碌的营地里走去，用北京话和其中一个人打招呼。不过那人没搭理他，胖子是什么人物，立即跟了过去，他们就走远了。

我想着我能干些什么，要么到他们营地里逛逛，看看有什么，或者干脆去找他们的老板。

最终我什么都没干，因为潜水后的疼痛让我站不起身，眼睛和耳朵也非常难受，特别是耳朵，又痒又疼，听声音都非常奇怪，看来这样反复潜水对身体的伤害很大。正思索着该怎么办，忽然我身后的闷油瓶捏了我肩膀一下。

捏得恰到好处，我舒服得一缩脖子，心说这家伙良心发现要给我按摩？我却听他轻声道："你看。"

我把注意力重新投回营地里，看那里有无异样，却发现另一边的林子里又来了一队人，有一个人被人从骡子上扶下来，"五短身材"迎了过去。

"正主儿来了。"我心道。我仔细观瞧，发现那人年纪似乎有点大了，下来之后走路跟跟跄跄的，连腰也直不起来。但他四周有好几个随从，前呼后拥地朝我们走了过来。

我站起来想过去看看，闷油瓶却按住我。我转头看，发现他矮身在我后头，淡淡地盯着来人，对我道："不要让他们看到我。"

"怎么回事？"我心里一个激灵，挺直了身子将闷油瓶挡住，看着他们越来越靠近。

被搀扶着的那个像大人物的人，是一个高大但体形无比消瘦的老头，看得出年轻时肯定非常魁梧。因为被若干人簇拥着，我没有看清他的面孔，只觉得这人非常苍老，走路已经没有力气了，应该已是风烛残年。

边上一干人等有男有女，更加混杂，那个"五短身材"一路似乎在做介绍，他们边说边走，并没有走到我们面前，而是拐入了一顶帐篷里。

等他们走进帐篷，闷油瓶才松开捏着我肩膀的手。我被他捏得气血不畅，揉了几下才问他："怎么？你认识这个人？"

他点点头，脸色铁青道："裘德考。"

"裘德考？"我一下愣了，"这老头就是裘德考？"接着我几乎跳起来。我靠！

这人就是我家不共戴天的仇人，阿宁公司的老板——考克斯·亨德利？我靠，这么说，这些人同样是阿宁公司的，这老头竟然亲自出马了。

一时间我不知该如何反应，裘德考在我心中有一个既定形象，既确定又不确定，是一个长着斯文·赫定那样一张脸的外国人，又有些像马可·波罗那个大旅行家。而在童年时，我的心中，我爷爷和我说的故事里，裘德考是一个最坏的坏蛋，我还把他想象成一只大头狼脸的妖怪，没想到他本人会是如此形容枯槁的一个老人。

大概是这种预判让我觉得非常古怪，十分不真实。爷爷的故事就相当于我小时候的童话书，现在童话书里的人物忽然从爷爷的笔记本里走了出来，一时间很有错乱的感觉。

他来这干什么呢？看这阵势是知道湖底下的事了，蛇沼之后他似乎和我们一样，并没有放弃追查——他也追到这里来了？

可是，我们的调查方向完全是随性的，他们和我们的调查没有相同的基础，怎么会碰到一起？难道他们一直跟踪我们？

想想又觉得不像，如果是跟踪，他们不可能做出比我们更周全的准备。我们就完全想不到这里需要潜水设备，他们却带来了，他们肯定比我们知道得多，至少要比我们知道得早。

我既有点兴奋，又有点害怕。靠，这老头亲自出现在这里，这里肯定非同小可。他这样的年纪肯定不适合舟车劳顿，这次出现必然是孤注一掷。

这下面到底有什么东西？

我转念一想，现在的局面麻烦了，我们和他们的关系太复杂了。我的爷爷和裘德考是世仇，虽然现在我没有任何报仇的想法，但这层关系让我不可能对他们有任何好感，而且三叔和裘德考之间的恩怨更是剪不断理还乱。我们两方之间即使没有敌意，也有极强的竞争关系，在敌强我弱的情况下，我们得好好想想该怎么来处理关系。

还是走一步算一步吧。

我压下毛刺刺的心跳，又想起了一件事——闷油瓶不是失忆了吗？怎么会认识裘德考？而且他躲什么？

我转过头问他，他还是看着帐篷的方向，道："我在医院的时候，见过他一次。"

"医院？是北京还是格尔木？"我想起我们是被裘德考的人从柴达木接出来的，不过不记得碰到过裘德考，他当时受的打击应该比我们更大。

"北京。"他回道，"就在上上个月。"

那就是在北京治病的时候。我靠，裘德考见过闷油瓶，胖子怎么没告诉我？

一想，胖子这个人要说义气绝对够义气，但要他照顾人肯定是不行的。我在杭州时，让他看着闷油瓶，想必他也是做一半放一半。而且闷油瓶这种人，单独和任何人相处都很困难，没有我在其中溜须打屁，胖子那没溜的性格肯定和他是大眼瞪小眼。闷油瓶见到裘德考的时候他不知道在哪里溜达，所以肯定也不知道。

想起这个我就想骂人，闷油瓶是我们手中的一张大牌，怎么他见过裘德考我们都不知道？也就是说，如果裘德考狠点，闷油瓶被他接走都有可能，那我们上吊都晚了。胖子真是太不上心了。闷油瓶也真是，什么都不说。

"他找你干吗？"我问闷油瓶，"你怎么没和我说啊，老大？"

　　闷油瓶没有回答我，而是立即闪回了我身后。我回头一看，裘德考被人搀扶着从帐篷里出来，向四周望了望，戴上了帽子朝一边的树荫走去。

　　"你躲什么？"我问道，"被他看到又怎么样？可能他早就知道你在这里了。"

　　闷油瓶摇头，对我道："我们不能让他们抢先，必须拖延他们的时间。"

　　"你想干吗？"我问道。

　　他指了指一边堆着的潜水器械："我们去抢水肺。"

不速之客

第五十六章 ● 使坏

我立即明白了闷油瓶的意思，我的脑子灵光一闪。

只想了个大概我就不由得叫好。

我们没有水肺，如果裘德考他们有任何行动，我们都只能干看着。而回去拿水肺再返回的时间里，人家说不定早就搞定开路了。如果这水下有什么关键之处，那么我们绝对没有机会获得先机。

确实如闷油瓶所说，这可能是我们唯一的机会了。唯一的办法是在他们还没有反应过来的时候去抢水肺，然后使其报废，这样没有了氧气瓶，他们有压缩空气机也没有办法。这是典型的先下手为强，在别人完全没有想到的时候就行动。

不过，现有的条件下是否能抢到？我抱有疑问。水肺放在河滩上靠湖比较远的地方，我们过去拿了就走，就算闷油瓶能一个打十个，他也照顾不到我们，在冲到湖里之前我和胖子肯定已被按住抽死了。

想了想，我道："你说得有道理，但这事急不来，人家这么多人，咱们不可能现在就挺着个肚子上。等到晚上，咱们偷偷摸过去偷出来。"

闷油瓶摇头："我们没有晚上了，一旦安定下来他们会立即下水，你看。"

他指向一个方向，那里已经有好几个人在湖边打充气筏，还有人走入了湖中，显然是潜水员在观察环境。

"他们为什么这么急？"我奇怪。

闷油瓶顿了顿，忽然道："也许，没有时间了。"

我愣了一下，这句话在他嘴里说出来很有深意，不过我没工夫仔细琢磨。

我小跑过去把胖子叫了回来，胖子一听我们的计划，"啊"了一声，摇头道："我靠，我刚和他们套了近乎咱就去抢劫？胖爷我的名声不得臭了。"

我道："这水下如果有明器，他们下水后可就全摸走了，你是要明器还是要名声？"

胖子想了想道："真奇了怪了，我觉得天真你的话特别容易说服人。那咱们就先不管名声了，你说咱们怎么做。"

我想了想，硬抢肯定不行。我让胖子去准备我们的小木排，重新装满石头，我们不可能背着负重的铅块冲进湖里，那么只能用石头来负重。之后，我们必须想一个办法吸引那些人的注意力，以便能迅速地拿到水肺。

水肺到岸边的距离，如果全速奔跑，大概只需要三十秒的时间。但在这条路上有很多人在忙碌，只要我们略一停顿，肯定会被人追上。在这么多人的眼皮底下偷东西，需要相当好的技巧和心理素质。

这个我很不内行，怎么想也觉得不可能。而且经闷油瓶那么一说，我觉得特别紧张，感觉自己马上就要没机会了。

这时候还是胖子最有办法，他看了看那些人，又看了看水肺的位置，忽然道："你们会骑马吗？"

"怎么？"我问道。

他指了指一旁的骡子，给我们打了个眼色："看过咱们蒙古骑手夺羊吗？"

我一下明白了他的意思，皱眉道："骡子和马不一样，骡子跑不动啊。"

"我靠，我们又不赛马，我们只要它跑几十米。这东西这么大个子，跑起来谁敢拦？问题只有一个，中途千万别摔下来。"

我想了想，有门儿，立即狂点头。胖子马上就去准备，我们先把木排推到湖里，然后回来，找到了看骡子的人，掏出钱说想借骡子去运点东西。

那人在村里见过我们，有钱当然赚。胖子就问他："骡子什么时候跑得最快？"

那人道："发情的时候，拉也拉不住。"

胖子道："这个难点。有啥需要避讳的？骡子最怕什么？"

我们三个人拉着骡子，慢悠悠地走到他们忙碌的营地里，到了放水肺的地方。我们互相看了看，我已经紧张得全身冒汗了。三个人牵着骡子，感觉特傻，跟墨西哥那些农夫一样。不过，倒没有多突兀，因为四周好些骡子都在那里卸东西。

水肺裹在一个大的帆布包里，几个包是连在一起的，胖子把骡子赶了赶，走近了点，之后给我打个眼色，让我去解开绳子。

我看了看四周，没有人注意我们，刚想动手，忽然听到后面有人喊了一声："喂！你们是干什么的？"

我条件反射地猛然回头，看到一个女人正朝我们走来，而且在树下纳凉的一行人也都站了起来。我一下就慌了，心说怎么办，被发现了？在那一刹那，胖子一个箭步冲过来，抓起水肺就大叫："上骡子！"

我一个激灵也抓起了水肺，三个人立即上了骡子。胖子用力一抽骡子屁股，大叫道："骡子疯了！让开！"

受到惊吓的骡子，扬开四蹄就狂奔了起来。

别看骡子平时走路慢腾腾的，猛地一跑我差点儿没坐住，加上胖子和我的水肺是连在一起的，我们两个互相拉扯，好像玩杂技一样，十分危险。

四周人的注意力全部被我们吸引了，后面的女人迅速反应了过来，大叫："拦住他们！"

胖子估计得一点也没有错，这骡子跑起来声势惊人，往前狂冲而去，把前面两个正在搭遮阳棚的人吓得立即闪开，甚至摔倒在地。胖子还在叫："让开！当心！"

三个人狂冲向湖边，后面那女人的叫声完全被尖叫声淹没了，而且这种情况谁敢上来？被骡子踩上一脚那可是伤筋动骨的事情，一时间湖边鸡飞狗跳。

我还没反应过来，骡子已经冲到了湖边，它怕水，一个急转身把我们几个都摔了下来。

我的额头磕在石头上，随后被胖子扶了起来，骡子继续狂奔。我回头一看，那女人带着几个人冲了过来，我们立即转身往湖里冲去。

到了湖边，我们一下就占了优势。这湖的水位下降得非常快，我们冲入湖里几下就到了脚够不着地的地方，拖着水肺往深水里冲下去。

游出好几十米后我回头一看，那几个人也下水了，正朝我们游过来。我们游到小木排那儿，抱起石头，胖子大叫："沉！"

三个人一个猛子往水里一压，迅速往下沉去。在水下只见上面几个人已经游到了我们上方，差一点就被他们拽住了。有几个人潜水下来捞了一圈，但是很快都浮了上去。

在水下，我们从容地套上水肺，戴上潜水镜。

到底是专业设备，一下四周就清明了。我用鼻子排水，把潜水镜里的水排出去一半，负上水肺，戴上脚蹼，几个人都已经穿戴整齐。

裘德考的装备果然是高级货，腰带上还有一条工具带，里面有LED LENSER的潜水手电、潜水匕首和单体氧气罐（一罐可以坚持三分钟）。

把这些东西运到边境需要大量的手续，裘德考看来背景不浅。

全部检查完毕，我已经沉到了湖底，有了水肺潜水能潜到两三百米，这点深度我完全不放在眼里了。关键是对手没有水肺了，完全不用担心有人会下水来撵我们。

胖子给我们做了个手势，指了指前方。这里离我们之前下水的位置还有一段距离，水相对较浅，前方幽深一片，古寨就在前方。我们必须离开这个位置，这湖说大不大，说小不小，只要我们游了开去，在另一个地方上岸，他们就只能干瞪眼。

于是打开手电，跟着胖子前进，最后到达了古寨上方，将铅块和氧气瓶都沉了下去，看着它们掉入寨子的中央。然后我们一路潜泳到达湖泊另一边。我们偷偷上岸的时候，正看到湖对面一群气急败坏的人。

后来，阿贵和云彩在山中接应了我们，我们心中暗笑，潜伏而回。

盗墓笔记

陆

邛笼石影

第一章 ● 兜圈

　　因为我们已经在外相当长时间了，所以必须回各自的地方看看。于是我们制订了计划，胖子负责装备的准备，而我继续收集资料的工作。

　　回到杭州后，我开始实行我的计划。

　　和胖子制订计划的时候，我还没想明白这资料应该怎么收集，后来细想了一下，要了解闷油瓶的身世，可能还需要从正规渠道入手。之前的调查证明了道上的人对他不了解，那么20世纪80年代参加考古队，组织上应该有记录。那个年代，参与这种项目都要身家清白，我就想是否能在长沙的老档案里寻找到线索，至少能找到他的组织关系，进而找到一两个认识他的人，或者一些蛛丝马迹。于是我准备从这方面入手。

　　不过，城市档案馆里的人事档案是保密的，老档案更是没红头文件拿不出来。这支考古队是20世纪80年代初期组建的，还出了事情，很可能属于保密范畴，要看到没那么容易。要找档案，最好的办法是从当年派出考古队的研究所下手，到现在隔了二十多年，说实话时间还不算太长，档案应该还在。

我并不知道具体是长沙哪个研究所，不过那时候不会有现在这么多的名目，和考古有关系的研究所可能只有一个。当时大部分都是学生，那么很有可能是大学里的单位，应该不难查找。

几番查找，果然如我所料，确实有一个老研究所的情况和我想的一样。研究所已经合并了，旧址就在一所著名大学的校园里。那所大学即将搬迁，我过去看的时候，外面一溜儿全是大大的"拆"字，地皮估计已经卖给房地产公司了。要是再晚几个月来，可能只看到一片平地了。

这就算是有了线索，研究所合并，那么档案可能合并到新的研究所里去了，也有很大的可能还留在大学的档案室。毕竟时间过去那久，我不是很相信二十多年前的档案还会有人上心。

不过这事儿不好打听，我托了关系，在三叔的老关系里绕了几个弯儿，找到一个在研究所里工作的人。那主儿姓杜，名字很有意思，叫杜鹃山。我送了他两条中华烟，问明情况，他就说办公地点都换了，但是档案都在学校里，研究所和大学还有裙带关系，他们很多人都是大学里的讲师。我要想看，他可以带我进去，除了门口不方便，里面还是比较宽松的。不过老档案很难查，他叫我不要抱太大的希望。

闲话不多说，那一晚我就去了。这大学的老楼看得出是以前医院改建的，老档案的档案室在大礼堂的地下一楼，有一百来平方米，简直是个仓库。没费什么工夫，我和杜鹃山顺着低矮狭窄的楼道就下去了。下面连灯都没有，一片漆黑，用手电一照，里面全是一排一排的木头架子，上面都是牛皮纸包的档案袋，厚的薄的，完整的破损的，横放的竖放的，大部分上面都有一层灰，闻起来有一股纸张受潮的

兜圈

味道。

杜鹃山告诉我，经常用的1995年之后的档案已经全部搬走了，剩下的都是长年累月不会动的，估计到要销毁的时候也没人会翻这些。

我看着这情形，感觉阴森森的。不过这正好，8月的长沙气温颇高，晚上会感觉凉爽些，加上这一阴，凉丝丝得让人很舒服。我咬着手电扇着扇子，在一个个老木头架子前面细细翻找。

说起来，我知道清华大学有一个图书管理系，当时感觉奇怪，图书管理有什么好学的。看到这档案室的规模，我才明白，能管理这些东西的人，那也叫天才，看这些书架，普通人肯定眼睛发黑。这还只是一个研究所的单位档案室，要是国家档案馆，上兆的文件量，那得多少人去处理才能玩得转。

杜鹃山怕我闯祸害他，一直在边上看着，帮我一起找，他问我一些细节问题，好帮我过滤。

出于一些特殊原因，中国的档案制度很完善，只要文件在，按照一定的规律，肯定能找出来。可惜我现在好比无头苍蝇，只知道大概的年份，连那考古队的编号都不知道，只能每一份都翻翻。

找了半天一无所获，我的想法是按照年份找。这里所有的档案都按照年份分类排序，那么只要在1980年到1985年的档案中寻找相似的考察档案，就能从里面得到参加者的信息。长沙地处楚地，虽然考古活动相对较多，但是数量也没有多少，一个架子就摆满了。但翻完了五年间的档案，我没有在其中看到任何和广西考古有关的文件袋。

我心说，奇怪，问杜鹃山其他地方还有没有。

他摇头，说这里没有那基本上就是真没有。除非，这档案在机密档案室里，那就不放在这个地方了。再不然，就是被特别销毁了。

我心说，这也不太可能，考古就算是什么机密，也没有机密到那种地步。

他安慰我说："这是常有的事情，也许像你说的，那考古队之后失踪了，这算是大事，也许为了保密把档案处理掉了。"

我们把档案袋摆整齐，心中很有些郁闷，不过也早预料到事情没有那么容易。

我悻悻地走出档案室，一边为我白花了两条烟可惜，一边想接下去怎么办。如果这条路也行不通，那真的如闷油瓶所说，他完全是一个和这个世界没有交集的人。

这时候，我忽然看到面前的楼梯间还有往下的楼梯，似乎这档案馆地下还有一层。不过楼梯口有一道铁门，上面锁着一条很粗的生锈铁链，在门边上还贴着不知道什么年代的封条。

"这下面是什么地方？"我问道。

"这是20世纪50年代以前的档案室。'文化大革命'的时候就锁住了，三十多年都没人开过这道门了。"

"真的吗？"我拿手电去照，清晰地照出那生锈的锁链，已经被人剪断了，只是挂在上面装装样子，如果不仔细看，还真不容易发觉。

第二章 ● 老档案

铁链断开，生了一层老锈，链条上全是蜘蛛网，显然不是最近发生的事情。

"咦，"杜鹃山也很惊讶，"这是怎么回事？"

"没事，这只是意味着你说错了，有人在这三十年里进去过。"我道。透过铁门的栅栏，我用手电往下面照了照，楼梯上堆了杂物，灰尘就更不用说，一股陈年旧味传上来。

"你不会想下去吧？这里头多脏啊。"他道。

我也在犹豫是否有下去的必要，这好像和我来这里的目的毫无关系。铁链开着，可能有一百万种理由，甚至可能压根儿这锁链就没锁上过。可就算有无比离奇的理由，又关我屁事。想到这儿我就放弃了。

我正准备离开，条件反射下手电光一甩，就照到门边的封条上了。

可能是做拓本留下的后遗症，我看到毛笔字总要去看一眼，也可能是这封条的位置有点古怪，太低，有点扎眼，我下意识地看了一下。

一看之下，我愣住了，因为我发现，老旧的封条牢牢地贴在门上，并没有断开。

"奇怪，你看。"我对杜鹃山道，"看样子这封条是后来贴上去的。"

他凑过去看，也觉得奇怪："可能是所里发现这铁链条被剪断了，所以贴了封条上去。"

"那更怪，为什么不重新搞个锁链锁上，封条有什么用？"说着，我去照封条上的字，"铁链都搞开了的人，会害怕封条？"

"这里面又没什么值钱的东西。也许他们觉得里面东西的价值，还不如买一条锁链呢。"

"有道理。"我觉得有点好笑。有一个道理，其实拥有东西，并不意味着拥有这些东西的价值。这些老档案，对现在的人来说，不仅没有价值，而且可能处理它们需要很多资金，这就是现在它们还躺在这里的原因。

封条上面的字是"1990年7月6日，××大学考古研究所封"。我是做拓本的，对笔迹很有直觉，封条上的那几个毛笔字写得不错。这手书法肯定是模仿一个比较常见的书法家，因为我感觉非常眼熟。

看上面的日期，上封条应该是1990年的事情，那时候文锦已经失踪了，这事应该和他们没关系。我心里叹道，得，希望完全破灭，回去从头再来吧。

于是招呼杜鹃山开路，他也不想在这里待太久，毕竟不是什么好事，听到我说走，他松了口气。

我们两个从原路出去，一切顺利。文明世界比古墓轻松多了，我是一点也不紧张，就算被人看到又如何？来一百个警卫也没粽子狠啊。

回到宾馆，我心里很不自在，这么一来其实我眼前的路窄了很多，如果档案都查不到任何线索，那还有什么方面可以去琢磨呢？

想着有点不可思议，为什么会没有档案呢？难道真如杜鹃山说的那样？那可能性其实不大，事实上如果西沙的事情发生过，档案肯定在那里。那些档案并不是一个袋子就能装完的，如果要销毁，可能半排档案架都会搬空。但是那些档案塞得很密实，不像是被人抽掉过的样子。

我想着，忽然想到也许我的先入为主就错了，考古队里有学生，也有可能并不和大学有关系。这些学生也有可能是工作了的实习生，那么，也许文锦所在的，并不是这个研究所。

想到这个我心里好受多了，重新打开电脑，找合并之前其他研究所的资料，并一一抄下来，准备明天继续找人问。反正我有的是时间，不如一个一个地查一遍，免得留遗憾。

抄完之后，我躺在床上过滤了一遍，寻思接下来是什么流程。这些单位有的严，有的松，得从最简单的开始干。

看着我抄的信息，忽然感觉有点不太舒服，好像这本子上的信息哪里有点让我在意，我仔细辨认，发现是其中反复出现的"研究所"这三个字，让我总好像有点什么感觉，仔细去想又没头绪。

难道是强迫症犯了？我笑了一下，忽然间浑身一震，那个封条从我脑海里闪过。

研究所，研究所，研究所。

封条上：××大学考古研究所。

我靠，我猛然醒悟，难怪我刚才会看那封条上的字那么眼熟。

那竟然是我自己的笔迹。

第
三
章

●

笔
迹

我头皮麻了起来，浑身发起抖来。我心说：这是怎么回事？1990年，长沙一所大学里的封条上竟然有我的笔迹？

不对！肯定是看错了！我心想，不可能会发生这种事。但心里很明白，我对笔迹的直觉，那是几万个拓本看下来的职业本能，绝对不会骗人。

那就是巧合，我学的是瘦金体，也许那人也学这个字体，在神韵上有点相似。

我拍着脑门，给这事找了一百个理由，好比男人在出轨之后想找借口为自己圆谎。想到最后，我自己都觉得可笑，知道这些借口绝对骗不了自己。

看了看手表，已经半夜了，这时候再叫杜鹃山出来已经不现实了。但是我今天晚上绝对睡不着了，反正那门在档案室外面，不用钥匙就能看到。于是我收拾了一下，拉上王盟，再次出发去那所大学，看个究竟。

打了出租车过去，没杜鹃山的工作证，门卫不让我进去。读过大学的人这点事情不会处理不了，我转头去边上的小卖店买了包中华，很轻松地混了进去，一路凭着记忆回到学校的旧礼堂。

整个学校灯全灭了，只有路灯照明，周围黑得要命。然而我心急火燎，根本没有在意，一路到了地下的档案室，直接就去看封条上的字。

封条自然没跑，就在那儿。我的心脏狂跳，好像要看女澡堂似的，急忙用手电照去——

1990年7月6日，××大学考古研究所封。

这一次我看得清晰，脑子里也清楚，每一笔、每一画都看得清楚，看着看着冷汗就从我的脸颊滑落下来了。

这真的是我的笔迹。

我整个人愣在了那里，几乎就要崩溃。

普通人只要间隔时间不是太长，都能认出自己的笔迹，更不要说我是干这一行的。这绝对是我的笔迹，不可能有任何借口。

1990年我是几岁？十三岁？十五岁？那时候我知道瘦金体吗？他可能连瘦猴体都不知道。这是怎么回事？

"对于我，一切都结束了，但对你来说，其实什么都没有开始。"

三叔的话在我耳边响起，那种久违的头痛欲裂的感觉，又在我脑海里盘旋。

我深吸了一口气，想驱散这些东西，脑子里开始重组这些片段。以前的经验告诉我，这时候郁闷一点用也没有，而且一旦烦躁起来就很难平复，必须在烦躁之前冷静下来。

我又想起了文锦寄出的录像带中，有一个非常形似我的人，在格尔木的疗养院里攀爬。当时文锦没来得及给我解释。三叔说，文锦他们并不简单，我当时以为那是他的意气之言，现在看来，倒也确实可疑。

我身上到底发生过什么事情？这到底应该怎么解释？表面上看去，似乎这个世界上不止一个我，还有另外一个我，在二十年前，在这个地方写下了这样一张封条，差不多的时候，又在格尔木的老房子里被拍了下来……

我心乱如麻，没有一点头绪，这比三叔的事情还要让人头痛。

拿着手电，我往封条后面的空间看去，假设这封条是"我"贴的，那么，显然这就有戏了。至少能肯定，写封条的"我"，和这个研究所有关系。

这个他们认为三十年没有人进去过的地下室，不仅有人进去过，还牵扯到这么诡异的事情。我不禁好奇当时会是一种什么样的情况。看样子，我不得不进去看看这下面是个什么情况了。

下面黑咕隆咚，犹如古墓的墓道，我又有在格尔木的惨痛经历，不由得有些畏惧。不过想到这里是长沙市区，不远处就是一个社区派出所，文明世界一向靠谱，总不会出现校园鬼故事中的情节。于是我擦了擦汗，一边扳锁链，一边觉得郁闷，早知道重点在这里，那一包中华就搞定了，何必买两条孝敬那只杜鹃。

这铁链子足有二十斤重，锈得极其厉害，动静格外大，能想到当时锁这门的必然是个实在人。我扯了两下，忽然有个不好的念头，这么粗的铁链，该不是里面锁着什么吧？

但我随即把这个念头驱除掉了，这怎么可能？

我小心翼翼地把铁链抽出来，放到一边，满手都是锈渣。扯破封条，往下走的时候，我吸了口气，被腾起的灰尘呛得眼泪都出来了。

下面的楼梯上乱得一塌糊涂，全是旧的桌椅。我走下去，看到一扇和上面档案室一样的门，没上锁。往里面照了照，那完全是和上面一样大的房间，不过，里面并不是档案，而是堆满了杂物。

照了一圈不由得有点失望，这里完全不是杜鹃山说的老档案室，

笔迹

而是一个杂物仓库。而且看这些垃圾，可能这房子造好的时候就堆在这里了，积了厚厚的一层灰。

我用手电四处乱照，拉起T恤捂住口鼻，灰尘的味道实在呛鼻，让人很不舒服。

我还在地上看到了凌乱的脚印，脚印上也有一层灰，显然离踩上去的时间不短了。这可能就是当年发生事情的时候，踩出来的脚印。

脚印叠成一条，能看出有两到三个人，走得很飘忽，但能看出是一直往仓库的里面去的。

我顺着脚印前进，看看四周的杂物，说不出那些是什么东西。往深处走了几步，勉强能看出有很多大木头箱子。

我看到这几个箱子，想到一个故事。在国家档案馆的仓库里，发现过几个木头箱子，里面全是敦煌的藏经，是一次缴费的时候运来的，结果因为新中国成立初期没人清点，一直放在那里，搬迁的时候才发现。不知道这个仓库会不会有这样的宝贝。

不过这箱子的规模我看着很头大，以我一个人的力量，不太可能查得到当年在这仓库里发生了什么，太乱太脏了。我就算发现点线索，也没力气搬开这些去查。

跟着脚印走到仓库的尽头，那里的杂物稍微少了一点，放着一个正方形的大箱子，用什么东西盖着。脚印一直走向那个箱子，我蹲下去看，发现他们并没有在箱子前停步，脚印是被压到箱子下面了。

"老板，这个箱子是后来推过来的。"王盟道。

那就是说他们把什么东西挡了起来。这箱子和墙角的角度，必然会夹出一个空间，这里面有什么要挡起来？我转身对王盟说："去，推开。"

"啊？"王盟脸都绿了，"老板，这……"

"叫你去就去！"我道。他只好咽了口唾沫，小心翼翼地去推箱子。这箱子极重，他脸都憋成了猪肝色，才将箱子推到一边。我拿手电一照，看到后面的夹角内有几大堆档案。

第四章

●

找
到
了

　　这些真的可算是老档案了，被老鼠啃得七零八落，上面全是老鼠屎。我随手抽了一张，发现应该是当时的老文件，一抖全都是灰。

　　如果有人翻动过，必然会有不同，我吩咐王盟仔细去看有哪些地方可疑。

　　王盟轻手轻脚地在文件堆里走动，不久就有了发现，我过去一看，原来在地上，有几摞文件放得很整齐。四摞文件并排拼成一个正方形。

　　王盟道："老板，你看是不是这么个意思，这人在这里翻开文件，站着太累，就用这些文件做了一个凳子？"

　　我点头。确实，我几乎能想象到当时的情形，那人坐到那个文件凳上，这样可以看得更加仔细。

　　我转了360度，看看那人坐的时候面朝哪个方向，这时发现面向背面的话，一边的架子正好可以放手电当灯。我一边在脑子里重现当时的情形，一边把手电放上去，低头看脚下。拨开灰尘后，我又看到我的面前果然有几个陈年的烟头，而在正前方，还有一摞文件摆着。

这里的一个信封起码有四五斤重，散乱的文件不可能端在手里看。我面前的这个文件堆可能被他用来当桌子了，他当时看的东西就放在这上面。一边抽烟一边看，这小子还挺悠闲的。

可还是没用，四周全是文件，到底他找的是什么没法推测，也许他找到了他要的文件就带走了。

我有点着魔地做了几下翻开文件的动作，想到封条上的笔迹，不由得生出一个鬼使神差的念头。

暂且不论其他，如果那封条真是"我"写的，我会怎么看文件？

我让王盟递给我一个信封，然后打开它放在前面的"桌子"上，拿起一张翻了一下。接着回忆平时的习惯，一边琢磨一边用右手将看过的几页叠在手上，等到了一定厚度，就远远地放到一边，放得很端正。

这是我的一个习惯，因为搞拓本整理的时候，往往整个桌子都是纸张，乱得很，理好的东西，我喜欢远远地放开，这样可以和别的文件区分。这个放开的距离，必然是我的手能够够到的。

我环视了一下四周，看看这个距离内有没有我能用来放东西的地方。这时果然看到有一沓纸在我右手边的一个箱子上，我伸手过去，距离正好。

这时我心里咯噔了一下，有点抗拒，如果这真被我猜对了，那岂不是就证明了，在这里看东西的人真是我！不过，只犹豫了一下我就把纸拿了过来，管他呢，反正都死过一次了，这种事有什么好担心的。

我将一沓文件放到面前的文件堆上，第一张是一份表格，好像是津贴预算，有几个人名，津贴最多的是447.92元。我对当时的工资制度不太明了，不过这么多津贴在当时肯定是天文数字。这种津贴一般是给苏联人的。我对这个不感兴趣，我注意到表格的角落有一行字："广西上思张家铺遗址考古工程外派人员津贴表。"

对了，就是这个！

我翻了翻，所有的页数都已经打乱了，下面是表格的延伸，都是一些人名，在最后有一个章，确实是这个考古研究所的戳。我在这个戳里看到了一个日期，是1956年的文件了。

再后面是数据汇总，不是油印的，全是手写的记录，什么几号室、长宽，还有示意图，字迹潦草。因为刚才的事情，所以我下意识地看了一下笔迹，发现完全是陌生人的字。笔迹有大量的不同，显然不是一个人在记录这些。

我迅速地翻看，到十四五页之后，才看到不同的东西。

那是一张什么东西的平面图，但不是现代的那种专业平面图，而是用毛笔画的那种。

我仔细看了看就意识到了这是什么。这是一张清朝的"样式雷"。

"样式雷"是一个代称，其实是一个"雷姓"的清朝御用设计师家族。他们主管皇家建筑几乎所有的设计工作，不过当时工匠地位低下，就算是天下第一的工匠家族，在普通人眼里也一直籍籍无名。现代大部分人也不知道有这样一个家族的存在，只有我们这些搞建筑园林的才知道"样式雷"有多牛。中国五千年的历史，"样式雷"只存在了两百年，但是中国的世界文化遗产，有五分之一是"样式雷"造的，这个不得不服。

颐和园建成之后，"样式雷"忽然没落了，有人推测这和当时的清朝再也无力建设巨型建筑群有关。不过"样式雷"的衰落很是蹊跷，我看过一个报道，"样式雷"是一夜弃官，速度非常快，不知经历了什么大变故。

在衰落后，"样式雷"的后人出售了大量祖先的"烫样图纸"，

找到了

这些东西是中国建筑集大成的结晶，数量极多。有一部分流失海外和民间，国内官方也拥有相当的数量，所以还是比较常见的东西。在我们系，学园林的，学规划的，都对这个熟悉得不能再熟悉了。所以我看到图纸后一下就认了出来。

这图应该和张家铺遗址有关系，这么说，遗址应该是清朝时候的东西了，可能还是"样式雷"的作品。

这是一张重抄件，正件必然在博物馆里。

我对这些东西有些兴趣，便仔细看了一下。图纸上画的是一个大庭院，应该是一座宅院。看规模，几纵几深，相当大；看结构，应该是民宅。

"样式雷"是皇家设计师，设计民宅的机会很少，这宅子的主人肯定是个大官或者颇有来头的人。

我察看边上是否有小楷标注宅子的名字，却什么也没看到。

后面几张也是相同的图样，大部分都是"抄平子"图。"样式雷"的设计图极其精细，各种角度、单一的建筑、分解的部件都会有记录。四周的风水、地貌，甚至有"抄平子"的整块地面的巨型经纬网格方位图。

我翻了一下，有十几页。

最后面是文件的索引页，表明里面有多少东西。我心中一动，拿着和里面的东西对了一下，发现光凭页数，里面就少了六张纸。

如果猜得没错，这可能是当时被那人拿走了。现在我手里的东西都不是关键，不过，即使如此，这对一点线索也没有的我来说，已经是很大的突破。

我整理了一下手里的文件，看了看四周，就知道在这里再不可能有什么收获了，于是招呼还在翻找的王盟回去。

叫了几声，王盟才回过神来，我走过去问他在干吗，他用手电照着仓库的角落，问我道："老板，那是干什么用的？"

我抬头看去，看到那边的杂物后面，有一个用铁条横竖焊起来的笼子。

我们走过去看，笼子有半人高，锈得一塌糊涂。王盟用手电朝里面照了照，看到了一个破碗："是不是养狗的笼子？"

我摇头，这笼子横竖的铁条焊得很密，关一只狗没必要焊成这样吧？也许是之前造房子时留下的钢筋边角料，我心说，这就不是我能管的了。随即让王盟别磨叨，我急着去核实一些东西。

我们从原路直接回了宾馆，他去洗澡，我直接上网，开始查手里的东西。

先是找所谓的"上思张家铺遗址考察"的信息，一无所获。我一想，20世纪50年代的事情，也不太可能上传到网上，就是有，估计也是只言片语，所以接着就查了地名。

搞我这一行的，对广西一带并不十分在意，那边虽有古墓，但是气候和湖南、陕西、山西这些地方大不相同。到那里住三天，没下地就先灌汤药，不要说进当地的原始森林。风土人情、民族分布、习惯都不同，那不是我们这种人混的地方。在旧社会，对中原人来说，那是只有真的走投无路才会去的地方。

这一查还颇为吃惊，不过当地山峦地貌差异太大，虽然很多从中原过去的汉人在那里也按照中原的风水习俗来定阴阳宅院，但概念完全不同。这种地方倒是那些民间新盗墓贼的天下，我听说有人在广西盗大墓，直接用挖掘机挖，这比南派出格多了。

网络上面资源有限，我身上黏着汗，查了一下，空调一吹，我也冷静下来了，于是先去洗了澡。边洗边想，我就走神了，出来的时候内裤都没穿，把王盟吓了一跳。

我发现自己思绪很乱，这些东西都太散，以我个人的智慧显然很难在这么短的时间里把所有的问题都想全了。

"样式雷"的图样是个很好的线索，但是这种图样留世非常多，

找到了

265

也没有一个很好的完整索引。所以从"样式雷"上找线索犹如大海捞针，更加不靠谱。

当天晚上我琢磨着就睡着了，脑子里乱七八糟的，早上起来昏昏沉沉，我用冷水冲了一下头让自己清醒过来，之后将这些东西全部扫描了一遍，发给一些我认识的人。

266

我又去拜会了几个亲戚，都是走过场的路子，同时想着能找谁去问这事。这时我忽然想到了一个人，那人是我爷爷的忘年交，在我小时候也挺喜欢我，叫老王头。这家伙和我是同行，以前在园林设计院，专门给古建筑检修的。于是买了点小酒小菜，登门拜访。

N年没见了，我寻思这老头估计还是以前的脾气，也就没怎么客套，直接说了实话。

老王头翻开图样看了看，才几秒钟就道："你确定这是人住的宅子吗？"

我听老头子话中有话，就问他怎么说。他道："你自己学了这么多年建筑，这都不会看吗？你看看这房子的采光。"

我心说我会看设计图，但是"样式雷"我不会啊，那又不是国标软件画出来的。接过来大略看了一下，我突然意识到这和设计图没关系，问题在这宅子的布局上。我倒了几下，确定东南西北，仔细一推，心里一个激灵，确实有问题。

这宅子这样设计，屋檐下的所有屋子，几乎都照不到阳光。而且连反射光都没有，可能外面烈阳高照的时候，里面也会黑得一塌糊涂。

"这……"

"这是暗房。"

"样式雷"怎么会设计这种房子呢？我心道。我仔细地再琢磨了一下，发现这宅子设计得非常巧妙，处心积虑地规避光线。虽然那么做也不能保证一点光都照不进去，但至少可以肯定是有意布局成这样的。

难道这房子里住的人不能见阳光？吸血鬼？这是扯淡。我想到了"黑眼睛的眼睛"，难道这房子里的人也和他一样没法见强光吗，或者是皇帝突发奇想，想造一幢房子用来躲猫猫？

"你以前见过这种房子吗？"我问老头子。他皱眉摇头："反其道而行之的倒有。这房子，没法住人啊，不过我倒是知道古代有一种地方，与这个有类似的要求，但没有这么严格。"

"什么地方？"我心中一动，追问。

"义庄。"

"义庄？这么大一个宅子全放的是死人？"

这肯定不可能，义庄不会规模如此庞大。我能明确地看出这房子有很多不同的结构，应该是明清时的普通民宅。

"你从哪儿搞到这东西的？"老头子问我。

我自然不能说实话，就说是从市场上淘来的，老头子显然相当有兴趣，就让我转给他，让他好好研究一下。

我自然不肯，不过想想放在我这边也没有多少用处，就问他能不能去行内帮我再打听打听这东西的情况。如有进展，这东西白送也行，分文不取。

这礼做得比较地道，老头子欣然答应不提，晚上还百般挽留我，请我喝酒。

老头子一个人住，到了晚年也比较寂寥，我来这里之前已经想过陪他一段，和他聊聊，所以就留了下来。两个人喝了半斤酒，他和我滔滔不绝地讲起"样式雷"的事情。

他告诉我，"样式雷"其实在明朝末年已经是工匠世家，到清朝，第一代入宫者为雷发达。当时康熙重修太和殿，上梁之日，康熙率文武大臣亲临行礼，可是大梁是一条旧梁，竟卯眼不合，悬而不落，工部长官相顾愕然，唯恐有误上梁吉辰，急忙找来雷发达，并授予冠服。雷发达袖斧猱升，急攀梁上，高扬钢斧，只听"咚、咚、咚"连响三声，木梁"轰隆"一声，稳稳地落了下来。霎时，鼓乐齐鸣，文武百官山呼"万岁"！上梁礼成，康熙皇帝龙颜大悦，当即召见雷发达，面授他为工部营造所长班。因此时人留下"上有鲁班，下有长班，紫微照令，金殿封官"的歌谣。之后，"样式雷"飞黄腾达，在雷发达的儿子雷金玉的时候，已经是样式房长案头目。据说雷金玉的手艺更加高超，能仿制西洋精密钟表，将西洋机械和中国传统融合。除了大件的建筑，宫里很多奇巧玩意儿也是他制作的。

我对"样式雷"也相当了解，但对这些并不感兴趣，就问老头子知不知道"样式雷"是怎么衰败的。

老头子道这无人晓得，有多个说法。据说是末代"样式雷"得罪了太后，又说清末羸弱，清廷无力建造大型建筑。但是也有一个说法，不知道是真是假。

我道愿闻其详。老头子喝得有点多了，很是认真，压低声音道："咱们都知道清朝统治者是关外来的，游牧民族，根在关外是一个惯例。蒙古皇帝死了之后，尸体都要运到关外去安葬。传说清朝统治者入关之初，摄政王多尔衮不知道当时的清政权能维持多久，于是将所得珠宝财物悉数运往关外埋藏，当时的皇帝也是葬在关外。后来局势稳定，才有东西陵建在关内。然而，传说这只是个幌子，皇族始终人心不定，东西陵只是伪陵，葬的都是太监和侍女，大部分的清朝皇帝死后都被秘密葬到了关外隐秘之处。'样式雷'有很多奇怪的图样，不知道设计的是什么东西，他们推测是关外皇陵之内使用的部件。虽然'样式雷'并没有参与具体的皇陵建设，但内部设计大部分出自其手。在清末王朝没落之际，自然会受迫害。好在当时局势混乱，朝廷已经无暇顾及太多这方面的事情。否则，'样式雷'恐怕不止这个下场。"

我听得一愣一愣："东西陵规模巨大，这还能有假？"

"这才是清朝统治者的厉害之处，与其每一个皇陵都处心积虑，不如搞一个巨大的假目标吸引所有人的注意力。我估计如果真有这个关外皇陵群，必然是在长白山或者大小兴安岭。"

我听着心里咯噔了一下，想到当时在长白山看到的女真字和巨大的地底山脉。

"不过这些都是道听途说，基本上都无法考证了。"老头子道，"你看成吉思汗陵到现在还没发现呢，勘探关外皇陵的可能性太低了，就是有一百个你三叔，恐怕也无法在有生之年找到。"

这倒也是，我点头，不免有些冒冷汗。这些我倒真没听说过，清朝统治者在关内搜刮多年，很多研究者都发现清后期的羸弱并不正常，不知道是不是当时的皇帝把财物埋起来了。如此说来，这可能是比神秘的蒙古皇陵规模更大的陵群。

老头子说完这些，也喝得差不多了，没多久就神志不清了。我告辞离开，立即回酒店，查了很久关于房子采光的东西，所获不多。

原本以为这事之后会进入旷日持久的拉锯战，于是琢磨着先回杭州，毕竟三叔的生意在我手下，没起色也不能让它衰败了，该在的时候还得在那边。没想到第二天早上，老头子风风火火地带着两个人来找我。

这两人都和他差不多年纪，一个姓阮，一个姓房，一介绍，都是北京、长沙、上海三头倒的有名掮客。

两人上来就和我热烈地握手，说了不少恭维话，搞得我莫名其妙。我们在宾馆的大堂坐下，老头子也开门见山，道："这两位想出高价买你那张'图样'。你昨天虽说了分文不取，不过他们开的价有点高，我不知道你是否会改变主意。"

老头子也颇有钱，他说高的话应该是有点离谱的价格了。那姓阮的人立即伸手出来，我一看那是要和我对手。这家伙确实是个行家，而且是老派的。

在古董交易中，地摊交易是不太"讲价"的，双手一握，几根手指动一下，有一套固定的方法可以交流。

我伸手过去握了一下，他开的价确实高，可以说已经超出"样式雷"的范畴了。不过在三叔那里待过，看过真正的大件买卖之后，他开的价并不让我惊讶。让我惊讶的是这人手上的老茧。他的手指第二节全是老茧，这叫棺材茧，是棺材板抬多了磨出来的。这家伙就算不是个土夫子，也必然是干过这一行的。

我不动声色，这时感觉自己有点大家风范了，道："我如果用这个价格卖给你，行家会认为我坑了你们，这对我的名声不好。而且这东西我还有用处，所以实在不能给你们。你和你们主顾说，抱歉不能割爱。"

他伸手过来，还要和我对手，显然是想加价。我抬手拒绝，将茶杯端在手里，那叫"端"，通一个断，也就是绝对不卖了。

那两人面露颓然之色，有一个道："那您直接开价，说实话，我家老板真的很喜欢这东西。所以要是您心里有价，不妨直说。"

我心说，我要开一百万他也能要？心中不禁一动，看来他家主顾可能知道一些关于这图样的事情。于是好奇之下我问道："他要这东西到底有什么用？"

"我们也不知道。"他道，"主顾喜欢，我们就得给他找。一般我们不能问太多。"

这时老头子向我使了一个眼色，我知道他的想法和我一样，就是让我看看能不能套出什么来，于是道："那这样吧，您二位回去，和您主顾说一句，咱们要不当面谈谈。钱是小事，我也想混个对眼，以后别人问起也好有个说法。"

那两人却面露难色，道："那位爷恐怕不是咱们能见的。"

第五章 ● 拍卖会

　　我看着他们面露难色，不免奇怪，于是追问。老头子在一边敲了几声，那两人才透露了一些。原来这笔生意后面的主顾，地位非常奇特。他们只知道那人姓霍，是个女人，别人都叫她霍老太，其他都不详细。这女人虽然神秘，但是名气很大，有个绰号叫"霍仙姑"，就是大家都知道神仙，但是谁也没见过的意思。

　　老头子显然听过，吸了口冷气："呦，这是大人物啊，长沙老九门，唯一的女人就是白沙井的霍婆子。霍婆子有个儿子去了台湾，霍家跟着销声匿迹了。这个霍仙姑我见过一面，那是霍婆子的第三个女儿，真是缘分。"说着从口袋里掏出一张名片，"两位，这是我的名片，望两位通报一声，就说是西山的郑幅中，想必可以得见一面。"

　　两人点头："若是有渊源，倒是可以试试，那两位静候佳音。"说着便告辞了，一刻也不想多留。

　　我看老头子那老派做法就觉得好笑，心道有必要搞得这么江湖吗？还递牌子，你以为你是青帮啊？

老头子随即解释："那是老九门的人物，走行帮出道的人，吃的就是这一套。这霍仙姑霍三小姐想来也有八十多岁了，丈夫是一个极其牛气的人物。这霍仙姑平日深居简出，只好古董，你若不对她胃口，恐怕她根本不会理你。而且得提醒你一句，你家爷爷吴老狗据说和霍三小姐很有渊源，是好是坏我不得知，不过保险起见，你还是不要多话的好。"

我道知道了，也没往心里去，觉得这种武侠小说式的情节甚是可笑，感觉像拍戏一般。

之后我同了长沙，老头子说此去他不便陪我，不过我是吴老狗的后人，去是代表着吴家，人前不能露短，还是要带几个人去的，好显点派头。如果只身前往，霍仙姑有心为难，以我的能力必然出洋相，到时候对声誉会有很大的影响。

老头子说的话确实有道理，虽说我下地的经验丰富，但是"人心远比神鬼要险恶"，对这些江湖事，其中规矩我都不清楚，一个人确实没法应付。

不过，说实话，三叔那边已没多少人可带，可以不用考虑。那么我手下只有王盟，这小子比我还不如，带着只会找麻烦，而且他不是行内人，拖他下水不太地道。英雄山的老海？也不行。那老小子老奸巨猾，这种高风险对自己没好处的事情他必然不会干。潘子是最合适的人选，但是人家决定隐退了，生生死死这么多年，好不容易有个善终的，我决计不能坏了人家的好事。

当然，其实最合适的，还有一个人。但是此人实在太不靠谱，拉他下水必然不得安宁，我实在是不想提及。不过，似乎没有其他的选择。

和老头子一商量，他道："你说的这个人，在北京小有名气，我想总不至于坏事。而且他的脾气大家都知道，要是闹了事情，也算正常，我们也能有个托词，我觉得是个合适的人选。不过，此人你确定能请得动？"

我心说，胖子有什么请得动请不动的。立即给他打了个电话求助。胖子正闲得慌，一口答应，说谈判他内行，全交他身上，包我到时候有头有脸，问我什么时候来，要先请我去喝酒。

胖子说完这些我就后悔了，他的话只能信一半，想起他以往的行为，我忽然觉得这事肯定要糟糕。

不过已经打了电话，没法反悔，而且也没有其他办法，只能听天由命了。

长话短说，三天时间很快就过去了。三天后，我和胖子在北京王府井碰头，我意外地看到闷油瓶也跟来了。两个人穿着西装，一胖一瘦，一高一矮，相当惹眼，简直是胖瘦头陀。

看惯了两人的便装打扮，我猛地感觉很不适应。闷油瓶身材匀称，面无表情，穿着西装倒是非常潇洒，惹眼得要命。可胖子的西装相当不合身，领带打成油条似的，西装明显小一号，看着别提多寒碜了。

"你这就叫给我长脸？"我无奈道，"这西装哪家店给你做的？我去把那个店烧了。"

"不关裁缝的事，你胖爷我最近有点滋润，这西装一年前还正好。"胖子被裹着也不舒服，"不过你和那老太婆约的地方也不是什么正经地方，咱穿多大的西装是咱的自由。我要愿意穿童装她也得让我进去。"

"得，你有理，那你走前头。"我没心思和他废话，心中越来越感觉吴家的名声可能就要在今天毁在我手里了。

和霍仙姑约定的地方叫新月饭店，这地方是老北京遗存下来的老饭店。我原本以为就是个普通地方，可胖子告诉我，在北京玩古董的人都知道，新月饭店才是真正行家待的地方，玩的都是大件。和这里比起来，琉璃厂、潘家园那都是地摊。这些大家买卖，全部在这个饭店的三层戏院进行。以前这里是太监和老外交易的地方，进出都是正装，所以有了着正装的传统，无论你多有钱，穿个裤衩是绝对进不来的。

我没来过这里，这是第一次，不免有点忐忑。进大堂，上电梯，到了三楼，入目的都是中式的内设，雕花的窗门屏风。胖子来过，熟门熟路，招呼来一个伙计，就对他介绍我："长沙吴家的小太爷。"

那伙计戴着眼镜，有六十多岁了，打量了我一下，也没什么表情："您往里请，是雅座，还是大堂？"

胖子问我约的是几点，我看了看表还有半小时，刚想说话，那伙计就看到了我身后的闷油瓶，一瞬间，他的脸色就变了。

我以为他认识闷油瓶，刚想问话却见从闷油瓶身后绕出来一个人，是尾随着我们进来的。这人穿了一身黑色西装，里面是粉色的衬衫，没有打领带，非常休闲，那伙计立即上去，问道："小爷，老位置？"

那人没说话，只是看了看我，停了下来，我忽然觉得他有点眼熟。